내가 누구냐고 묻거든

내가 누구냐고 묻거든

박선영

기파랑

시작하며

페이스북에 글을 쓰다 보면 어느 순간 '이러다 내가 이상해지는 것 아닐까?' 하는 생각이 들 때가 있다. 가능하면 짧은 글, 다소 편하고 망가지는(?) 표현, 일부러 깊이 있는 내용 안 쓰기, 문화든 역사든 앞뒤 자르고 '아무튼 go' 하는 식의 글들을 일부러 쓰고 있는 나를 발견할 때면 화들짝 놀라곤 한다.

특히 시간에 쫓겨 허둥대며 사느라 밥 차려놓고 남편 기다리는 시간, 운전하다 신호등 앞에 서 있는 동안, 어쩌다 집에 있는 날도 손자들 낮잠 자는 동안 장난감 정리해놓고 잠깐 비는 시간, 약속 시간에 일찍 도착한 카페 안에서 짬짬이 글을 쓰다 보면 오탈자 투성이에 비문이 횡행한다. 어떨 땐 일부러 비문을 쓰기도 한다. 목적 있는 비문, 의도된 오탈자도 있지만 대부분 실수다.

그래, 한 문장이라도 심사숙고해서 제대로 써야 하거늘…… 핑계가 좋아 시간 타령하면서 오늘도 오탈자와 비문을 늘어놓는 나. 그런데 또 그 실수 대잔치의 페이스북 글을 모아 이렇게 책을 낸다. 내가 생각해도 참 넉살도 좋다.

페이스북 글에는 순간순간 떠오르는 나의 생각과 감정이 비교적 정제되지 않은 채 실려 있다. 나중에 읽고 후회하는 글도 더러 있지만 나는 가능한 한 한 번 올린 내용은 지우지 않는다. 변화무쌍한 내 생각과 감정의 기록이기 때문이다. 순간의 연속이기도 하고 솔직히 말하면 나를 있는 그대로 드러내고도 싶다.

대부분의 사람은 나를 한없이 연약한, '천상 여자'라고들 한다. 또 많은 사람은 나를 투사라고도 한다. 심지어 극우라고도 한다. 내 수업을 들었던 학생들은 결코 잊을 수 없는 교수, 엄청 힘들었지만 정말 고마운 선생님이라고도 한다. 국회의원 시절에 나를 겪었던 공무원들에게는 진땀 흘리게 하고 피하고 싶었던 독한 의원이었지만, 그들이 서강대교를 넘어가면서 "의원은 저렇게 해야지"라고 했다는 말을 수없이 들었다. 어느 대통령조차 공개적으로 "살살 좀 하라"라고 했을 정도니 총리나 장관들이야 말해 무엇하겠는가?

남편이 나에 대해서 하는 평가가 내 아들들과 다를 것이고, 지금은 모두 돌아가셨지만 시어머니나 친정어머니가 나에 대해 갖고 있던 기억이나 생각 또한 다를 것이다. '나'는 하나인데 이렇게 나는 흩날리는 바람처럼 종잡을 수 없이 존재한다. 사실은 그래서 용기를 냈다. 그냥 있는 그대로의 '나'를 보여주자고. 일상의 나를 있는 그대로 보여주자고……

그러나 오늘도 페이스북에 글을 쓰면서 나는 또 망설이며 고민을 계속한다.
페북에 계속 글을 써야 할까? 그리고 그 글들을 책으로 펴내야 할까?

그래서 더, 두서없는 글들을 책으로 내겠다고 해주신 도서출판 기파랑의 안병훈 대표님과 박정자 교수님, 그리고 내 글밭의 도반인 황인희 작가와 사진작가 윤상구 선생님께 감사할 따름이다.

2023년 6월

가족이라는 이름의 종착역

봄의 교향악이 식탁 위에 울려 퍼졌다.

며느리가 봄나물로 상을 차렸다. 분명 재료는 다 이 땅에서 뜯어온 나물, 그것도 산나물인데 접시를 들여다보거나 시식 지침을 들어보면 허를 찌른다.

바야흐로 융복합시대다. 예컨대 각종 봄나물에 새우를 넣고 지은 돌솥밥 위에는 레몬을 얹어놓고, 개인 밥그릇에 떠서 먹기 전에는 참기름이 아닌, 올리브 오일을 넣어서 살짝 비벼 먹으란다. 또 두릅 샐러드라면서 살사처럼 파프리카를 다져서 새콤하게 무쳤는데 떠먹을 때는 얇게 썬 관자 위에 얹어 먹으란다. 먹으라는 대로 먹었더니 낑깡 때문인지 봄의 향기가 입속에 확 퍼져오더라. 무려 네 번이나 덜어다 먹었다.

산딸기국수는 김과 달래로 까맣게 만든 소스에 버무려서 시어미가 좋아하는 아보카도와 같이 먹으라는데, 그 맛이 환상적이다. 색의 조화도 환상이고. 혀와 눈이 서로 염치도 없이 그네를 높이 타고 담장 위를 넘나들더라. 아들이 간을 봤다는 냉이국은 훌훌 두 그릇이나 들이켰다.

우리 세원이도 밥을 두 번이나 떠다 먹고.

식구들이 모두 봄에 취해 정신없이 오수를 즐겼다. 원인 제공자는 소금에 무쳤다는 봄나물인지, 며느린지, 아직도 오리무중이다.

첫 눈 자욱이 군데군데 잔설처럼 남아 있던 오늘 국립현충원에 모였다. 친정어머니 5주기. 날이 추워 어머니 동기분들께는 말씀도 안 드리고 우리 자매네 식구들만 모였다. 큰며느리가 꽃만 가져오기로 해놓고 다들 반칙에 반칙을 저질렀다. 고지식한 나랑 남편만 두 손 젓고 가고, 동생과 며느리, 그리고 조카 새끼들까지 모조리 두 손 가득 들고 오는 바람에 친정어머니는 오늘 포식을 하셨다. 떡과 과일, 부침개는 물론 국제적 취향이 짙으셨던 외할머니 드린다고 독일식 성탄 케이크 슈톨렌Stollen까지 들고왔으니. 엄마는 오늘, 모처럼 행복하셨을 듯. 점심은 유일하게 빈 손으로 간 우리 부부 차지. 젊은이들이 선택한 젊은 감각의 레스토랑에서 맛있는 점심을 먹고 나서 나는 또 꼰대 노릇을 했다. 이 집 저 집 나눠준다고, 그 고급스러운 식당에서 백김치 통을 꺼내들고 나눠준 것. 동생이 기겁했지만 식당 지배인은 아무 말 안 했다. 못 본 척했던가?

오늘 저녁엔 다들 자기집에서 외할머니식 백김치를 먹으며 외할머니 얘기를 식탁에 올리겠지? 그래서 오늘은 엄마 제삿날이 아니라 엄마가 우리를 찾아오신 기쁜 날. 엄마가 부활하신 날이다.

부모, 자식, 형제, 자매가 부부와 다른 점은 서로 '피를 나누어 가졌다'라는 점이다. 흔히들 '피'라고 표현하지만 사실은 부모로부터 DNA, 유전자를 물려받는 것이다. 정확하게 말하면 부모 자식 간에도 피는 절대로 나누어 갖지 못한다. 피가 섞이면 죽을 수도 있다. 혈액형이 다를 경우엔 말이다. 하물며 형제자매 간이야. 피를 나눌 수 없지만 동서양이 모두 가족 간에 "피를 나누었다"라고 표현한다. 우리가 유독 심하지만.

생각해 보면 참 신기하다. 남남인 남녀가 만나서 자식을 낳고 그 자식들은 서로 형제자매가 되어 또 다른 '남'을 만나 손자 손녀를 낳는데 DNA는 면면히 이어진다. 둘째가 낳은 아이 둘, 내게는 손자인 이 두 아이의 생김새가 너무나 똑같다. 씽크로율 95%? 다들 외탁을 했다고들 하는데 오늘 아침, 거실에 걸려 있는 남편과 세원이 큰아빠, 그러니까 나의 큰아들이 6개월 때 같이 찍은 사진이 세원이와 너무 닮아서 깜놀.

이렇게 DNA는 '피'를 타고 면면히 흐르고 이어지면서 각 개개인이 모여 '집단'을 형성한다. 가족이든, 친족이든, 민족이든, '족族'이라는 집단을. 때로는 돌연변이도 있고, 격세 유전도 있고, 후성 유전도 있지만, 거대한 흐름의 관점에서 보면 우주의 섭리처럼, 운명의 증거처럼, 그렇게 면면히 이어지나 보다. 우리, 인간은.

세원이가 요즘 우울해한단다. 독차지했던 사랑을 동생과 나누어야 하니 시무룩, 식욕 부진, 눈물이 세원이의 친구가 되었단다. 35년 전 동생을 본 세원이 큰아빠가 그랬듯이.

새벽 세 시, 잠이 깼다. 시차가 큰 나라도 아니고, 클라타우어의 소설처럼 새벽 세 시에 바람이 분 것도 아닌데 깼다. 그냥, 자다 말고, 잠이. 사실은 좁은 닭장 속에 갇힌 것처럼 내 작은 이 한 몸도 옴짝달싹 못할 만큼 유독 비좁은 비행기 좌석에 앉을 때부터 그랬다. 불안하고, 미안하고, 후회되고.

내가 마지막으로 태국에 왔던 것은 엄마와 함께였다. 치매가 이미 시작되어 내 마음이 많이 서걱거릴 때였다. 어느 날, 아이들이 어렸을 때 내가 사온 조잡한 코끼리 장식품을 보면서 엄마가 혼잣말을 했다. 낮은 목소리로.

"나는 살아 있는 코끼리를 못 봤어."

그날로 태국행 비행기 표를 끊고 여기저기 호텔을 알아봤다. 탈북자들 때문에 수도 없이 갔던 태국을 그렇게 엄마랑은 처음 갔다. 엄마는 코끼리 타는 내내 소리를 지르며 신나 했다. 파타야에 가서 둘이 같이 바닷물에 몸을 담갔을 때는 바다에서 나오시려고 하질 않아 애를 먹었다. 나는 이미 잔뜩 지쳐 있었는데.

4박 5일이었는지, 5박 6일이었는지 기억도 가물거리지만 다들 가는 왕궁에도 가고, 저녁엔 야경을 보며 배도 탔다. 손을 꼭 잡고. 헤어질까 봐. 놓칠까 봐. 그 시간이 내게는 너무 힘들었다. 때로는 천사 같았지만 때로는 유치원생처럼 막무가내로 떼도 썼다, 엄마는. 잠깐 사이인데, 내가 한눈을 팔지도 않는데, 엄마가 안 보일때는 세상이 온통 뒤죽박

죽, 혼이 빠지기도 했다.

특히 화장실이 문제였다. 옷에 실수하는 건 괜찮았다. 문제는 엄마를 먼저 들여보내고 옆 칸에서 내가 빨리 일을 보고 먼저 나와야 하는 건 기본이지만, 간혹 엄마는 "무섭다"라며 부득불 그 좁은 화장실에 나랑 같이 들어가겠다고 우겼다. 때로는 엄마한테 화를 냈다. 때로는 윽박을 지르기도 했다. 그리곤 새벽 세 시에 혼자 일어나 이불을 뒤집어쓰고 울기도 했다. 그때 나는 그렇게 엄마의 간수이자 엄마한테 죄수였다.

지금도 추억 속에서는 영원한 죄수다, 나는, 엄마한테. 그래서 깼나 보다. 오늘도 새벽 세 시에. 아님 엄마가 깨웠나? 내가 태국까지 수없이 날아와 구해 오고, 수술시키고, 가르쳤던 탈북자들은 다 안녕히, 잘들 살고 있는데 엄마만 없다, 지금 내 곁에. 그날그날의 내 생각이나 몸짓, 그리고 엄마한테 곧 부서질 기억의 한 조각이라도 남겨드리고자 애썼던 내 열정과 그때, 엄마랑 내가 같이 겪었던 모든 감정의 변화를 엄마도 나처럼 이렇게 기억하고 있을까? 아프게? 기쁘게?

방콕이 아프다. 내게는 아주 많이. 다시는 방콕에 올 일이 없을 줄 알았는데……

2022년 2월 18일

포천에 다녀왔습니다. 작년, 재작년, 2년 동안 코로나로 인해 못 갔던 포천시 이동면에 다녀왔습니다. 이동갈비 먹으러 갔었느냐구요? 아니요~~~. 공병5여단 초청으로 남편, 외삼촌, 이모, 조카와 함께 모처럼 나들이하듯이 조용히 다녀왔습니다. 다른 가족들은 아쉽지만 밀접 접촉자와 접촉했다고 혹시나 부대 장병들에게 만의 하나라도 피해가 갈까 봐 예방 차원에서 솔선수범, 빠졌습니다.

아버지 기일 즈음해서 아버지 돌아가신 부대에서 매년 저희를 초대합니다. 참 감사한 일이지요. 올해는 아버지 57주기. 위병소에서 주임원사님을 만나 역사관에 들러 입구에 있는 아버지 사진이랑 기록 보고 기념공원에 가서 참배했습니다. 군악대의 구슬픈 연주를 들으며 묵념, 헌화, 분향을 하는데 어찌나 눈물이 나던지요.

아버지 돌아가시고도 한참이나 지난 후에 만들어진 공병여단. 전쟁이 나면 가장 먼저 적지에 들어갔다가 작전이 끝나면 가장 늦게 나온다는 First In, Last Out 공병부대. 여단장은 공병 역사상 첫 여성 장군 진급 대상자인 강영미 준장이어서 더 반가웠습니다. 병과 특성상 남성 위주인 공병. 지뢰 등의 폭발물을 매설·제거하거나 특수 장비로 교량을 설치하고 전기를 복구하는 공병 특성상 남성 비율이 압도적으로 높았는데, 그것도 행정 보직이 아닌 전방 지휘관으로 여성이 부임해 더 반가웠습니다.

서른세 살의 나이로 산화하신 아버지의 영혼이 공병5여단을 지켜주시리라 굳게 믿으며 어둑해지는 중부 전선 길을 따라 아수라장 같은 서울로 돌아왔지요. '아버지, 어지러운 이 나라를, 그리고 저를 지켜주실 거지요?' 하면서요.

어제 오후에 본 일본 영화 '가족의 나라' 얘기도 하고 싶고, 전 세계 중국대사관 앞에서의 다양한 시위도 소개하고 싶고, 달랑 25만 원 쥐어 주고 나서 전기요금 인상에 분유값 인상 등 온갖 물가를 살인적으로 올리며 국민 목을 비트는 이 정부의 금수 같은 정책도 자근자근 까고 싶고, 내일 국회에 상정될 언론중재법도 심도 있는 분석을 좀 하고 싶지만.

오늘은 이 혼란스러운 땅에 아기 천사가 내려온 날이라 인내심으로 꾹꾹 눌러 참으며 아기가 퇴원할 때 입을 36년 전의 그 배냇저고리와 천 기저귀를 찾아 다시 빨았다. 그리고 작은놈이 태어나 처음 집으로 오던 날의 사진을 꺼내 봤다. 배냇저고리와 기저귀는 큰놈도 입고 쓰던 것을 작은놈도 그대로 물려받은 것이다. 두 놈 다 천 기저귀로 키웠다. 매일 수시로 삶아 빨아 가면서.

아기 아빠인 작은놈 앨범에는 그 녀석이 태어나자마자 손에 차고 있던 팔찌가 붙어 있다. 파란색의 작은 구슬 팔찌에 흰색으로 min이라고 적혀 있다. 뱃속에 있을 때부터 병약했던 작은놈은 태어나서도 집으로 못 오고 꼬박 한 달을 병원에 누워 있었다. 혼자서. 나는 아침저녁으로 하루 두 번씩 젖을 짜서 병원으로 날랐다. 내 두 눈은 눈물로 짓물렀고.

말테자병원Malteser Krankenhaus. 독일 본 외곽에 있는 유서 깊은 종합병원. 십자군전쟁 때도 존재했던 말테자병원에서 작은놈을 낳고 딱 한 달 만에 작은놈이 집에 오자 25개월 차이였던 큰놈은 신기하기도 하고, 질투도 나고 묘한 감정이 얼굴 가득 묻어났다. 가난한 살림에 여기저기서 얻어오고 주워온 소파와 침대, 아기 바구니, 장난감 등을 소독하고, 빨고, 다시 꿰매고 참 힘들던 시절이지만 아이가 건강하기만을 바라던 그때 그 시절, 1988년의 독일.

그랬던 녀석이 오늘 아빠가 됐다. 형보다 먼저. 다행히 아기는 아빠보다 건강한 듯 한 달 빨리 나왔어도 튼실해 보인다. 이제 난 둘째녀석한테 할 말이 하나 더 생겼다.

너 아기 키워봤어? 난 너를 키워봤어. 알간?

생각하는 게 꼭 수구꼴통, '라떼' 소리뿐이다. 그나저나 며느리는 미역국이 입에는 맞는 걸까? 잘 먹고 있는 걸까? 아기가 울지는 않을까? 키워봤어도 솔직히 무섭다. 아기 목욕시킬 것도 두렵고. 배꼽 처리를 어떻게 했었는지 그것도 가물가물 기억이 안 난다. 이래저래 오늘 하루가 길다.

2021년 9월 22일

우리 식구는 어제 저녁, '가능한 계획을 향한 구체적인 진전을 모색'하기 위해 오늘 아침엔 아홉 시까지 그 누구도 방 밖으로 나와 타인의 진지한 '모색' 타임을 방해하지 않기로 굳게 다짐했다. 시부모, 아들, 며느리가 모두 그 약속을 정확하게 지켰다. 소쩍새보다도 더 애끓는 목소리로 천둥 번개가 우르릉 쾅쾅 울어대도, 정신 나간 어느 정치인이 임기 시작 첫 해부터 지금까지 줄곧 '종전 선언', 그것도 남북미에서 남북미중까지 널을 뛰며 종전 선언을 입에 밥풀처럼 달고 다녀도 우리 식구는 꿋꿋하게 지난 밤, 긴 진지한 모색 타임을 지켰다.

그 결과? 하늘이 말간 햇살을 보여주더라. 바람은 상쾌, 청결, 감미롭더라. 꽃봉오리에 달린 이슬 방울인지, 빗방울인지. 정체가 모호한 H_2O는 꼭 물방울다이아 같더라. 그래서 며느리와 나는 두 남자가 샤워하는 동안 아침을 마당에서 먹기로 모의했다. 어제 그제 먹던 명절 음식은 모조리 집으로 싸가기로 하고, 오늘 아침은 간단하면서도 담백하게 먹기로 도원의 결의, 아니 마당의 결의를 결행했다.

마당에서 딴 옥수수. 냉동실에 굴러다니던 빵 조각들, 그릭 요거트와 과일로 훌륭한 아침상이 뚝딱 차려졌다. 피크닉처럼. 유제품을 못 먹는 남편만 요거트를 생략하고 나니 남편 과일 접시만 밉다. 휑하다. 나와서 식탁을 보던 남편, 자기는 송편도 먹고 싶단다. 으이고~~ 자기가 빚었다고 꼭 저렇게 티를 내다니. 그래도 송편 한 접시 올려놓으니 식탁도 가을답다. 가을스럽기도 하고.

모닝 티는 먼저 샤워를 끝낸 남편 몫. 남편은 보이차에 대만 녹차를 섞어서 향미 짙은 모닝 티를 만들고 그 사이를 못 참은 며느리와 나는 인스턴트 던킨 도너츠 드립 커피로 속에 쌓인, 덜 녹은 피로를 말끔히 씻어냈다. 작은놈은 샤워를 길게 하는지, 만삭인 며늘아이와 통화를 하는지 함흥차사다. 원래 아침 식사를 안 하기도 하지만.

에라이~~ 우리끼리 초가을 피크닉을 하하호호 만끽하고 났더니 하늘에 먹구름이 끼기 시작한다. 주섬주섬 일어났다. 두 집 먹을 것 얼른 싸서 보내야지. 양쪽 사돈네도 뭘 좀 보내야 하고. 벌써 밀린다지? 오늘도 하루 종일 비가 오락가락할 거라는데. 이래서 저래서 어쨌든 나는 명절이 조~옳다!

오늘 아침, 현관 밖에 작은 상자가 하나 놓여 있길래 열어보니 세상에나, 국가유공자 명패가 들어 있었다. 맨바닥에. 편지 한 장 띡 넣어서. 모멸감이 느껴졌다. 44년 전에 온몸이 다 찢긴 채 몇 시간을 시멘트 바닥 위에 누워계셨었다는 아버지처럼, 당신을 기린다는 유공자 명패마저 차가운 시멘트 바닥에 밤새도록 있었다니.

국가유공자 명패를 만들지나 말든지. 영화에서도 보듯이 제대로 된 나라에서는 제복을 입은 사람들이 장갑 끼고 정중히 쟁반에 담아 들고 와서 정성껏 대문이나 현관 등 유족이 원하는 곳에 붙여주고는 거수경례하고 돌아가던데. 우리는 코로나 시국이니까 네가 알아서 붙이든지 말든지 하라고 작은 비닐봉지에 못이랑 접착제를 명패와 같이 넣어 띡 보냈다. 마스크 끼고 와서 달아주면 되지, 보훈처든 국방부든 향군이든 인원은 남아돌고 훈련도 안 하면서 국가유공자를 두 번 죽이며 유가족도 멸시하는 이 정권. 아무리 속을 가라앉히려 해도 포탄에 가신 아버지의 몸, 갈갈이 찢긴 아버지의 영혼이 자꾸만 아른거려 속이 뒤끓는다.

추석이 가깝지 않았어도, 대선만 가깝지 않았어도, 아니 여론만 나쁘지 않았어도, 이 명패가 내게 왔을까 싶다. 정말 나쁜 놈들이다. 그래도 거실 한 가운데 놓아드렸다. 주르륵 눈물이 흐른다. 울면 안 되는데.

백로 대장이 마이크를 잡았다. 아침부터 꺼억꺼걱, 아아 마이크 시험 중, 꺼억걱 사랑하고 존경하는 우리 백로 조鳥 여러분, 우리 모두 이 끔찍한 코로나 시대에 백로만도 못한 개돼지들 사이에서 초복, 중복을 무사히 넘겼으니 이제 이틀 남은 말복만 잘 넘기면 우리 모두 고향으로 돌아갈 것입니다. 그러니 각 조鳥들께서는 각별히 코로나와 개돼지들의 만행에 조심하시기 바랍니다. 꺼어꺼걱.

그러자 앳띤 총각 백로가 나섰다. "아니 대장님, 왜 우리는 맨날 이짝 저짝 눈치만 보면서 조심해야 합니까? 우리도 조노총鳥勞總을 결성해 도로를 점거하고 시위에 나섭시다. 조노총의 위력을 보여줍시다~~." 하니 백로들이 일제히 옳소, 옳소~ 꺼억꺼걱 하며 떼를 지어 논에서 나와 후다닥닥 도로를 점거하더라.

그 시각. 마누라의 잔소리를 견디다 못해 쇠고랑을 들고 한 평 남짓한 밭에 김장용 배추 스무 포기와 무, 달랑무, 파 등을 심기 위해 남편 모씨는 열심히 골을 만들면서 흘러내리는 땀을 주체하지 못해 뚝뚝, 밭고랑에 비료 대신 뿌리길래 아뿔싸, 저 사람이 쇠고랑 들고 백로 따라서 도로를 점거하러 나가면 어쩌나 덜컥 겁이 나서 남편이 좋아하는 비빔국수를 만들기 시작했다. 애호박 채 썰어 달달 볶고, 오이랑 깻잎 따다가 곱게 썰고, 작년 김장 김치 곱게 다지고, 잘 익은 토마토 하나 얹고 보니 예쁘기는 한데.

땀을 됫박으로 흘린 남편이 "이런 풀뙈기 먹고 날 보고 그 힘든 일을 어떻게 하란 말이냐?"하며 도로로 뛰쳐나가 "기본 소득은커녕 기본 열량이라도 보장하라~" 할까 봐 겁이 덜컥 나서 며칠 전에 며늘아이가 나(만!) 먹으라고 사온 장어, 꼬불쳐놨던 그 장어를 마지 못해 꺼내 조심조심 기차게 구워서 비빔국수 위에 살포시 얹어주었다.

에효, 민노총에 간첩까지 설쳐대는 이상한 정권이 끝나가니 이젠 마누라 노릇도 못해 먹겠다. 남편이 언제 들고 일어날지 몰라 전전긍긍, 날마다 이 눈치 저 눈치 살펴야 하니 에고, 내 팔자야. 그럴 바엔 차라리 내가 도로 점거하러 뛰쳐나갈까봐~.

2021년 6월 16일

마음이 허할 때마다 찾는 아버지 묘역. 내게는 안식처이자 도피처고 오아시스 같은 생명의 장소다. 동생과 며느리가 현충일에 놓고 간 꽃이 여전히 싱싱한 모습을 바라보다 빙 둘러 나오는데 같은 묘역, 이름 없는 김 소위 묘가 달라 보였다. 이름도 없이 '김 의 묘'로 되어 있고 묘비 뒤에는 조선일보의 오래된 기사가 희미하게 박혀 있고 묘비 앞 묘석에는 그 주인의 이름이 김수영이라고 되어 있어 늘 궁금증이 풀리지 않던 묘지였다.

이름이 밝혀졌음에도 불구하고 묘비는 여전히 '김 의 묘'라고 되어 있어 도무지 이해가 안 되던 그 묘한 묘에 다른 묘비가 또 들어서 두 개가 있는 것이다. 가까이 가서 보니 더 놀라웠다. 황규만 장군의 묘. 장군의 묘가 한 평이 채 되지 않는 '김 의 묘'와 나란히 같이 있는 것.

이상하고 괴이해 찾아봤더니, 6·25 때 황 장군의 부대가 치열했던 안강전투에서 위기에 처했을 때 김수영 소위가 이끌던 부대가 지원을 나와 위기에서는 벗어났는데 미처 통성명도 못 했던 김 소위는 그만 그 전투에서 전사했단다. 당시에 같은 소위였던 황 장군은 어느 소나무 밑에 김 소위를 묻어주고 그 소나무에 표식을 단단히 해놓고 다시 전장으로 나갔다가 정전 후 그 소나무를 찾아 김 소위의 유해를 수습해 국립현충원에 안장해주었다는 것. 그러나 통성명도 못 했기에 이름도 없이 '김 의 묘'가 됐다.

그 후 황 장군의 집요한 노력으로 김수영 소위는 이름을 찾았고 유족도 찾았으나 여전히 묘비는 '김 의 묘'. 황규만 장군은 유언처럼 늘 "죽어서도 김 소위 곁에 있고 싶다"라고 했고 자녀들은 장군 묘역 대신 비좁은 '김 의 묘'에 아버지를 모셨다.

전쟁 중에 자신을 위기에서 구해준 전우를 잊지 않고 끝까지 챙기고 보살피다가 끝내 그의 곁에 묻힌 예비역 육군 준장 황규만 장군. 그리고 아버지의 유언을 받들어준 황규만 장군의 유족들에게 깊은 경외심이 들어 조신하게 큰 절 네 번 올리고 돌아왔다. 김수영 소위에게 두 번, 황규만 장군께 두 번.

2020년 9월 20일

아침부터 남편이 '버럭'했다. 아니, 처음엔 말없이 바늘에 실을 꿰주더니 나중엔 신경질을 내며 버럭했다. 참 내, 내가 미애도 아니고 미

향이도 아니건만 왜 나한테 신경질에 버럭이냐구~~. 선선한 아침부터 ~~~~~.

덥지도 춥지도 않은 딱 이맘때면 수십 년째 입는 블라우스가 있다. 나의 최애最愛 아이템! 물론 공식적인 자리엔 안 입지만 소소한 자리엔 즐겨 입는다. 평소엔 입기가 좀 컬러풀 하긴 해도 디자인이며 색감, 촉감이 참 좋다. 게다가 1977년 11월 내가 방송국 들어가서 내 생애 첫 월급을 탄 기념으로 내가 나한테 선물한 첫 아이템이니 내 사랑이 지극한 건 당연지사!

문제는 실크여서 이제는 툭하면 여기저기 미어지고 터진다는 사실! 내 몸에 살이 붙은 것도 한몫하고. 오늘은 모처럼 룰루랄라, 집 근처에 있는 수녀원으로 십자가의 길을 걸으러 가려고 그 블라우스를 꺼내 입는데 뿌지지익 사악~~, 리드미컬한 작은 소리가 들렸다.

앗, 으윽. 동시에 내 마음에도 실금이 갔다. 또 찢어졌구나. 벗어서 보니 오른쪽 팔 뒤가 이번엔 어깨부터 등 쪽에 기역 자로 뿌욱 나가버렸다. 오또케, 또 나갔어~~~, 이잉~~ 하면서 반짓고리를 갖다 놓고 실을 꿰는데 백전백패! 아, 이놈의 노안, 돋보기를 껴도 안 되더라. 때마침 청소기를 들고 나오는 남편. 약간의 콧소리를 섞어 불렀다.

여보옹~~, 이리 좀 와봐요옹~~. 나~~ 바늘에 실 좀 끼워줘용~~.

대답도 안 하고 가까이 온 남편, 최근에 의술 덕을 톡톡히 본 개안開眼한 눈으로 뚝딱, 인상도 안 쓰고 실을 끼워주더라. 그렇게 바늘을 받아들고 조심스레 돋보기를 쓴 채 바느질을 하고 있는데 드르륵드르륵 청소기를 돌리다 내 옆으로 와서는 "발 들어" 한다. 예의 그 무뚝뚝한 목소리. 그때 마침 기역 자로 꼬부라진 암홀 부분을 꿰매던 중이라 대답도 못 하고 발도 못 들고 조심조심, 정신 집중해서 가늘게 땀을 뜨고 있는데 이 남자가 버럭, "발 들으라구우우우~~ 그 옷 이제는 갖다버려! 언제까지 그렇게 구질구질하게 뜯어진 옷을 꿰매 입을 거야? 옷장에 입을 옷이 그렇게도 없어?" 신경질과 함께 소리를 지르더라.

원 세상에! 옷장에 옷 많지~~. 평생을 사회생활한 여잔데 옷장에 옷이 없을까 봐? 하지만 난 이 옷이 좋다고~~~.

나도 화가 났지만 대꾸도 안 하고 눈길도 안 주고 주섬주섬 반짇고리에 옷을 넣어 방으로 들어오려니 열불이 났다. 아, 내가 자기보고 옷 사 달래? 왜 아침부터 난리야? 씩씩! 입에선 욕이 나오지만 꾹 참았다. 모처럼 청소기 돌리는데 내가 뭐라 하면 그 청소기 내던지고 또 산으로 들로 나갈까 봐. 그러면 또 나만 손해니까. 나가더라도 청소는 하고 가고 참고 또 참았다, 억지로. 입술 꼭 오므리고 속으로만, 당신이 해찬이 야? 왜 아침부터 버럭이야? 해대고 싶었지만 꾹꾹 참았다.

그때부터 바늘땀을 하나 둘 세기 시작했다. 잊어야 하니까, 안 그러면 홧병나니까. 하나 둘 셋, 딱 370땀 만에 끝났다. 누구는 어제 뻔뻔하게도 그 입으로 서른일곱 번 공정을 외쳤다는데 나는 입 꼭 다물고 수신제가하면서 370번 바늘땀을 뜨며 가정의 평화를 지켰다. 불공정하게!

어쨌든 맘에 들게 기워진 블라우스. 룰루랄라, 얼른 입고 내가 먼저 집을 나가려고 블라우스를 뒤집어서 살펴보니 아뿔싸, 앞쪽 정가운데 이음선이 날긋날긋 너 어디 입어 봐, 내가 뿌지직~ 하고 틀어질 테니까 하면서 나를 올려다보고 있었다.

에효, 그래, 이젠 보내줄게. 이번 한 번만 좀 봐주라 하며 내 최애 블라우스, 나의 가장 사랑스러운 43년 지기知己를 어르고 달랬다. 조심조심 블라우스를 입고 거울 앞에 섰더니 '돌아와 거울 앞에 선 누나'도 아니고 웬 초췌한 늙은이?

아~~ 나 어떡해? 남편 버럭 한 마디에 내가 이렇게 늙어버린겨? 남편 어딨어? 남편 어딨냐구~~~. 바늘 찾아들고 아무리 둘러봐도 남편이 보이질 않네. 남편을 찾습니다~~~, 버럭남을 찾아주세요~~.

2020년 6월 14일

밤새 비가 내려서인지 쑥갓꽃이 어찌나 예쁜지, 한참을 들여다 보다가 벌떡 일어나 결코 질 수 없는 풀과의 전쟁에 돌입했다. 마약쟁이 같은 여생이가 어느날 갑자기 당 중앙으로 불리며 깝치더니 이젠 옥류관 주방장까지 나서서 옹알대는 꼬락서니가 뭔가 일이 터질 것 같기는 하고. 전쟁이라면 그 어떤 전쟁에서도 지는 놈이 바보요, 철천지 원수다.

그러니 나는 우선 잡풀과의 전쟁부터 이겨야 한다. 어젯밤 빗물을 흠뻑 들이킨 잡초들이 일주일 후면 10만 대군처럼 자랄 것! 몸빼바지에 모자 척 눌러쓰고 안 보이기 시작한 눈을 부릅뜨며 잡초와의 전쟁에 돌입했건만 엉덩이를 돌리면 또 풀이요, 앉았다 일어나도 또 풀이더라. 그러다 갑자기 풀섶 속에 피어 있는 나팔꽃을 보고 놀라서 아니 왜 니가 거기서 나와? 하며 잠시 망설이다 보니 너무 힘들어 목청껏 소리쳤다.

이봐요, 이봐요.

어라? 답이 없네? 그래서 이번엔 일어나서 외쳤다.

여보~~~ 여보~~~

내 참 단장의 미아리고개도 아니고 동네가 창피해질 즈음 왜~~~ 하고 답이 오더니 목이 늘어날 때쯤에야 나타난 당신! 울화를 삼키고 애써 웃음 지으며 최대한 지치고 연약한 표정으로

아, 나 너무 힘들엉. 풀 좀 뽑아줭.

그러자 이 남자 얼굴에 있는 대로 인상을 쓰며 안 돼, 지난 주에 풀 뽑다가 풀독 올라서 병원다녔어, 안 돼.

우~~~ 쒸! 무수리 남편은 왕자님이신겨? 내 정말 더러버서! 누구는 시원한 방에서 글씨 쓰고 누구는 비지땀 흘리며 풀 뽑고. 화딱지가 나서 수박 한 쪽 먹으려고 안으로 들어오니 벌써 한 시. 에라, 모르겠다. 국수나 삶아 먹자. 옥류관 주방장 코 좀 눌러볼까나? 농담이 진담 되어 국수 삶다 보니 또 지단도 부치고 오징어도 데치고 급기야 고기 볶다 말고 마당에 나가 부추랑 상치, 쑥갓, 오이에 방앗잎까지 뜯어다 뚝딱뚝딱! 남편이 같이 먹는 줄도 모르고 수세미 술까지 한 잔 따라놨더니 아뿔싸, 이번엔 부르지도 않았는데 남편이 먼저 밥상머리에 와 앉더라.

으앙~~~ 나 어떡해~~~.

그래도 씩씩하게 돗나물 물김치 국물까지 부어서 살뜰하게 먹었다. 전쟁에선 절대로 지면 안되니까!

　빨간 차만 보면 엄마는 차 손잡이에 꼬깃꼬깃 접힌 돈과 과자, 떡 등 간식거리를 걸어뒀답니다. 그리곤 아무도 없는데 차 안을 보며 “애야, 덥다, 어서 내려라. 얼마나 피곤하니?” 했다지요? 아들은 다른 데로 이사 갔는데 엄마는 아들이 타고 다니던 빨간 차만 보면 아들 찬 줄 알고 용돈과 먹거리를 걸어뒀다네요.

　아침부터 가슴이 먹먹합니다. 치매 엄마. 저희 친정어머니도 치매로 가셨지요. 유일하게 저만 끝까지 알아보시면서도 지긋하신 분들께는 전부 선생님, 좀 어려 보이는 분들께는 그저 학생. 큰딸 외에는 오로지 선생님과 학생이라는 호칭만 쓰다 가신 엄마. 당신은 아마도 교사 시절이 가장 그립고 가장 좋으셨나 봅니다.

　그중에서도 폐허가 된 6·25 직후, 교실이 다 부서져 흥부네 아이들 옷처럼 누더기로 기운 그 천막 속에서도 2부제 수업을 하던 그때, 그 시절이 가장 안 잊혀지셨나 봅니다. 나는 과연 어떤 기억을 가장 나종까지 지닐지요.

　아침에 일찍 일어나 엊그제 시골에서 뽑아온 갓으로 얼렁뚱땅 갓김치를 담았다. 지난 해 늦가을 김장할 때 미처 다 뽑지 못한 갓이 겨우내 찬 바람에 무서리, 눈과 얼음 속에서도 죽지 않고 올 2월부터 고개를 내밀었다. 어제는 왜 그리 몸이 고되고 종종종종 마음만 바빴는지 ‘상하면 안 되는데' 하면서도 밤에는 녹초가 되어 손도 못 댔다.

오늘은 하루 종일 수업. 또 녹초가 될 터이니 부랴부랴 냉장고를 차지하고 있던 갓과 아침부터 씨름판을 벌였다. 어젯밤에 귀리 불려 놓은 것부터 얼른 갈아서 느른하게 풀 쒀 놓고 양파랑 마늘을 들들들 갈아내고 까나리액젓과 살구청 넉넉하게 넣어 버무리니 맛은 어떨까 몰라도 색깔은 그럴싸하네. 평소엔 쬐고만 조막손이 왜 음식할 때만 그렇게 커지는지, 양념이 남길래 같이 뽑아온 파도 그냥 대충 버무려버렸다.

맛없으면 어쩌냐구? 식구들 윽박지르면 된다. "내가 새벽부터 일어나서 갓김치, 파김치 하느라고 얼마나 힘들었는지 알고서들 맛없네, 어쩌네 하는 소리를 하는 거야, 지금?" 그러면서 허리에 두 손 척 얹고 팔은 올려 붙인 채 덧붙이면 된다.

"겨우내 얼음장 속에서도 죽지 않고 살아남은 약초들이야. 그냥 갓, 그냥 파가 아니구 약초라구! 마트에서 파는 거하군 완전 다른 거야. 이건 생명력을 가진 자연산이구 마트에서 파는 것은 억지로 키운 것이니까 근본도 다르고 효능도 달라. 그러니까 국물 한 방울도 남기지 말고 싹싹 긁어서 다 먹어야 해."

이러면 우리 식구들 끽소리도 못하고 김치 국물에 밥까지 비벼서 침묵 속에 싹싹 다 먹어 치워야 한다. 나는 폭군이다. 조폭마누라는 저리 가라 하는 폭군! 우리 식구들은 생명력 넘치는 김치를 맨날 먹으니 좋겠다구? 노! 노! No! 그 순간만큼은 독약을 먹는 것. 작은놈만 가끔씩 반항한다.

"엄마, 제발 쫌~~~"

그럴 땐 눈 싹 치켜 뜨고 3초만 가만히 노려보면 된다. 해병대 출신 작은놈도 꼼짝 못 한다. 그래도 식구들이 고 정도로 끝내주니 착한 백성, 아니 착한 가족이지~~. 착한 가족 맞다. 아니, 억눌린 가족인가? 오늘도 나는 폭군 행세하느라 진종일 바쁠 것 같다. 후후

2020년 3월 10일

우한폐렴이 가져다준 선물, 모처럼의 시간적 여유도 이젠 거의 끝나간다. 다음 주부터는 어쨌든 개강이다. 동영상 강의가 익숙치 않아 처음 PPT강의를 준비할 때처럼 시행착오와 버벅거림이 심할 테고, e강의가 사실은 더 스트레스니까 덤으로 받은 시간 뭉치도 이젠 거의 다 풀려가고 있다.

그동안 식구들 식사에 나름 공을 들이면서 틈틈이 프라이팬 닦기, 변기 청소 등 욕실 재정비, 베란다 정리와 나누기, 버리기, 베란다 화초 분갈이 등등 시간에 쫓겨 미뤄두었던 집안일을 제법 깔끔하게 절반쯤은 마무리했다. 옷장 정리는 손도 못 댔지만 내 머릿속 정리는 좀 된 셈이다. 이런 일은 해도 해도 끝이 없고 외형적으로는 전혀 티가 안 나니까 그냥 내 머릿속 서랍장만 정리한 셈.

그 중의 마지막 미션! 큰놈 앨범 정리하기! 큰놈 장가보내면서 서로 안 주고 안 받기를 했지만 며느리한테 딱 두 가지는 주었다. 하나는 큰놈 백일과 돌 때 받은 금반지. 그것은 집안 친척들이 큰놈의 미래를 기

원하며 준 것이니 네게 주는 예물이라 생각하고 둘이 같이 반지, 목걸이, 팔찌 등 무엇이라도 너 하고 싶은 것 다 하라고 거즈에 싼 채로 주었는데 욕심없는 우리 며느리는 절반 이상을 도로 내게 그대로 거즈에 싸서 돌려주었다. 남들 다 해준다는 다이아 반지 하나 안 해줬는데.

두 번째는 큰놈 앨범이다. 아들 귀한 집안에서 워낙 많은 사람의 사랑을 독차지한 놈이라 큰놈 장가보내면서 마음을 다잡았다. 집착하지 말자. 집착을 끊어내야 한다. 이젠 내 아들이 아니라 한 가정의 가장이고 한 여인의 지아비니라. 요즘 말로 하면 아들과 '거리두기'를 다짐하고 또 다짐하며 한 번에 다 가져가기도 힘들 만큼 많은 큰놈의 출생부터 결혼 전까지의 사진을 담은 앨범을 내밀었다. 그 앨범 안엔 큰놈의 탯줄부터 발 도장이 찍힌 출생기록부는 물론 아이의 상장이나 특별한 일기, 또는 긴 여행의 기행문도 있었다.

"이건 네 남편의 역사니 앞으론 네가 갖든지 정리하라"라며 줬다. 역시 욕심없는 우리 며느리, 가져간 앨범을 1년쯤 뒤에 절반쯤은 도로 가져왔다. "어머님도 큰아들 사진은 필요하실 것같아서요" 하면서. 그걸 이번에 며칠을 두고 정리했다. 말이 정리지 꼭 간직하고픈 것만 다시 새 앨범으로 옮기고 나머지는 다 버리는 시간이었다.

참 많이도, 바보처럼, 기억의 창고 속에 꽁꽁 가둬 뒀었네. "버리고 떠나기'를 위한 정리의 시간이 이토록 행복할 줄 정말 몰랐다. 사진 하나하나에 서려 있는 시간과 감정의 더께들. 그 꺼풀을 하나씩 들추며 웃다, 울다, 감격하다, 서러워하다가. 어떤 것은 버리고 어떤 것은 건져냈다. 생의 애착은 이렇게도 질기고 애닲은가 보다.

내게 행복을 주는 사람이 아니고 내게 언제나 행복만 안겨주는 시월이, 사월이, 봄이, 네로. 넋을 잃고 하염없이 서로를 빤히 바라보다 녀석들하고의 눈싸움에 지고는 눈을 감았다 뜨는 내 눈동자에 녀석들 발 앞에 놓여 있는 헌 신발이 비집고 들어왔다. 꺾어진, 낡은 뒷꿈치 위로 소리도 없이 조금씩 사그라들던 화롯불의 잔영이 아른거리며 켜켜이 쌓이기 시작했다.

큰놈을 낳고 마취 기운이 덜 풀려 눈을 떠도 감은 것 같던 그 시간. 동동, 울음소리가 크게 작게 오르내리며 동동, 손에 잡힐 듯 떠다녔다. 시아버지의 울음소리였다. 감격에 겨운 기쁜 울음소리. 손이 귀한 집안, 딸딸딸에 뒤이어 태어난 첫 손자놈을 쳐다보고, 내려다보고, 올려다보며 데굴데굴 눈물 방울은 볼을 타고 흘러내리는데 주름진 입술 꼬리는 천장을 타고 한없이 올라가고 있었다.

그리곤 그 손주가 깨질새라 금지옥엽해 하셨다. 손에서, 등에서, 품에서 도통 내려놓으려 하지 않으셨다. 녀석들한테 혹여 감기 기운이 있으면 시아버지는 나 보기를 역해 하셨다. '아기 하나 제대로 못 보느냐'라며. '난 니가 TV에 나오는 게 싫다'라고 하시며. '집에서 살림만 하면 안되겠느냐' 하시며. 그리곤 우리가 독일에서 돌아오자 팽이며 연, 새총을 직접 만드셨다. 두 손자놈 선물이었다. 절대로 상점에 가서 사는 법이 없으셨다.

여름이면 실개천에 데리고 나가 미꾸라지와 모래무지, 가재 등을 두 놈과 같이 잡으며 두 놈보다 더 크게 좋아하셨다. 겨울이면 인간 썰매가 되어 아이들 둘을 논에서 끌고 밀며 "이젠 죽어도 여한이 없다" 하셨다. 꼽아 보니 그때 시아버지 연세가 지금의 나보다 적으셨다. 그래서일까? 남편의 음색에서 시아버지를 듣는다. 낡은 신발 하나 못 버리게 하는 살뜰한(?) 남편의 생활 방식에서도 시아버지의 몸짓과 눈길이 묻어난다.

아버님, 지금 어디 계세요? 다 내려다 보고 계시지요?

2020년 2월 9일

오늘 점심엔 추억을 먹었다.

잘근잘근, 꼭꼭, 천천히.

눈, 귀, 코, 혀가 보고 듣고 맡으며 오래된 추억을 되돌리듯 삼켰다. 후미진 막국수집. 주문을 하자 "좀 기다리셔야 한다"라며 별로 친절할 것도 없는 50년 잡이 주인장이 이두박근을 뽐내며 메밀가루를 반죽하기 시작했다. 이리 불뚝, 저리 불뚝. 이두박근이 불룩일 때마다 투박한 손바닥과 주먹은 번개처럼 오가며 반죽을 치댔다.

순식간에 반질반질, 동그랗게 뭉쳐진 반죽은 작은 주방 귀퉁이에 있는 펌프 같은 기계 속에 쏘옥 몸을 숨겼다. 이두박근 주인장은 쉬지도 않고 기다란 펌프 손잡이를 천장 높이에서 무릎 높이까지 눈깜짝할 새에 날렵하게 끌어내렸다. 발레리노가 발레리나를 살포시 내려놓듯 주인장의 우아한 동작을 따라 메밀 반죽은 가느다란 실타래를 펄펄 끓는 가마솥 속으로 하늘하늘 쏟아냈다.

귀밑머리가 성성한 주인장은 그제야 이마의 땀을 닦으며 가마솥을 휘휘 한 번 젓더니 국수발을 건져 찬물에 헹궜다. 그렇게 내 앞에 차려진 막국수. 100% 순메밀이지만 부드러웠다. 어금니에 닿는 메밀 감촉이 부딪치는 듯하면서도 휘감겼다. 바흐의 무반주 첼로처럼 비감한 듯, 나직한 메밀 향이 코끝을 맴돌며 추억을 몰고 왔다.

54년 전 2월 말,

공지천이 꽁꽁 얼어붙은 어느 날.

공지천보다 어쩌면 엄마 마음이 더 꽁꽁 얼어 있었을 그날. 며칠인지는 몰라도 전학 신고를 하고 엄마와 나는 막국수를 먹었다. 엄마는 말이 없었다. 말 없는 엄마 앞에 앉은 나는 저 건너 주방에서 오늘처럼 어떤 남자가 반죽을 하고, 국수를 내리고, 국수를 씻는 모습을 멍하니 바라보고 있었다. 마침내 나온 막국수. 처음 먹어보는 막국수였다. 아니, 처음 들어보는 국수 이름이었다.

먹자.

엄마 목소리는 낮고 갈라져 있었다. 아버지 장례 치르고, 춘천으로 이사하고. 피곤했을까? 늘 명랑했던 엄마. 다른 사람보다 한 옥타브는 높게 스타카토로 통통 튀며 대화를 이끌던 그런 엄마 목소리가 아니었다, 그날은. 나는 엄마를 쳐다보지도 않은 채 엄마 눈치를 살피며 막국수를 천천히 비벼서 막 한 입 떠넣었는데 "훅", 울음을 삼키는 소리가 들렸다.

나는 얼굴을 들지 않았다. 그냥 천천히, 아주 천천히 막국수를 씹고 또 씹었다. 춘천 생활은 그렇게 시작됐다.

오늘 점심도 그날처럼 반쯤 남겼다. 반은 엄마 몫. 맛은 기억이고, 음식은 추억이다. 적어도 내게는 잊혀지지 않는 오랜 기억이고, 질긴 추억이다.

2019년 11월 2일

요즘은 일교차도 큰데 평생 세상사 모르고 속 편하게 산사나이처럼 살아가는 간 큰 우리 남편. 아니 내 남편. 새벽부터 일어나 부시럭부시럭 등산 간다고 왔다갔다, 가랑잎처럼 마른 몸이 왜 그리도 발자국 소리는 큰지! 귀가 얇아 온 세상 소리 다 듣고 자는 모지란 마누라를 기어이 깨운다.

미워서 모른 척, 자는 척 하려다 '엥? 오늘 아침 기운이 9도라는데, 산에 가면 뽀얗게 서리도 꼈을 테고 2~3도로 내려갔겠지?' 하는 생각에 용수철처럼 튀어 일어나 작은놈 오늘 들리면 먹이려고 어젯밤에 하수오까지 넣고 폭 끓여 놓은 요염한 영계 솥을 열었다. 뽀오얀 국물 조금만 따르고 나니 국수 국물이 부족할 것 같아 얼른 멸치 몇 마리 넣고 국수 국물 내는 동안 요염한 자태의 닭을 살짝 뒤집어 손 안 댄 것처럼 목살과 날개살만 조심스레 뜯어냈다. 달디 달면서 살도 쫀독하니 맛들어진 가을 호박 대충 썰어넣고 가는 칼국수랑 폭 끓이니 쬐꼼 미안한 생각이 들어서 표고버섯도 두어 개 썰어 넣었다. 간 큰 남자가 제일 좋아하는 배추 김치 시퍼런 이파리 부분을 두 손이 비틀어지도록 꼭 짜서 송송 썰어 얹은 후 계란 푼 느른한 국물을 한 그릇 넘치도록 부어주었다.

아무것도 모르는 이 남자 방에서 꾸물대며 나오면서 "뭘 칼국수까지 끓였어? 가다가 지하철에서 김밥이랑 오뎅 한 컵 사 먹으면 되는데" 하면서도 입은 귀에 걸린 채 게 눈 감추듯 훌훌 싹싹 순식간에 한 그릇 비우고 큰 배낭 둘러메며 나간다.

쿵! 현관문이 닫히자마자 나는 고소하게 혼잣말을 했다.

메롱~~~ 진짜 영계백숙은 당신 작은아들 몫으로 남겨 뒀지롱~~~. 근데 요 나쁜 놈이 이번 주에도 안 오는 거 아냐? 더 추워져야 두꺼운 겨울옷이라도 가지러 오려나?

평생 남자 셋에 속아 산 내 인생. 우이씨, 남자 셋! 너희는 잊을지 몰라도 난 너희가 한 짓을 잊지 않을 것이야!

이 좋은 아침, 현관에 걸려 있는 이사야서를 저는 또 요롱고롬 읽었습니다. 오늘도 죄로 시작하는 싸늘한 가을 아침입니다. 주여, 이 죄인을 용서하소서.

2019년 8월 25일

좋다 말았다. 작은놈이 첫 월급 탔다고 저녁에 엄마 좋아하는 한우 실컷 사주겠다며 일곱 시까지 강남역 근처로 나오라 해서 하루 종일 룰루랄라. 아침은 아주 간단히, 점심은 대충 때우고 머루포도 따느라 목이 꺾어지려 해서 잠시 쉬는 시간에 핸드폰을 보니 아뿔싸! '엄마 미안.

내일 아침까지 제출해야 할 서류를 아직도 마무리 못 해서ㅠㅠㅠ. 고기는 다음 주 일요일에 내가 더 맛있고 더 비싸고 더 분위기 있는 집에서 엄마가 원하는 만큼 왕창 사줄게ㅠ.'

이런 불한당 같은 놈이 있나. 엄마 배를 하루 종일 곯게 해놓고 뭐 왕창? 왕창 같은 소리 하고 있네 하는 맘은 잠시. 그래도 명색이 마미인데. 에고, 사무실에서 젤로 꼬래비인 일명 '새끼000'인데 산더미 같은 서류 더미 속에서 얼마나 힘들까 생각하니 도시락이라도 싸다 주고 싶건만, 고놈의 못된 성격상 펄쩍 뛸 테고. 냉장고를 뒤져 예정에도 없던 저녁 준비에 나섰다. 에고, 내 팔자야 하면서.

며칠 집을 비운 동안 푸성귀는 이미 다 풀이 죽어 있고. 에라 모르겠다, 볼고족족 홍조 띤 단호박 얼른 잡아서 폭 쪄낸 다음 있는 힘껏 팍팍 으깨서 마누라 없다고 과일도 제 손으로 안 깎아 먹은 남편 욕 디립다 하며 사과랑 참외 잘게 다져서 단호박에 섞어 넣으니 오메~~ 맛난 것! 반찬거리는 더 이상 없고 목이버섯 얼른 불려서 와사비에 살짝 무쳐내니 아노~~ 오이시이데쓰요~~. 혼자서 궁시렁궁시렁 찬밥 데워 열무김치랑 먹으니 한우 투뿔이 안 부럽다만, 서류 더미 속에서 애태우며 저녁도 굶고 앉아 있을 작은놈이 자꾸만 목에 걸려 사레기가 들었다.

밤새도록 서류 작성해서 내일 아침에 기껏 해다 바치면 호랑이 같은 상사가 설마 "이걸 준비서면이라고 써왔어? 어떻게 된 놈이 한국말로 서류 하나 제대로 작성 못해?" 뭐 이러면서 집어 던지지는 않겠지? 에고, 내 작은 팔에도 다 안 찰 정도로 쬐고맣던 놈이 어느새 훌쩍 커서 첫 월

급 탔다고 지 에미한테 밥도 사 준다하고, 에고 이쁜 내 새끼! 나는 오늘
도 또 이렇게 저녁밥도 못 얻어 먹은 주제에 혼자서 팔불출 짓을 하고
또 했다.

2019년 5월 8일

어머니 돌아가신 그 해 연말. 채 한 달도 안 돼 내 생일이 돌아왔다.
몸도 마음도 한없이 피폐해진 나는 생일날 아침, 식구들로부터 축하 인
사를 받기도 서로가 민망할 것 같아 차를 몰고 무작정 집을 나섰다. 그
리고 닿은 곳은 '금낭화'란 상호를 가진 충주 외곽 앙성탄산온천 지역
에 있는 작은 밥집. 아주 가끔씩, 일년에 두어 번 들러 옹심이 미역국을
먹곤 하는 집이다. 그 누구도 흉내낼 수 없는 옹심이 미역국을 먹고 나
면 항상 그 미역국을 여러 봉지 포장해다가 옹심이 좋아하시던 친정어
머니 병원에도 가져가고 동생네랑 친구네도 한 봉지씩 갖다주곤 했었
다. 그렇다고 그 집 주인과 특별히 친하지도 않았다.

싸락눈이 차창을 때리듯 내리던 그날, 어스름 길에 그 집을 왜 찾아
갔는지 지금 생각해도 정확하게는 잘 모르겠다. 굳이 이유를 찾자면 처
음엔 무덤덤하면서도 푸근해 보이는 그 집 여주인의 성품이 아프게 헤
집어진 내 마음을 특유의 그 무덤덤한 표정으로 조금은 어루만져주지
않을까 하는 무의식적 바람이 나를 그리 인도했을지도 모르겠다. 적어
도 그때는 그 여성이 내가 누군지 몰랐으므로 설사 내가 옹심이 미역국
을 먹다 말고 훅 울음을 터트린다 해도, 또 그 울음이 쉽게 그쳐지지 않

는다 해도 민망하게 나를 바라보거나 그 이유를 묻지 않으리라 하는 최소한의 방어 기재가 내 안에서 작동했을 수도 있으리라.

아무튼 그 날 저녁 나는 울음을 삼키며 옹심이 미역국 한 그릇을 꾸역꾸역 다 먹었다. 그리곤 한 줌 햇살이 그리워 울산으로 향했다. 진짜 내 생일은 사실 4월이 아니라 12월 31일이므로 내 생일 다음 날은 새해 첫날. 새해 첫 햇살을 보고 싶었다. 울산이 가까워지면서 싸락눈도 거의 그쳐갈 즈음, 내가 그 집을 왜 찾아갔는지 어렴풋이 떠올랐다. 금낭화 bleeding heart, 피 흘리는 심장, 바로 그 꽃 때문이었으리라.

7~8년 전, 땅 냄새가 치매에 좋다는 말을 듣고 치매 증상이 심해진 엄마한테 시골집을 마련해드린 후 엄마랑 같이 장에 나갔다가 꽃이 예쁘고 특이하다며 한 포기 사다 심은 금낭화가 지금은 흥건하게 담벼락을 장식하고 있다. '비단 주머니'라는 뜻의 금낭화를 왜 서양 사람들은 bleeding heart, 피 흘리는 심장이라는 섬뜩한 이름을 달아줬을까? 똑같은 꽃을 보고 우리는 비단 주머니, 저들은 피 흘리는 심장이라니. 어린이날 찍은 사진은 비단 주머니고 어버이날 보는 이 꽃은 피 흘리는 심장일까? 쪼로록 가로로 피는 예쁜 이 꽃의 꽃말은 "나를 따라오세요."

2019년 4월 28일

콩밭도 안 매고 베 적삼도 안 입는 아낙네지만 주말이면 비가 내리는 바람에 지난 주에도 풀 뽑느라 온몸이 흠뻑 젖었었다. 서울 올 시간이 급해 젖은 몸에 우비를 대충 걸치고 다시 나와 뒷산과 마당, 사당 뒤를

경중경중 뛰어다니며 두릅, 머윗대, 삼채, 상치, 홋나물을 뜯고 보이는 대로 달래와 씀바귀도 캐서 몇 년째 암 투병 중인 동생한테 건네줬다. 밤 열 시가 다 된 터라 동생 얼굴은 못 보고 주차장으로 내려온 제부한테 "푸성귀가 죄다 젖었으니 빨리 먹어야 한다"라는 당부만 전하면서.

뭐가 그리 바쁜지 전화도 못 해보고는 1주일이나 지났으니 다 잘 먹었으려니 했는데 조금 전, 이른 아침에 사진과 함께 이런 문자가 날아왔다. '작은놈이 오늘 모처럼 온다길래 언니가 준 귀한 봄나물들 안 먹고 매일 신문지 옮겨가면서 간수를 잘했더니 멀쩡하네? 데쳐놔도 향이 다 넘 좋다. 식구들 모여서 봄 향기 맡으며 잘 먹을게. 댕큐'

입에선 핀잔이 나오는데 눈에는 눈물이 핑 고였다.

기집애, 암 환자 먹으라고 그 빗속에 자연산, 유기농 봄나물을 뜯어서 갖다줬더니 시퍼렇게 젊은 놈들 주려고 지는 안 먹었다고? 새끼가 뭐길래. 자식이 뭐길래.

우리 엄마도 우리를 그렇게 키웠겠지?

엄마……

2019년 4월 7일

손바닥 만한 마당에 봄을 심었습니다. 모든 꽃이 다 좋지만 흰색 마가렛을 유독 좋아하는 저는 올해로 8년째 마가렛을 심습니다. 책에도 그렇고 파시는 분들도 하나같이 "월동이 가능하다"라고 하시는데도 저는 매년 봄마다 마가렛을 새로 삽니다. 해마다 다 죽고 안 나오거든요.

저는 꽃을 좋아하기도 하지만 비교적 꽃을 잘 키워서 사람들이 놀라기도 하고, 어렸을 적에는 엄마한테서 "꽃 좋아하면 시집가서 아들 못 낳는다"라는 지청구를 들으며 제 손에 들린 모종삽을 매몰차게 뺏기기도 할 만큼 유독 꽃 키우고 화단 정리하는 걸 좋아했답니다.

참고로 엄마는 딸 셋을 낳고 남편과 일찍 사별하셨고 그 시절엔 아들을 못 낳으면 칠거지악이 되어 첩을 받아들이거나 쫓겨나기도 했으니 엄마의 그 마음을 지금은 아리게 이해합니다만, 어린 마음에 모종삽을 뺏길 때면 엄마가 밉고 싫었지요. 이해도 안 됐구요.

연례 행사처럼 오늘도 마가렛을 또 심으면서 2년 전에 돌아가신 엄마가 생각나 콧등이 시큰거렸습니다. 마가렛 사면서 아프로디테가 눈물로 키우고 아도니스 피가 꽃으로 피어났다는 아네모네도 네 개 샀습니다. 흰색이 없어 분홍과 남보라만 샀어요. 엄마가 좋아하던 노래, "아~네모~네는 피는~데 아네모넨 지는~데~~" 혼자서 무심결에 흥얼거리던 그 노래, 아네모네가 생각나서요.

그런데 모종값이 작년보다 많이 비싸네요. 꽃집 아저씨가 "기름값, 인건비가 너무 올라서 이젠 모종 일도 못 하겠어요" 하십니다. 모든 물가만 나 홀로 고공행진 중인가 봅니다.

더 나은 세상을 위해

© 윤상구

우리도 일본도 어린이날은 두 나라 다 5월 5일로 똑같다. 우리가 어린이날을 먼저 만들었다. 알려진 대로 우리나라에서는 방정환 선생이 1922년, 일제 시대에 "아이들에게 민족혼을 심어주자"라는 뜻에서 천도회가 소년회를 창립한 5월 1일을 어린이날로 삼았다. 그러나 17년 만에 일제 탄압으로 어린이날이 사라졌다가 1947년에 다시 시작됐다. 그때는 어린이날이 공휴일이 아니어서 5월 첫째 주 일요일에 어린이날 행사를 했는데 그날이 5월 5일이었던 것이 어린이날의 유래다.

일본은 패망 후 생활이 극도로 어려운 상황에서 후세를 잘 길러보자는 뜻에서 1948년, 신록의 계절인 5월 5일을 어린이날로 정했다. 시작은 우리와 동일하게 소년의 날, 즉 남자 어린이의 날로 시작했다. 남자 어린이날 상징은 잉어. 잉어처럼 아름답게, 무럭무럭 자라라는 의미가 담겨 있단다. 여자 어린이의 날은 3월 3일이었으나 시나브로 남녀 어린이날로 통일되었다. 하지만 일본의 어린이날 상징은 여전히 잉어다. 주말에 급히 다녀온 일본엔 도심이든 마을이든 곳곳에 '코이노보리'라고 하는 종이 잉어가 하늘에 나부끼고 있었다.

반면에 우리는 어린이날 상징이 없다. 있으면 좋겠는데…… 그저 놀이 동산에 데려가서 같이 놀아주고, 선물 보따리 안기는 것으로 부모와 조부모들은 피곤에 쩐 하루를 과소비하며 보낼 뿐이다. 이제 놀아주고 선물을 해줄 어린이도 없는 세상. 그래도 손주를 봐주는 조부모가 그렇지 않은 조부모보다 평균 7년을 더 산다니, 오늘도 열심히 손주나 키워봐야겠다.

2023년 5월 1일

한국에 김홍도가 있다면 일본엔 가쓰시카 호쿠사이葛飾北斎가 있다. 나가노 근처에 있는 작은 마을, 오부세小布施를 찾아 왔다. 목적은 오로지 하나. 호쿠사이 미술관이 있는 호쿠사이칸을 보러 왔다. 호쿠사이(1760~1849)는 92세까지 살면서 평생 집을 소유하지 않고 일본 전역을 다니며 풍속화를 그렸기 때문에 일본 전역에 그의 미술관이 있다.

그러나 이곳 오부세는 호쿠사이가 90세가 되어서야 와서 그가 마지막 작품을 그린 곳이고, 특히 그가 남긴 마지막 작품인 천정화가 있는 곳이라 이 작은 밤나무골에 1년이면 전 세계에서 100만 명이 넘는 관광객이 찾아온다. 인구 1만 명이 조금 넘는 이 작은 오부세에. 예술의 힘, 미술의 힘, 한 인간의 힘이다.

용과 봉황이 어우러진 천정화는 90노인이 그렸다고는 믿기지 않을 만큼 힘이 넘쳐났고, 용과 봉황의 느낌이 우리 화가들의 표현과는 달리

금방이라도 튀어나와 포효할 듯 생생했다. 시간에 쫓겨 충분히 즐기지는 못했으나, 늘 사진으로만 보던 남성파도 여성파도 작품도 실물로 보니 감동이 파도처럼 밀려왔다.

특히 묵화와 채색화, 만화와 판화까지 수많은 장르를 넘나들며 산수화와 인물화에 성 풍속도까지 말 그대로 다양한 소재를 발굴하고, 그 누구도 흉내낼 수 없는 기법으로 여러 작품을 남긴 그의 열정에 감탄하지 않을 자가 어디 있겠는가? 그러니 호쿠사이가 그 시대에 유럽을 자포이즘Japoism이라는 센세이션으로 휘몰아쳤으리라. 아르누보의 전조등을 켠 이도 바로 가쓰시카 호쿠사이였으니 말해 무엇하랴.

"꿈꾸는 자는 늙지 않는다"라는 그의 말을 떠올리며 2,500m가 넘는 설산을 경이롭게 바라보았다. 꿈꾸고 싶다, 나도.

2023년 1월 27일

일본 날씨는 기본적으로 한국보다 따뜻하다. 남쪽이니까. 그러나 집에 들어가면 춥다. 일본은 온돌 문화가 아니어서 더 을씨년스럽다. 심지어 호텔도 우리보다 온도가 낮다. 우리는 더운 여름에 은행 같은 곳에 가서 더위를 피하지만 일본은 따뜻한 곳에 가서 온기를 느끼는 '웜 셰어warm share' 운동이 한창이란다.

일본의 한 쇼핑몰 체인이 집 안의 전기를 끄고 따뜻한 쇼핑몰에서 시간을 보내자며 제안을 했다는데, 사실 따지고 보면 웜 셰어가 아니라 '웜 비지니스warm busuness, ウォームビズ' 아닐까? 겉으로는 에너지 절약 운

동 같지만 실제로는 주민들을 거리로 나오게 해 지역 경제에 도움을 주자는 취지로 자기네 가게로 놀러오라는 거니까 말이다.

나는 이번에 일본의 근검 절약, 쥐어짜는 에너지 정책, 그 진수를 직접 피부로 느꼈다. 호텔 값도 아낄 겸, 여행지의 서민들 생활도 엿볼 겸, 나는 여기저기서 민박을 자주 한다. 유럽에서는 빵지용pension이라고 하는 아침 식사를 주는 1박 1식 B&B을 자주 애용한다. 싸고 즐겁고 배우는 것도 많으니까. 영어로 하면 펜션인데 우리나라에서는 펜션이 좀 이상하게 쓰인다. 마담이나 살롱처럼.

어쨌거나 이번 여행의 민박집, 일본에서는 민숙民宿이라고 하는데 질겁을 했다. 추워서. 20여 년 전, 네팔의 히말라야에서 마지막으로 써 본 유담포, 뜨거운 물주머니를 일본에서 다시 쓰게 될 줄이야. 내복에 스웨터, 그 위에 패딩을 입고 자는 것도 히말라야 이후 처음이었다. 문제는 발이다. 양말을 두 겹 겹쳐서 신어도 워낙 얼음덩이인 내 두 발은 도통 잠을 허락하지 않았다.

드디어 오늘, 호텔로 옮겼다. 오메~~ 좋은 것! 그러나 뜨끈뜨끈 지지고 싶은 내 몸의 욕구는 호텔에서도 충족될 수 없는 한국의 돌침대 문화. 그래도 민박집의 영혼이 담긴 밥과 주인 아주머니의 말없는 정성은 지금도 계속 내 눈 앞에 아른거린다. 소박하고 담백하고, 정갈하고 정성이 담뿍 묻어나던 밥상. 나물들도 하나하나 내 입에 착 감겨왔고, 히다 소고기 넉 점은 황홀할 정도로 목 넘김이 좋았다. 맛있다는 표현으로는 부족하다. 게다가 다다미방 식당에 놓인 난로는 나 초등학교 때 살던

적산가옥을 연상시켰다. 느닷없는 그 정겨움이라니.

갑자기 내 기억 속에서 툭 튀어나온 '나라야마 부시코'라는 영화까지. 1936년 파리 샹제리제 거리 오른쪽에 있는 극장에서 그 영화를 보며 느꼈던 충격이 연상 작용을 통해 불쑥 내 의식을 침범하는 순간까지, 어느 것 하나 살갑지 않은 것이 없었다. 밤이면 걸을 때마다 삐걱대는 나무 마루도 조심스러웠지만 발에 닿는 감촉이 너무 좋았고, 화장실 갈 때만큼은 코끝에 와 닿던 상큼한 밤공기도 봄바람처럼 상쾌했다.

부자는 절대로 느낄 수 없는 가난한 여행객의 낭만과 정취, 그 정점은 내가 그 민박집을 떠나올 때 일어났다. 나보다 나이가 열 살은 더 많을 민숙집 주인 여성은 내가 나오자 얼른 내려가 내 부츠를 꺼내다 내 발 아래에 놓고, 다시 마루에 올라가 내가 신발을 다 신을 때까지 무릎을 꿇고 앉아 있다가 내가 당신 쪽으로 몸을 돌리자 그녀는 갑자기 무릎 꿇고 앉은 그 상태에서 몸을 깊숙이 숙이며 인사를 했다. 상냥하게. 솔 높이의 다소 가냘프고 상냥하고 높은 목소리로 "아리가도 고자이마시다. 사요나라"라고. 내가 몸 둘 바를 모르고 문을 나서지 못 한 채 서성이자 그녀는 다시 한 번 같은 동작, 같은 말을 깊숙이 반복했다.

그건 굴욕이 아니다. 무릎을 꿇고 앉은 자세, 그것은 자기 집을 찾아준 나그네, 손님에 대한 감사인 동시에 끝까지 최선을 다하고자 하는 일종의 장인 정신의 발로 아닐까? 추워서 밤새 잠을 설친 탓에 아스피린 두 알을 털어 넣고도 여전히 휘청대던 내 몸에 갑자기 안개가 걷히기 시작했다. 진정한 웜 셰어란 이런 게 아닐까? 서로 따스함을 나누는 것. 그래서 온기를 느끼는 것. 사람의 온기, 사랑의 온기, 말이다.

2022년 8월 15일

여말선초麗末鮮初, 1,000년 전의 일이지만 그때도 한반도는 격량의 시기, 아프고 쓰라렸던 신산辛酸한 시기. 그래서 팔만대장경도 만들던 시기였다. 그 당시 몽골은 유라시아 대륙을 제패하고 중원에서 금을 멸망시켰다. 그리곤 거란 잔당을 소탕한다는 명목으로 고려에 쳐들어왔다. 1216년 고종 때의 일이다. 그 후 이 땅에서 벌어진 몽골의 악행과 항몽 정신, 삼별초 등은 우리 모두 중고등학교 때 열심히 배웠다. 그 과정에서 몽골인들의 통역사였던 역인들이나, 환관으로 원에 갔다 돌아온 내시들, 심지어 몽골인 왕비나 공주의 몸종들까지도 득세했던 일들은 드라마나 영화로도 만들어져 인기를 끌었다. 원래 정사보다는 야사, 정통사극보다는 주변부 이야기가 더 재미있으니까.

어제, 제주 둘레길을 걸으며 항몽유적지를 지났다. 애월 해안가에 새겨진 항몽유적비도 지났고. 그러면서 끊임없이 들던 생각들.

하나, 왜 몽골은 그렇게 끈질기게 반도 끝, 자그마한 고려를 복속시키려고 시도했을까? 유라시아까지 엄청난 영토를 지녔으면서…… 고려는 그닥 힘도 없었는데.

둘, 당시에 몽골 인구는 80만 명, 고려는 약 400만 명이었다. 그런데 왜 고려는 오래도록 몽골의 속국 노릇을 해야 했을까? 36년 일제 시대보다 훨씬 더 길게.

셋, 몽골은 왜 그 넓은 땅을 지배했으면서도 재해 투성이의 섬나라, 일본을 탐냈을까?

넷, 우리는 잘 모르지만 고려와 몽골은 여몽연합군을 형성하고 일본을 두 차례나 침공했었다. 900척의 배는 전부 고려 장인들이 만들었고, 고려군 8,000명이 마산항을 통해 참전했다. 1274년의 일이다. 대마도까지는 좋았으나 두 번에 걸친 일본 정벌 시도는 모두 태풍 때문에 실패했다. 두 번에 걸쳐 여몽연합군은 10만 명을 잃었다니. 엄청난 전투였다.

하지만, 하지만 그때 여몽연합군이 이겼다면, 지금 우리는 어떤 모습일까? 몽골은 물에 약한 민족이니 우리가 일본을 지배하지 않았을까? 어떤 형태로든 일본은 고려의 속국이 될 수밖에 없었을 텐데.

광복절, 독립절, 건국절 아침. 제주에서의 마지막 아침. 해가 뜨기 전, 제주 바닷가를 걸으며 나는 또 쓰잘데기없는 망상에 젖어본다. 역사의 가설은 언제나 내 상상력을 한없이 자극하니, 이 또한 즐겁지 아니한가? 머릿속 유희만으로도 즐겁다. 여전히 신산한 8·15 아침에.

2022년 8월 14일

수백 년 전의 지리적 위치를 정확하게 고증해 밝혀낸다는 것은 매우 어려운 일이다. 그것도 바닷가 지점을. 369년 전에 하멜이 난파된 배와 함께 태풍에 떠밀려온 지점이 어디냐를 두고 어제, 그제 무척 시끄러웠다. 그래서 하멜 기념탑과 기념비도 지금은 산방산 용머리해안과 신도리, 두 군데로 나뉘어 있다. 그 근거로 삼는 것은 하멜의 기록과 제주목사를 지낸 이익태의 '지영록'이다.

문제는 하멜의 기록은 그가 속했던 동인도회사에 보고한 일종의 보고서로 지명이 다 일본식으로 되어 있어 지금의 지명과 많이 다르기도 하고, 그 당시 그 지역엔 사람들이 살지도 않았던 말 그대로 막연히 '해안'이기도 했지만 그 보고서는 지금까지 단 한 번도 공개된 적이 없다. 다만 그 당시 네덜란드의 언론 보도가 센세이션을 일으켰을 뿐이다. '이상한 나라의 엘리스'처럼.

제주 이익태가 쓴 '지영록'은 하멜이 도착한 지 40여 년 후의 기록이어서 그 또한 정확하지도 않다. 목적 자체가 '제주도 바로 알기'였으니까. 그러다 보니 우리가 흔히 아는 <하멜표류기>라는 책에 나오는 삽화, 그것도 뒷배경으로 나오는 산세의 모양과 그 당시 네덜란드의 언론 보도 기사 등을 근거로 갑론을박하기도 한다.

그런데 그 삽화가 담긴 책은 출판사들이 조선에 대한 사전 지식이 전혀 없는 상태에서 상상력을 발휘해 상업적 목적으로 펴낸 것들이다. 그래서 조선 왕이 유럽 왕 같은 왕관을 쓰고 있기도 하고, 한국 산하에 사자와 악어가 등장하기도 하며, 조선 사람들의 복장에 대한 설명이나 그림은 기이하게 나오는데 어찌 그 삽화로 특정 지점을 추정해낼 수 있겠는가? 더구나 10년이면 강산도 변한다는데, 무려 369년 전의 바닷가를.

홍길동의 고향이 전라도이기도 하고 강원도이기도 하고, 이제는 충청도도 등장하는 것처럼, 내 짧은 소견으로는 하멜의 표착 지점은 둘 다 출처를 밝히는 역사적 기록으로 남겨놓고, 두 군데 다 인정하는 것이다.

어쨌든 둘 다 제주도니까. 그리고 그 당시 스무 살도 채 안 되었던 하멜의 도전 정신과 불굴의 의지를 기리는 것이 더 좋지 않을까 싶다. 표착지가 어딘가에 연연하기보다는 그가 거쳐 간 동서양과 국내외의 지점들을 중심으로 역사적 의미를 되짚어보며, 후대에 남기고 새길 수 있는 기회와 교훈을 찾아볼 수 있다면 더 의미가 있지 않을까? 사실 하멜 관련 현대적 표적은 제주보다 여수에 훨씬 더 많고 관광화되어 있기도 하다. 그 이유가 무엇이겠는가? 우리 사회의 유연성과 우리 국민의 사고방식이 좀 더 미래지향적으로 좀 더 유연해졌으면 좋겠다. 정치는 더 말할 나위도 없지만.

2021년 10월 23일

카페 소스페소Caffe Sospeso. 서스펜디드 커피Suspended coffee. 어떻게 해석해야 할까? 고민할 필요 없다. 그냥 공짜 커피라고 생각하면 된다. 공짜 커피. 그러나 그냥 공짜는 아니다. 세상에 공짜는 없으니까. 커피 한 잔도 마실 능력이 없는 그 누군가를 위해, 그 누군가를 생각하는 그 누군가가 커피 한 잔 값을 미리 내놓은 자선 커피, 따뜻한 공짜 커피가 바로 카페 소스페소, 서스펜디드 커피다. 하나는 이탈리아어, 다른 하나는 영어.

제2차 세계대전 직후, 패전국 이탈리아는 상상을 초월할 정도로 가난했다. 그때 거리의 노숙자들을 위해 그나마 커피라도 마실 수 있는 이탈리아인들이 계산하고 나오면서 한 잔 값을 더 내고 나온 커피가 바로 카페 서스페소, 서스펜디드 커피다. 가난한 이가 동냥하러 들어오면 따뜻한 커피 한 잔 대접하라고, 모르는 이가 미리 지불한 커피값이 전쟁 직후 너나없이 힘들었던 그 시기를 이겨낸 원천, 따뜻한 커피의 내력이다. 그 전통은 미국으로 이민 간 이탈리아인들이 미국에서도 이 카페 서스페소를 시행하면서 서스펜디드 커피라는 영어식 표현도 생겨났다.

우리나라에서도 5~6년 전에 '맡겨둔 커피', '모두의 커피'라는 용어와 함께 커피 나눔 운동이 잠시 등장하기도 했지만 지금은 눈에 띄지도 않는다. 커피집은 날로 넘쳐나는 데도, 입에서는 늘 "우리 언제 커피 한 잔 하자"라는 말, 그리고 명사마다, 단어마다 '우리'라는 말을 붙이고 살면서도 정작 우리는 나눔에 익숙지 않다. 남을 배려하는 문화도 없다. 나눔은 돈이 아니라 마음이고 정신이며 영혼이다.

이탈리아 사람들과 우리는 기질이 참 비슷하다. 아주 솔직하게, 있는 그대로 표현하면 놀기 좋아하고, 공짜 좋아하고! 거짓말도 잘 하고 거칠기도 하다. 그러나 다른 점은 이렇게 작은 기부 문화가 이탈리아인들 사이엔 습관처럼, 오랜 전통으로 스며들어 있는데, 그런 마음이 우리한테는 없다는 것이다. 물론 카페 소스페소가 성공하려면 커피집을 믿는 신뢰의 마음도 큰 요인으로 작용하겠지만 우리는 불신의 사회를 살고 있으니.

각설하고, 이탈리아 사람들이 마시는 커피는 1유로짜리 에스프레소다. 단돈 1,200원. 파리 샹제리제에서도 2유로 정도. 우리는? 우리는 커피값도 너무 비싸지만 따뜻한 손을 내밀 수 있는, 단돈 1,000원이라도 모르는 사람한테 조건없이 선뜻 내줄 수 있는 그 마음, 그 정신, 그 맑은 영혼이 우리에게는 왜 없는 걸까? 가난하지도 않으면서. 선진국 소리를 들으면서.

2021년 9월 11일

오늘로 9.11 테러 20년.

오늘 미국은 20년 전 그날의 아픈 기억이 아직도 서려 있는 뉴욕, 워싱턴 DC, 생크스빌에 모여 다양한 추모식을 거행할 예정이다. 20년이 흘러도 아물지 않는 희생자와 그 가족의 트라우마는 어쩌면 영원히 치유되지 않을지도 모른다. 그게 인간이니까. 아무리 그라운드 제로, 처음부터 다시 시작하자고 되뇐들 어찌 그날의 생경했던 충격, 때마다 생생하게 되살아나는 그 장면을 잊었다, 잊겠다, 할 수 있겠는가? 아직도 1,000명이 넘는 시신은 신원 확인조차 되지 않고 있는데.

그러나 생명은 모진 것. 희망은 의외의 곳에서 자란다.

그때 그날, 잔해 더미가 어느 정도 치워지고 정리될 즈음 발견된 배나무. 새카맣게 타고, 부러지고 그 모양새가 오죽했겠는가? 그래도 소방관들은 그 배나무를 살리기로 결정하고 파버리지 않았다. 미국인들도 그 나무가 살아나기를 기원하며 정성을 다했다. 에덴동산 중앙에 있었다는 생명나무tree of life처럼, 기적처럼 그 나무가 살아나 미국에 희망이 되어주길 미국인들은 한마음으로 바라고 또 염원했다. 그리고 그들은 그 나무에 '생존자 나무survivor tree'라는 이름을 붙여줬다. 이 배나무가

기적처럼 살아났듯이, 당신도 잘 살라고, 희망을 가지라고.

매년 하나의 화환만 놓이던 생존자 나무에 올해는 화환이 두 개 놓였다. 20주년 기념으로. 이 생존자 나무는 매년 번식해간다. 가지를 잘라 여기저기 원하는 곳에 이식해준다. 올해는 어느 고등학교로 갔다던가? '생존자 나무'는 이렇게 미국과 미국 사람들한테 희망과 생명을 나눠주고 있다. 힘을 불어넣고 있다. 그런데 우리는? 우리는 지금 어디서 희망을 찾고 있는가?

2021년 5월 8일

좀전에 바게트를 하나 사러 나갔더니 세상에나, 못 보던 케이크가 진열돼 있는데 어찌나 예쁘던지 사진부터 찍었다. 카네이션 케이크라고 해야겠지? 그것도 조각으로 나누거나, 아주 작은 케이크가 앙증맞은 각종 카네이션을 이고 있는 모습에 그만 넋이 빠져 바게트 생각은 까맣게 잊을 정도였다. 정교한 솜씨, 세련된 표현은 가히 세계 최고다.

1970~1980년대만 해도 출장길에 유럽, 아니 일본에만 가도 나는 그들의 빵집 앞에서 종종 발길을 멈추고 빵 구경을 하곤 했다. 다양함에도 놀랐지만 예쁘면서도 예술적인 빵 모습에 군침이 돌기도 전에 내 두 눈이 춤을 추곤 했다.

그러나 언제부터인가 빵도 케이크도 대한민국이 최고가 되었다. 물론 아직도 유럽과 일본의 최고 빵집이나 초콜릿 가게와는 비교하기 어려운 점이 있는 것은 부인할 수 없는 사실이지만, 대중적인 일반 빵집의 수준과 맛, 멋은 감히 세계 최고라고 인정한다. 저 예쁜 케이크들을 만드느라 며칠을 밤새 일했을 고운 손길에 박수와 찬사, 감사를 보낸다.

이제는 카네이션 하나 달아드리고 카네이션 케이크 한 조각 사다드릴 어버이도 내게는 안 계시니 짤막한 드미 바게트 하나 손에 쥐고 빵집을 나서면서 이 땅의 모든 어버이께 감사 인사를 드린다.

고맙습니다.

감사합니다.

그런데 난 어버이날 발음이 싫다. '어버이'라고 말하고 나면 바로 수령 동지가 생각나서. 나만 그런가? 봄에는 어머니날 그냥 두고 가을에 아버지날을 만들고 싶다. 어머니와 아버지는 결이 다르니까. 아버지날을 별도로 두고 있는 나라도 꽤 많으니까. 하기야 또 모르지. 몇 년 지나고 나면 어버이날이 수령데이로 변할지도.

2020년 11월 22일

저는 독도 사람입니다. 사람들은 저를 때로는 충청도 사람, 또 때로는 강원도 사람으로 알지만 법적으로 저는 독도 사람이에요. 사실 저는 제주도와 전라남도만 빼고 모든 도에서 다 살아봤습니다. 전근을 다니셔야 했던 아버지, 어머니 덕분에 태어난 곳은 강원도 양구지만 대전, 전주, 대구, 충주에서 1년 이상씩 포천에서는 두 달, 그리고 춘천에서는 10년, 서울에서는 42년째 살고 있지요.

하지만 제 본적, 그러니까 등록기준지는 경상북도 울릉군 독도리

30번지. 명실공히 독도 사람입니다. 일본 사람들이 독도로 주소지를 옮긴다는 사실을 알고 저는 본적을 독도로 옮겼습니다. 주민등록법 때문에 주소지를 옮길 수는 없으니까요. 어쨌든 독도 사람인 제가 독도지킴이인 귀여운 삽살개를 어제 업어왔습니다. 강연 갔다 오는 길에 경산에서요.

삽살개는 지금도 독도를 지키고 있구요, 사찰 등 우리나라의 크고 작은 각종 문화재를 지키는 문화재 지킴이이기도 합니다. 아시지요? 삽살개. 액운을 쫓는다는 삽살개. 한자로는 사자처럼 생겼다고 사자구獅子狗라고도 하지요. 우리나라의 토종개입니다. 진도의 진돗개, 북한의 풍산개, 경산의 삽살개.

우리 고전이나 고화에도 나오고, 노천명의 시, '이름 없는 여인이 되어'에도 나오는 그 삽살개요. '…… 삽살개는 달을 짖고 ……' 하는 구절. 삽살개가 달을 보고 짖다가 한입에 삼켜버릴려나요? 아무튼 시골집에서 키우던 라도를 아들놈이 자기 집으로 데려간 이후 어떤 개를 업어와야 할까 고민하다 내 고향을 지켜주는 우리 토종개, 독도지킴이인 북슬북슬한 털보, 삽사리를 선택해 업어왔습니다.

일제 때 일본 사람들이 온몸을 덥수룩하게 덮고 있는 저 털이 탐나서 다 잡아 죽인 탓에 멸종되다시피한 삽살개를 한국삽살개재단이 경산에서 연구·복원·분양하고 있습니다. 참 고맙고 의미있는 일이지요. 이름은 삽사리로 정했습니다. 15년 전, 비어 있는 시골집에 데려왔던 진돗개는 진도. 6년 전, 치매를 앓으시던 친정어머니의 보호견으로 데려왔던 래브라도 리트리버는 라도. 아들한테 라도를 뺏기고 데려온 삽살개는 삽사리로 부르려구요. 사람이든 짐승이든 정체성, Identity가 중요하니까요. 너 자신을 알라, 네 본분을 다하라는 뜻에서 진도, 라도, 삽사리. 게다가 달을 보고 짖다가 달까지 한입에 삼켜주기를, 노천명과 함께 이름 없는 여인이 되어 함께 빌어볼까 싶어서요.

많이 사랑해주세요. 독도 지킴이이자, 문화재 지킴이인 우리 삽사리. 참 귀엽지요? 털이 엉겨서 지금은 깎아준 상태예요. 봄이 되면 온몸이 긴 털로 사자처럼 덮일 거예요. 기대해주세요.

2020년 10월 26일

파리에선 혼자 살았지만 독일에선 가족이랑 같이 살았다. 출장간 김에 나 혼자 집 구해놓고 돌아오는 비행기 안에서 나는 한껏 부풀어올라 혼자 신났었다. TV는 큼직한 소니 제품으로 사서 채널이 100개도 넘는 방송을 샅샅이 다 찾아보고 영화도 실컷 봐야지. 룰~~루랄~라.

그런데 웬걸? 한 달 후 식구들이랑 독일에 가서 짐을 풀자마자 TV 사러 가자는 내 말을 들은 남편은 백과사전보다 더 두꺼운 전화번호부를 갖다놓고 뒤적뒤적 전화를 하기 시작했다.

"여보세요? 전자 상가지요? 삼성 텔레비전 있나요? 아~~ 녜~~ 삼성이요."

저쪽이 못 알아들으니까 알파벳을 독일어로 또박또박 알려주면서 삼성이라고 다시 한번 말하더라. 아니 삼성이라니? 독일에 와서 웬 삼성 텔레비전? 게다가 독일식으로 '삼숭'이라고 발음해야 알아듣지 삼성이 뭐야, 삼성이? 화도 나고, 어이도 없었지만 전화기를 붙들고 있는 남편 뒷꼭지에다 레이저만 쏠 뿐 차마 전화기를 뺏을 수는 없었다. 남편 성격을 너무 잘 아니까.

그렇게 시작된 전화는 오후까지도 계속 이어졌다. 그러나 본 시내에는 단 한 군데도 삼성 텔레비전을 파는 곳이 없었다. 나는 속으로 쾌재를 불렀다. 이제 소니 텔레비전 사러가면 되겠네~~. 그러나 이 남자, 주섬주섬 옷을 갈아입으며 하는 말.

"만하임 쪽에 가보면 있을 거라네? 독일 사람들 참 친절해."

뭐? 만하임? 미쳐 증말~~. 그러나 아무리 미쳐봤자 소용없다. 쫓아 나서야지. 옆에 타고 지도를 봐줘야 한다. 남편은 초보운전인 데다가 한국말도 아닌 독일어로 된 표지판을 더듬더듬 운전하면서 모르는 길을 찾아가는 것은 결코 쉬운 일이 아닐 뿐더러 이억 만리 독일까지 와서 과부가 될 수는 없으니까. 둘째 가진 배를 쑥 내밀고 아직도 기저귀를 차고 있는 큰놈 외출 채비를 시켜서 배만큼이나 쑥 나온 입을 비죽거리며 쭐레쭐레 따라나섰다.

만하임 시내에 들어가서도 좌충우돌, 왔던 길 다시 가고 나왔던 길 도로 들어가는 복잡한 원웨이를 돌고 돌아 겨우 찾은 집이 정말 작은 상점. 들어가자마자 개선장군 같은 우렁찬 목소리로 남편이 외쳤다.

"여기 삼성 텔레비전 있지요?"

"뭐요? 아, 삼숭? 있나? 없는 것 같기도 하고."

독일 사람같지 않게 작은 몸집에 머리를 짧게 깎은 늙수그레한 남자가 중얼거리자 우리 남편 더 당당한 목소리로 외쳤다.

"본에서 알려줬어요. 여기가 삼성대리점 맞지요? 여기 가면 꼭 있을 거라고."

그러자 그 남자 기다리라더니 한 20분쯤 지나서 상자도 없이 먼지가 뽀얗게 낀 TV 하나를 가볍게 들고 나타났다. 이거 딱 하나 있다고. 입이 벌어져서 싱글벙글하는 남편 옆에서 내가 나섰다.

"텔레비전 나오나 확인 좀 해주세요."

그러자 이 독일 남자, 걸레로 화면을 쓱쓱 닦아 켜는데, 아, 잠시 지지거리더니 화면이 나왔고, 옆에서 들뜬 남편이 소리쳤다.

"색상도 잘 나오고 아주 선명하네. 이걸로 주세요."

우거지상을 하고 있던 내가 마지막 애원하듯이 애절하게 말했다.

"상자도 없고 마지막 떨이니 좀 싸게 주시겠지요?"

그러자 우리 남편 하는 말,

"아닙니다. 수고하셨는데 정가대로 내야지요."

그렇게 우리는 독일에서 하루 종일 전화하고 다 저녁 때 한 시간 이상을 달려서 겨우 17인치짜리 삼성 TV 하나를 샀다. 만 32년 전의 일이다. 그렇게 소니 텔레비전은 내 인생에서 사라졌지만 지금 전 세계 TV시장은 삼성판이고, 소니는 TV사업에 종지부를 찍었다. 전 세계에서 1등을 하는 삼성 제품이 20개가 되었으니 30년 만에 상전벽해를 한 셈이다. 정치는 더 추락해 5류가 됐지만, 삼성은 브랜드 가치 세계 5위가 되었다. 이건희 회장의 영면을 기원한다.

2020년 6월 2일

사랑하는 사람, 있으세요? '연인lover'요. 그 사람과 사랑하는 연인 사이라는 것을 어떻게 입증하실래요? 이메일이나 사진, 문자로요.

유럽은 EU헌법에 따라 하나의 국가인 국가연합체이고 유럽의 특성상 국가들이 서로서로 국경을 마주하고 있어서 국경을 넘어 학교도 다니고 출퇴근도 자유롭게 합니다. 프랑스에 살면서 독일로 출근하고, 이탈리아에 살면서 스페인으로 통학하고 뭐 그런 일이 다반사지요.

당연히 연인들은 국적 불문이구요. 가족 자체가 다국적입니다. 할머니는 영국, 할아버지는 포르투갈, 이모는 프랑스, 고모는 독일, 아빠는 스웨덴, 엄마는 이탈리아, 나는 미국, 동생은 스위스, 이런 식이지요. 국적 선택의 자유가 있으니까요.

그런데 요 코로나 때문에 요즘 나라에 따라 다르기도 하지만 국경을 잠시 봉쇄하고 있습니다. 덴마크가 아주 대표적이지요. 국경을 폐쇄한 지가 벌써 석 달이 넘어갑니다. 그러니 직장과 학교에서 만나던 연인들이 난리가 난 겁니다. 현대판 로미오와 줄리엣도 아니고! 그러자 덴마크 정부가 연인들을 서로 만나게 해주겠다며 자신들이 만난 지 6개월 이상 되고 서로가 연인 관계라는 것을 입증할 수 있는 사진이나 문자, 이메일을 제출하라고 한 겁니다.

당연히 사생활 침해라는 소리가 여기저기서 삐져나왔지만 수천 명이 연인임을 입증하고 만남을 가졌다네요? 그 가운데는 팔순의 연인도 있었다니 역시 사랑엔 국경도, 나이도 필요 없고, 사랑하기 딱 좋은 나이는 지금 그 나이, 80대인가 봐요. 여러분은 어떤 사진, 어떤 문자, 어떤 메일로 연인 관계를 입증하실 건가요?

2020년 2월 18일

미국인들이 가장 신뢰하는 기관은 미 연방대법원이다. 매년 부동의 1위다. 영국이 민주주의의 산실이라면 미국은 법치주의의 산실이다. 영국이 의원내각제를 전 세계에 수출했다면 미국은 연방대법원의 판례를 통해 '살아있는 법'을 전 세계에 수출했다. 상품이 아니라 정신과 영혼, 가치를 수출한 것이다.

내 꿈은 우리 대한민국도 가치를 수출하는 나라로 만드는 것이다. 현대 자동차, 삼성 핸드폰, LG의 가전제품이 고단한 수출길을 전 세계에 열었고, 한글과 BTS, 한식 등 우리의 문화가 그 길을 아름답게 다듬고 있으니, 앞으로는 그 탄탄하고 아름다운 길로 대한민국의 얼과 혼이 담긴 우리만의 가치, Value 우리가 단기간에 이룩한 경험적 가치를 아시아, 아프리카, 남미 등 우리보다 많이 뒤처진 나라에 무료로 수출하고 싶다. 그것이 나의 마지막 꿈이다. 물망초를 하는 이유이기도 하다.

세계에서 가장 아름다운 나라는 올바른 가치를 수출하는 나라니까. 그래서 내가 10대, 20대 청년들에게 제일 먼저 권하는 책은 <And The Walls Came Tumbling Down>. 원제와는 다르게 한국에서는 <세상을

바꾼 법정>이라는 의역된 제목으로 번역 출판됐다. 우리 법률 용어도 그렇지만 어느 나라나 법률 용어는 일상 용어와 상당히 다르고 어려워서 일반인들이 원문으로 법서나 판결문을 읽기는 쉽지 않다. 한국어 번역도 그런대로 좋다. 민주당의 금태섭 의원이 검사 시절에 번역한 책이다.

판결(문)이라고 하면 지루하고 딱딱하고 머리 아파한다. 맞다. 우리 판결문은 고루하기까지 하다. 그러나 미 연방대법원의 판결문은 흥미진진한 토론장이고 때로는 거대한 서사시며, 장대한 역사드라마를 보여주기도 한다. 그래서 미 연방대법원의 판결이 곧잘 영화로 제작되기도 하고 세계적으로 히트를 치기도 한다. 이 책에 나오는 아미스타드 사건이나 낙태 사건, 안락사 사건, 언론의 자유 사건 등은 충실하게 영화로 만들어지기도 했다. '아미스타드Amistade', 'If these walls could talk', '더월' 등의 영화는 국내에서도 히트를 쳤다. 내용이 조금 다르기는 하지만 '세상을 바꾼 변호인On the Bases of Sex'이라는 영화를 봐도 좋다.

물론 미 연방대법원이 세상을 바꾼 훌륭한 판결만 해온 것은 아니다. "부인을 때릴 때 남편이 자기 엄지손가락보다 가는 매를 사용하면 합헌이다" 같은 어이없는 판결을 하기도 했다. 인간이 하는 일인데 어찌 실수와 과오가 없었겠는가? 그래도 그들은 잔잔한 티끌보다 연방대법원이 주도해온 세기적 판결에 박수를 보내며 그 판결을 전 세계에 전파한다. 위대한 아메리카, 아메리카 드림의 원천이다.

7days 7books의 네 번째 책으로 <세상을 바꾼 법정>을 권한다. 나는

이 책을 읽으면서 김병로 초대 대법원장과 사도법관使徒法官으로 불렸던 김홍섭 판사가 생각났다. 짧은 우리의 법치 역사에서 어떻게 이런 판사들이 있었을까 하는 생각이 들 정도로 훌륭한 분들이다. 그러나 이분들은 일반인들에게 거의 안 알려져 있거나 간혹 알려져도 고집쟁이에 수구꼴통으로 폄훼되고 있다. 정말 안타깝다. 김병로 대법원장이 없었다면 우리의 법치주의는 자리잡기가 불가능했거나 늦어도 한참을 늦었으리라 확신한다.

김홍섭 판사는 나이 50에 간암으로 세상을 떠났지만 정말 아까운 기념비적인 법관이다. 김병로 대법원장은 독립운동가들을 위해 무료 변론을 했던 법관이기도 하지만 우파가 어떠해야 하는지를 몸소 보여준 따뜻한 보수였다. 김홍섭 판사는 밥과 김치만으로 된 도시락을 늘 싸갖고 다닐 정도로 청빈했지만 죄수들을 돕는 일엔 인색하지 않았다. 죽어서도 사형수들 곁에 묻힐 정도로 재판 당사자들의 존경을 받았다.

우리만 모르는, 모른 척하는 비밀 하나!

김병로와 김홍섭은 동양의 3대 법사상가로 일본 법학자들이 꼽는 인물들이다. 그런데도 우리는 외면한다. 사이비 인권 변호사들만 추앙하며 법을 오도誤導, 호도糊導할 뿐이다. 우리 대한민국 역사는 부끄럽지 않다. 대한민국의 사법부 역사도 마찬가지다. 우리의 자유민주주의와 법치주의의 역사가 좀 짧을 뿐이다. 그럼에도 <세상을 바꾼 법정>, 이 책은 꼭 권하고 싶다. 이 시대의 우파, 보수들에게 먼저!

1980년대는 내게 멜팅팟melting pot 같은 시기였다. 기자로서 최고의 전성기이기도 했지만, 유럽의 각기 다른 나라에서 두 번을 길게 살면서 엄청난 충격을 받은 시기였다. 일종의 문화 충격cultural shock을 겪기도 했고 내 사고思考 체계thingking system에 엄청난 충격 요법shock therapy을 받은 시기이기도 하다.

1980년대 초반은 프랑스 파리에서, 1980년대 후반은 독일 본에서. 물론 1970년대에도 기자로서 일본, 동남아, 북유럽을 단기적으로 다녀왔지만 여행은 취재와 전혀 다르고 취재는 사는 것과 영판 다르다. 아예 본질 자체가 다르다.

내가 파리에 살던 때는 사회당 출신으로는 사상 처음 프랑스 대통령이 된 미테랑이 대통령에 취임한 후, 자신의 공약을 파기할 때였다. 즉 사회주의 노선을 포기하고 자유주의 시장경제정책으로 확 돌아서면서 프랑스는 그 즈음 단 하루도 편할 날이 없었다. 라디오와 TV는 유사한 주제로 1년이 넘도록 토론, 토론, 또 토론을 하며 갑론을박했고 파리와 마르세이유 등 대도시는 파업으로 몸살을 앓았다. 그래도 미테랑은 그 합죽한 입술로 미소를 잃지 않은 채 대 의회, 대 국민 설득에 주력했다.

결국 미테랑은 상당수의 국유화된 사회기반시설을 민영화했고, 독일에 눌려 있던 프랑스 경제에 숨통을 틔워주었다. 나는 그 시기를 현장에서 지켜보면서 자유민주주의는 어떻게 작동하는지, 숙의민주주의가 무엇인지, 자유 시민 의식은 무엇인지 몸소 체험했다. 일종의 체험 학습이었다. 때로는 따분하고 때로는 회의감도 들었지만 결국엔 감탄했다. 모든 과정이 경이로웠다. 프랑스 민주주의의 근원인 톨레랑스tolerance의 힘도 보았다. 유신 시대에 고등학교는 물론 대학에 다녔던 나로서는 듣보잡의 신세계였던 것. 자유민주주의는 내게 이렇게 문화적 충격이었다.

그러나 1980년대 후반, 독일의 수도였던 본에서의 생활은 파리에서와는 전혀 달랐다. 달라도 너무 달랐다. 통일 전야까지 본에서 살면서 가장 많이 느꼈던 내 감정은 '왜 이렇게 독일은 저자세지? 왜 이렇게 독일은 할 말을 안 하지?' 하는 의구심과 궁금증이었다. 이해하기 힘들 정도로 독일은 한껏 몸을 낮추며 바보처럼 느껴질 정도로 겸손하고 스스로를 끝없이 자제하는 모습에 외국인인 내가 숨이 막힐 지경이었다.

외교 문제에서 가장 심했지만 국내 정치 분야에서도 그랬다. 숨소리도 죽이고 있구나, 발소리도 내지 않고 있구나 하는 생각이 들 정도로 끊임없이 참고 또 참으며 잘못했다, 용서해라를 연발했다. 그것이 결국은 독일이 외교적 방식으로 통일을 이뤄내는 기적 같은 원천의 핵이 되었다.

그리고 독일에서 나는 그들의 공동체 의식과 그 놀라운 결과의 힘을 보았다. 특히 둘째를 독일에서 낳으면서 나는 세상에 태어나서 처음으로 인간의 존엄이 실생활에서 어떻게 구현되는지를 몸소 체험할 수 있었다. 여성으로서의 자긍심도 태어나서 처음으로 느꼈다. 큰녀석을 낳을 때는 솔직히 내가 짐승 같았다. 분노가 일 정도로 치욕적이었다. 그러나 독일에서 나는 위대한 어머니가 되는 순간을 경험했다. 단순히 의

료 체계나 병원의 안락함, 의술의 발전 문제가 아니었다. 사회 곳곳에 인간의 존엄이 살아서 숨 쉬고 있었고 구석구석 인간의 존엄이 스며 있었다.

귀국 후 내가 그 전도창창하고 월급도 꽤나 많았던 기자 생활을 접고, 아무도 아이를 봐 주려고 들지 않는 막막한 현실 속에서도 과감하고도 무모하게 공부를 하겠다고 나선 이유가 바로 그 때문이다. 프랑스와 독일의 전혀 다른, 그러나 엄청난 그 힘은 과연 어디서, 어떻게 나오는 것인가 하는 것이 나의 화두였고, 그 화두가 나를 대책 없이 내몰았다. 한 살, 세 살짜리 젖먹이를 데리고 나의 고행은 그렇게 시작됐다. 좌충우돌에 경제적 압박, 건강까지 무너지면서도 나는 점점 화두 속으로 빠져들었다.

달라도 너무 다른 두 나라, 프랑스와 독일의 저력에 빠져들면서 남들보다 훨씬 빠른 기간에 박사학위를 마칠 즈음, 나는 제러미 리프킨Jeremy Rifkin이라는 미래학자를 운명처럼 알게 됐다. 그의 책 <노동의 종말>이 그 즈음 나왔다. 세계는 21세기 국제화 시대, 정보화 시대, 4차산업 시대를 맞고 있는데 우리는 여전히 3차산업 시대에서 허우적대며 퇴행하고 있었다. 고개를 들려고도 하지 않았다.

이어서 나온 그의 <Biotech Century>, <The Age of Access>, <Hydrogen Economy>, <Empathic Civilization> 등은 또 다시 내 머리를 탁 쳤다. 공명이 울렸다. 국내에서는 이들 책 제목을 <바이오테크 시대>, <소유의 종말>, <수소 혁명>, <공감의 시대>라고 붙여서 원제의 의미를 왜곡하고 있지만 대부분 번역 출판은 되어 있었다.

　이 가운데도 프랑스와 독일에서 내가 체험하고 체화하고 경이롭게 감탄하던 내용이 상당 부분 반영된 <유럽의 꿈The European Dream>은 내가 결코 잊을 수 없는 책, 사람들에게 권하고 싶은 책이 되었다. 600여 쪽, 가까이 하기엔 좀 부담스러운 두께지만 훑어보지 말고 잘근잘근 곱게 씹으며 읽으라고 권하고 싶다. 물론 나도 리프킨의 생각에 100% 동의하지는 않는다. 세상에 나와 똑같이 씽크로나이즈 되는 사람은 없다. 그의 머릿속을 들여다보는 것만으로도 경이로운 기억으로 남는다면 투자한 돈과 시간은 남는 장사다.

　혹자는 노무현도 이 책을 읽었다며 이 책을 폄훼하기도 한다. 심지어는 좌파 책이라고도 한다. 정말 그가 이 방대한 책을 청와대에서 읽었을까? 나는 전혀 동의하지 않지만, 그가 정말 이 책을 읽었다면 정치를 그렇게 했을까 싶다. 중요한 것은 똑같은 이슬을 마셔도 젖소는 우유를 만들어 내고, 독사는 독을 만들어 낸다는 사실이다.

2020년 2월 15일

　책冊이란 무엇일까요? 종이로 만들어진 인쇄물 묶음? 요즘은 종이도 없고 인쇄도 되지 않은 채 유령처럼 가상 공간에 떠 있는 책도 있지요. 이름하여 ebook! 또는 아예 책book이라는 단어도 없이 다운받는 candle edition도 있구요. 그럼 돈 주고 사는 지식? 책은 공짜가 더 좋다면서요. 책 도둑은 도둑도 아니구요. 돈 주고 사는 지식으로 치면 대학 강의가 제일 비쌀 테고.

일주일 동안 하루 한 권씩 자기 인생의 책을 올리라는 7days 7books 릴레이 주자로 제가 어제 지명을 받고 책이란 무엇인지 곰곰이 생각해 보았습니다. 책의 사전적 의미도 제각각이더군요. 이렇게 책의 개념도 잡히지 않는데 게다가 '인생의 책'이라~ 결국 저는 '책'이란 형태와 상관없이 '문자나 그림으로 된 정신적 소산물'로 일단 개념 정의하기로 마음먹고, '인생'의 책이니 저 개인적으로 가장 소중하거나 제 삶에 다양한 영향을 주었거나 읽고 나서 '유레카!' 하는 소리가 절로 나왔던 책을 떠올렸습니다.

솔직히 저는 문자 중독증 환자입니다.

어디서든 혼자 있을 때면, 심지어 여럿이 있어도 그 분위기, 그 자리가 마음에 안 들면 슬며시 전혀 상관없는 글들을 읽곤 하지요. 손이나 주변에 책이 없으면 안절부절, 불안해하기도 합니다. 따라서 독서량이 꽤 많은 편이지요. 장르도 가리지 않는 잡식성이구요. 이사할 때 남편과 서로 "당신 책 좀 갖다 버려"라며 서로 상대방의 책을 청산하라고 눈을 부라리곤 합니다. 다행히 좁은 집으로만 이사 다닌 탓에 우리 둘은 모두 책을 수시로 청산했고, 나중엔 두 사람의 눈싸움이 늘 무승부라 강요된 (?) 무소유자가 되었습니다.

각설하고, 누가 뭐래도 제 인생의 책은 어렸을 적, 그것도 아홉 살에서 열 살로 넘어가던 저의 마지막 한 자릿수 나이 때, 양갈래 머리의 여자 어린이가 연필로 꾹꾹 눌러쓴 일상, 이제는 어떤 페이지의 글씨는 너무 흐릿해 잘 보이지도 않는, 빨간 일기장, 제 일기책입니다.

1964년 12월, 아버지로부터 마지막 생일선물로 받은 일기장. 지금은 일기장 표지도 떨어졌지만 그 안엔 아홉 살부터 열 살 사이의 여자 아이가 하루하루, 단 하루도 빼놓지 않고 빼곡히 기록한 꿈과 희망, 기쁨과 슬픔이 촘촘히 녹아 있습니다. 제 인생의 원천이 바로 그 책이지요.

제 머리가 하얀 실타래가 되도록, 이런저런 직업과 역할을 연극 배역 바뀌듯 예상찮게 바꾸며 정신없이 바쁘게 살아오는 동안 다리가 꺾이는 절망 속에서도, 가슴이 에이는 아픔 속에서도, 저를 잡아주고 이끌어준 유일한 저의 지팡이는 이 빨간 일기장입니다. 한 마디로 제 인생의 책입니다. 이 빨간 일기책(장)이 제게는 꿈이자 희망이(었)고, 앞으로도 예상치 않게 펼쳐질 제 미지의 인생길에 변함없는 지팡이가 되어줄 것입니다. 일기장 속에 끼워져 있는 다양한 편지들도 마찬가지로 저를 지탱해주고 이끌어주는 정신적 지주이자 저의 수호천사들입니다.

2020년 1월 13일

국제 관계는 문화를 알아야 전망도 할 수 있고 해결책도 나온다. 예컨대 자존심을 지키는 방법이나 자존심이 상했을 때 반응하는 방법은 개인별로도 다르지만 문화권에 따라서도 다르다. 특히 자존심이 상했을 때 어떻게 그 자존심을 복원하느냐는 동서양의 차이도 크지만 같은 체면 문화face culture인 동양에서도 문화권에 따라 그 방식은 극과 극에 가깝게 다르다. 물론 '자존심'에 대한 개념이나 인지의 정도 면에서도 차이가 나지만, 개인이나 집단이 어쨌든 자존심이 상했다고 느낀 후 반응하는 현상은 정반대에 가깝다.

우리와 일본 등 극동은 대체로 자존심이 상하면 자살을 택한다. 아주 가까운 예로 이 정권 들어서 자살을 택했던 많은 분을 떠올려 보면 고개가 끄덕여질 것이다. 유명인만 그런 것이 아니라 평범한 사람들도 대체로 그렇다. 작금의 중국은 인의예仁義禮 정신이 사라졌으므로 예시 자체가 부적절하고, 일본이야 죽음의 미학이 아직도 살아있는 나라니 설명이 불필요할 터!

반면에 서양이 아시아라 부르는 이슬람 국가들은 정반대다.

나의 자존심을 상하게 한 자에게 자살을 강요한다. 그것도 집단으로. 이름하여 '명예 자살'. 자살을 가장한 타살이다. 강간을 당하거나 간통을 한 자에게 문중이 둘러앉아 자살을 강요한다. 그리고 그 가해자나 상대방에겐 사전에 밀사나 측근을 보내 내가 이러이러한 행동을 할 테니 그리 알고 준비하라고 이른다.

이 대목은 중국도 유사하다. 예컨대 부인이 간통을 한 경우 그 남편은 술을 잔뜩 먹고 부엌칼을 든 채 온 동네를 뛰어다니며 "내일 몇 시에 나쁜 내 마누라를 어디서 죽여버리겠다"라고 고래고래 소리를 지른다. 그리곤 피곤과 술에 곯아떨어져서 동네 어귀 어딘가에 쓰러져 잠든다. 그러면 동네 사람들은 그 남자를 집에다 데려다 눕히고 그 부인은 '내일'까지 어딘가에 숨긴다. 그러면 상황 끝! 남편은 복수심을 충분히 보여줬고 사나이가 한번 말한 시간대가 이미 지났으므로 재론하지 않는다. 부인은 위기를 모면하고 다시 평화로운(?) 가정 생활을 한다.

이번에 미국과 이란도 비슷했다. 미국이 이란의 적장을 치자 이란은 며칠 뒤 이라크를 통해 은밀히 미국에 통고했다. "우리가 어느 날 몇 시에 미군 기지를 치겠노라"라고. 우리 언론은 그 역할을 "스위스가 했다"라고 보도했지만 이라크다. 그러자 미국은 그렇게 끝내는 게 서로에게 좋겠다는 실용적 판단을 했고 미군을 전부 안전하게 대피시켰다. 미군에 인명 피해가 나면 이란은 큰코 다치게 되니 그럴 수밖에.

미군이 안전하게 대피하는 것을 본 이란은 별로 중요하지도 않은 미군 시설물 몇 개를 미사일로 공격했다. 그리고나서 이란은 국내용으로 미군 기지가 미사일 공격을 받고 불타는 장면을 보여주고 또 보여줬다. 전 세계는 미·이란 충돌이 이렇게 쉽게, 싱겁게 끝날 줄 알았다. 미국은 대선을 앞두고 있고 이란은 깨갱 정도로 위신을 세웠으니까.

그런데 웬 걸? 이란이 과민 반응? 트라우마의 발로? 아니면 지나친 애국심? 아무튼 이유가 무엇이든 결과는 민항기 격추로 이어졌다. 이제 남은 건 명예 살인! 그 대상은 누군가? 이미 좁혀지고 있다. 이란에서도 관제 데모가 일어나고 있다. 그 누군가를 향해서! 그런데도 국내 언론은 남의 다리만 긁고 있다. 엉뚱한 해설만 늘어놓고 있다. 기레기들!

2020년 1월 1일

박수도 보냈다. 눈물도 흘렸다. 주먹도 불끈 쥐었다. 젠장 새해 첫날부터 정신 나간 여자처럼 오랜만에 희노애락, 내 감정에 충실해야 했다.

두 시간 동안이나. 영화 '미드웨이Mid Way'. 전쟁을 일으키는 놈은 나쁘다. 그러나 전쟁에서 지는 놈은 더 나쁘다. 세계에서 최초로 항공모함을 만든 나라. 1940년대 중반까지 미국보다 전력이 훨씬 막강했던 나라. 그런 나라 일본이 왜, 어떻게 미국한테 지게 되는지, 단 하루 동안 일어나는 일을 아주 치밀하게, 지독할 정도로 심리학적 관점에서 앵글을 잡고 대화를 나누는 영화다. 그런데 픽션이 아니라 실화다. 군은 어떻게 통솔하는지, 부하는 어떻게 다루는지, 애국심은 어떻게 고취되는지, 부부는 어떻게 교감하는지, 자유 민주 국가 미국과 군국주의 국가 일본의 차이가 극명하게 드러나고 도드라진다.

1930년대 말까지 제2차 세계대전에서 중립을 지키고 있던 미국을 에너지 문제로 전쟁에 끌어들이고, 결국은 미국에 의해 일본이 항복하게 된 미드웨이해전. 미국 영화여서가 아니다. 할리우드 영화여서도 아니다. 멜로도 아닌데 눈물짓게 만들고 스릴러도 아닌데 몰입감 빵빵하고 심리극도 아닌데 순간순간 무릎을 탁! 치게 만드는 '미드웨이'. 시간도, 돈도 아깝지 않았다.

남녀노소 누구라도 보면 좋겠다. 반미주의자도, 친미주의자도, 반일주의자도, 뭐든지 중도가 최고라고 하는 자도 그냥 한 번 가볍게 봤으면 좋겠다. 누구라도, 어떤 관점에서든 느끼는 것은 다 비슷할 테니까. 이런 게 대중 예술의 힘 아닐까?

두 교황. 뛰어난 학자에 피아니스트인 베네딕토 교황은 나치에 부역했다는 공격에 끊임없이 시달려야 했고, 프란체스코 교황은 아르헨티나 군사 정권에 협조해 후배 신부들을 체포, 고문받게 했다는 공격에 평생을 시달려야 했다. 사실 여부와 상관없이 일반인들에게 단적으로 깊이 박혀 있는 선입견이자 편견이다.

실제로 두 교황은 그 프레임 속에서 개인적으로, 시대적으로, 직위로서의 고뇌도 컸지만 객관적 진로에도 큰 영향을 미쳤다. 외부 사람들은 베네딕토 교황을 보수에 강경한 원칙주의자로 매도했고, 가톨릭 역사상 첫 예수회 출신인 프란체스코 교황에 대해서는 변화를 추구하는 진보적 교황이라는 평가를 하기는 했으나, 그는 예수회와 얽힌 여러 가지 루머에 끊임없이 시달리고 있다.

세상의 눈으로 보면 보수와 진보로 대립각을 세우는, 달라도 너무 다른 두 교황. 베네딕토 교황은 수백 년만에 처음으로 종신직을 거부한 채 교황직을 사임한 후 아직도 생존 중이고, 프란체스코 교황은 예수회 출신으로는 첫 교황으로 낙태, 동성애, 동성혼, 페미니즘 등 기존의 가톨릭 교리와 충돌하는 숱한 문제들로 도전을 받고 있다.

두 시간이 훌쩍 넘는 상영 시간. 기승전결도, 클라이맥스도, 긴박한 갈등 구조도, 빼어난 경치도, 짜임새 있는 플롯도, 쭉쭉빵빵 여배우도, 멋진 남자배우도, 다양한 성격의 등장인물도 없다. 그러나 영화의 몰입감은 어떤 스릴러보다, 그 어떤 SF영화나 멜로물보다도 더 높고 진하고,

강했다.

　영화의 공식을 완전히 깨버린 영화. '교황'이라는 단어만으로도 진부하고 지루할 수 있는데 교황이 두 분이나 나와서 순전히 그 두 분의 대화만으로 두 시간 20분 가까이 이어진다니 누가 그 영화를 보고 싶어 하겠는가? 누가 그 영화에 기대를 걸겠는가? 그러니 성탄절이 끼어 있는데도 누적 관람객은 1만여 명뿐이고 상영관 찾기도 하늘의 별 따기다. 그런데 재밌다. 수시로 웃음이 터진다. 시간 가는 줄 모르고 보게 된다. 재미있어서가 아니다. 이 영화를 보는 내내 작금의 우리 정치 현실이 끊임없이 오버랩되는 것은 참으로 아이러니한 일이다. 엔딩 자막이 올라가는 순간 내 머릿속에 같이 떠오른 결론은 '하느님의 판단은 인간의 판단과 다를 수밖에 없고 반드시 달라야 한다'라는 것!

　홀린 듯, 묘하게 사람을 빨아들이는 두 교황의 어눌한 대화와 전혀 예기치 못했던, 영화 곳곳에 지뢰처럼 박혀 있는 두 교황의 유머와 기대 밖의 언행은 나의 이런 결론에 확신을 불어 넣었다. 종교와 상관없이 나는 이 영화를 강추하고 싶다. 단, 상영 시간이 140분 가까이 되므로 영화 시작 전에 음료, 특히 커피는 금물! 이제야 고백하건대, 영화 마지막 부분, 경쾌한 듯 흐느적거리는 듯, 상대를 끌어당겼다 어느 순간 놓기를 반복하는 탱고 장면에서 나도 모르게 의자에 앉은 채 어깨와 허리, 엉덩이를 엇박자로 튕기며 리듬을 탄 것은 내가 탱고 스텝을 밟은 것이 결코 아니다. 절대로 영화 시간을 기다리며 커피 기타 그 어떤 음료도 절대 금물이다.

혹시라도 종교가 다르다는 이유로 나의 진지한 강추 영화를 폄하하거나 무시하실 분께는 종교적 팁을 하나 드리고 싶다. 기도하면서 담배를 피우는 것은 절대로 안 되지만, 담배를 피우면서 기도하는 것은 아무 문제가 없으니 마음대로 하라는 것!

2019년 10월 1일

국내 언론은 거의 보도하지 않았지만 우리 시간으로 오늘 새벽 시락 Jacques Chirac 전 프랑스 대통령의 장례식이 파리 시내를 여기저기 옮겨다니며 장엄하고 따뜻하게 치러졌다. 재건 작업이 한창인 노트르담 성당도 대화재 이후 처음으로 조종을 울리며 프랑스 전 국민, 전역이 세계적 지도자들과 함께 시락의 마지막 가는 길을 애도했다. 그렇다고 시락이 생전에 내내 프랑스 국민의 사랑을 전폭적으로 받았느냐, 네버! never! 전혀! jamais!

시락은 금수저로 태어나 최고 학력을 자랑하며 대통령, 국무총리, 파리 시장 등 40년이 넘는 공직 생활을 해왔다. 사안에 따라, 시시때때로 국민의 사랑과 비판, 질타를 치열하게 받으며 시달리기도 했지만 옹골차게 견뎌내고 헤쳐왔다. 그리고 그의 마지막 길엔 정파도 종파도 없이 개돼지가 아닌, 온 국민이 수수하면서도 온 마음을 다해 애도하고 추념했다.

부럽다. 정말 부럽다.

우리는 살아 있는 권력에 대해서는 그가 피의자를 법무장관으로 임명하든 나라의 운명을 백척간두에 올려놓든, 국가의 영혼이자 얼인 헌법을 헌신짝만도 못하게 무시하든 묻지마 지지 또는 침묵하고 내 편이 아닌 다른 쪽에 대해서는 숱한 조롱과 비난, 묻지마 타도로 일관하다가, 그가 힘을 잃거나 죽으면 아무리 오랜 세월, 강산이 수없이 변해도 침을 뱉으며 끊임없이 융단폭격한다. 마치도 부관참시하듯. 그것도 수없이, 반복해서 육시戮屍도 마다하지 않는다.

그런 점에서 프랑스, 아니 선진국들이 부럽다. 살아 있는 정권에는 날카롭고 치열하게 비판하지만 그가 죽으면 과보다는 공을 기억하며 역사 속의 인물로 객관화하는 국가들. 정말 부럽다. 아름다운 가을 날, 국민 애도 속에 떠난 시락이 정말 부럽다.

잘 가요, 시락. Adieu Chirac.

2019년 9월 1일

우리 명절은 기본적으로 죽은 자를 위한 문화다. 설, 추석, 한식이 대표적이다. 단오가 거의 유일한 놀이 문화라고 할 수 있지만 지방문화재로 명목을 이어갈 뿐 생활 속의 명절은 아니다. 이에 비해 서구는 산 자들의 문화다. 중세까지는 일상을 지배하던 종교가 근대 이후엔 산 자들이 즐기는 각종 축제 문화로 정착했다. 서양의 가장 큰 명절은 부활절, 추수감사절, 성탄절. 그때는 온 가족이 모여서 감사하고 기뻐하며 먹고 즐긴다.

우리네 삶은 애써 죽음을 외면한다. 산소든 납골당이든 일상 생활과는 멀어도 너무 멀리 떨어져 있다. 심지어 화장장이나 납골당, 장례식장은 지역 주민이 머리띠 두르고 반대하는 혐오 시설, 님비 현상의 선두주자다. 누구나, 언젠가는 죽어야 하건만.

반면에 서양은 즐기는 문화지만 삶 속에 죽음이 깊숙이 들어와 있다. 도시 한복판에 공동묘지가 있고 아침 저녁으로 사람들은 그 공동묘지에서 산책을 한다. 관광객들이 빠지지 않고 찾아가 사진을 찍으며 오래 기억하는 몽마르트르, 몽파르나스, 페르 라쉐즈 모두가 도심 속 공동묘지다. 오래된 성당 바닥은 대부분 추기경이나 주교들의 관으로 죽 이어져 있어 너나 없이 그 관들을 밟고 들어가 미사를 드리고 나온다. 일반 신자들의 묘는 성당 뒤편에 있다. 성당은 마을 한복판에 자리하고 있고. 일상 생활 속에 삶과 죽음이 공존하면서 죽음으로부터 삶을 배우는 문화다. Mortui Vivos Docent. 죽음에서 삶을 배운다.

요즘엔 우리 사회에서도 웰다잉이란 말이 회자된다. 죽음에 대한 공포로부터 벗어나 어떻게 죽을 것인가 하는 질문과 인간적이고 품위 있는 죽음을 맞자는 문제 의식과 해결 모색 과정일 뿐, 우리네 삶 속에 죽음이 공존하는 사회문화로 승화하는 것은 아니다. 우리 사회가 너무 천박하고 부침浮沈이 많고 혼란스러운 이유도 사실은 이런 문화에서 기인하지 않을까 하는 생각이 명절 때만 되면 내 머릿속을 계속 어지럽힌다.

삶과 죽음이 괴리된 사회와 삶과 죽음이 일상 생활 속에 깊숙이 들어와 숨 쉬는 사회는 그 깊이와 무게가 다를 수밖에 없다. 미래를 바라보고 설계하는 비전도 확실히 달라진다. 추석을 앞두고 벌초하러 새벽부터 일어나 시골에 내려오면서 든 생각이다. 친정 부모님이야 국립묘지에 계시니 벌초나 산소 걱정은 전혀 안 한다. 그러나 시댁은 15년 전에 시증조할아버지를 기준으로 가족 납골당을 만들었으나 선산에 자리하다 보니 명절 2~3주 전부터 교통 체증을 피하지도 못하고 벌초와 성묘를 하러 두 번씩 일가친척이 모두 모여야 한다. 올해는 장마 때마다 쓸려 내려가는 묘소 앞 오래된 소나무 둘레에 듬직하게 울타리를 쳐주어 걱정거리 하나는 덜었다.

고향에 내려와 사시는 6촌 형님 내외분이 늘 십자가를 홀로 지시며 고생하신다. 변하지 않는 나의 유일한 시댁 쪽 지지자이신 6촌 형님 내외분도 이젠 팔순이 훌쩍 넘어 힘들어하신다. 이 분들이 더 연로해지시면 명절도 산소도 고향도 급속도로 빛이 바랠 텐데. 주말마다 내려가는 우리 부부도 그저 마음만 애달파 할 뿐, 그 십자가를 이어받을 자신도 능력도 없다. 예초기 하나 등에 짊어지고 풀을 깎을 힘도 능력도 없으니.

2019년 7월 27일

밤새 내리는 빗소리에 우울이 더 진해진다. 비보다 더 많고 빗소리보다 더 시끄러운 말들, 말의 홍수 시대. 말에 반비례하는 영혼은 그래서 갈수록 초라해진다. 하루에 두 번 이상은 페북에 글을 올리지 말자, 다짐을 하면서도 빈약하고 초라한 내 영혼은 오늘도 또 말의 난무에 손가락을 놀린다.

우리나라 사람들이 존경하는 인물은 세종대왕, 이순신 장군, 다산 정약용, 안중근 정도 아닐까? 대한의군 참모총장으로서 적장을 쐈던 안중근은 그 시대 보기 드문 인텔리였다. 단순한 무인武人도, 단순한 독립운동가도 아니었다. 그는 뛰어난 사상가이자, 우리나라에서는 드문 계몽철학자였다. 신부한테서 영어와 불어, 라틴어를 배워 언어에 능통했고, 수많은 외국 서적을 읽어 세계 정세에도 밝았다.

그가 남긴 유서는 동양평화론. 사형 집행으로 마무리는 못했지만 그는 조선의 독립만을 꿈꾸지 않았다. 일본과 협력해 같이 힘을 기르고 서양과 같은 문명 국가를 만들어야 동양에 진정한 평화가 온다고 역설했다. 일본과 공동으로 대학을 세워 후세를 가르치고 은행도 공동으로 만들어 함께 부강해지자고 했다. 화폐도 같이 쓰자고 했다. 독립 후엔 일본을 품으라고 했다. 일본을 품어라! 얼마나 멋진 말인가? 진정한 승리요, 진정한 독립 아닌가? 지금의 EU 같은 모델을 안중근은 100년도 훨씬 전에 제안하고 주창했던 것이다. 그래서 독일 등 외국 학자들, 특히 중국 학자들과 심지어 일본 학자들도 안중근을 '동양의 칸트'라고 칭송한다.

그런데도 우리는 그런 사실을 잘 모른다. 안중근을 제대로 가르치지도 않는다. 그러면서 유해만 발굴하잖다. 그것도 입으로만. 천안함이 폭침되던 그날, 그 시각, 난 하얼빈에서 중국, 일본 학자들과 안중근 순국 100주년 기념 '동양평화론 국제 세미나'를 마치고 같이 저녁 식사를 하고 있었다. 내가 주최한 세미나였다. 일본에서도 수없이 안중근 세미나를 열었다. 일본에서는 수백 명의 일본인이 모여 안중근 추모식을 매년 연다. 민단이 여는 것이 아니다. 일반 일본인이 한 사람 두 사람씩 자기 돈 내고 자발적으로 센다이에 있는 다이린지(大林寺)라고 하는 작은 절에 모여 매년 추모식을 여는데 대웅전 안에 발 디딜 틈이 없어 댓돌 밖에 서서 참여할 정도다. 그런데 우리는? 우리는 그저 안중근을 단순한 독립운동가로만 안다. 심지어는 테러리스트라고 한다.

과거를 넘어 미래로 가야 한다. 대한민국의 안보와 번영, 통일은 인류의 보편적 가치를 실현해나갈 때 비로소 이루어지고 성취할 수 있다. 우리가 일본을 가장 빨리, 가장 효율적으로 이길 수 있는 길은 바로 안중근이 강조했던 인류 보편적 가치를 추구하는 것이다. 그런데도 우리는 똑같은 100년 전 일도 선별하고 왜곡해서 국민을 선동한다. 나라를 일부러 구렁텅이로 쑤셔넣는다. 맹자 왈, 스스로 나라를 망친 후에야 이웃 나라가 쳐들어온다 했거늘.

2019년 7월 26일

어제 오랫만에 영화를 한 편 봤다. '세상을 바꾼 변호인'. 미국 최초의 여성 대법관 긴스버그에 관한 영화다. 미국은 대법관을 Justice라 부른다. 존재 자체가 '정의'라는 뜻이다. 그녀는 1950년 당시 하버드 로스쿨에 아홉 명밖에 안되던 여학생 중의 한 명이었다. 그때 그녀는 법대 건물에 여자 화장실이 없다는 현실도 별 생각 없이 받아들이던 여성이었다.

그러나 수석 졸업을 했는데도 그 어떤 로펌에서도 '단지 여자라는 이유만으로' 취업이 안 되다 어찌어찌 겨우 교수 자리 하나 얻어서 결혼 생활과 두 아이 양육까지 감당한다. 다행히 남편만은 변함없는 그녀의 지지자이자 동반자. 그러나 그 남편마저 암 환자가 되고.

많은 한국인은 그녀를 '여성의 권익을 위해 평생을 싸워온 페미니스트'로 알고 있다. 어떤 분들은 동의하지 않겠지만 그녀에게 그런 표현은 옳지 않다. 사회적으로 그녀가 변호사로 크게 알려지고 발돋움한 사건은 여성 권익 옹호 사건이 아니다. 남성 보육자가 인정받지 못한 사건, 즉 여성 보육자는 인정하면서 아들이 어머니를 보살피는 경우, 남성은 복지 수혜자로 인정받지 못하는 남성 역차별 사건을 통해서다. 그래서 영화의 본래 제목도 'On the Basis of Sex'. 우리말로 번역하면 좀 어색하지만 '성을 기반으로 한 것에 대하여' 정도가 될 것이다.

물론 시대가 1950~1970년대이니 성을 기반으로 한 차별적 법률은 90% 이상이 여성 차별적이었다. 여성은 자기 수입이 있어도 자기 이름으로 신용카드를 만들 수 없었고, 여성은 잔업도 못 하니 초과 수당을 받을 수도 없었으며, 어떤 주에서는 여성이 변호사가 돼도 법정에서 변론도 못 하고, 힘들게 군인이 돼도 여군은 함정이나 군 수송기에도 못 탔으니, 그녀가 맡았던 178개의 성 차별적 사건은 대부분이 여성 차별적 법률로 위헌 결정을 받아 모두 효력을 잃었다. 따라서 결과적으로 보면 여성 권익 옹호론자 같지만 그러나 그녀는 페미니스트가 아니라 인간의 존엄을 실현하기 위해 모두의 평등을 추구했던 Justice였다.

영화를 보면 Sex 대신 Gender라는 단어도 그녀가 아닌, 그녀의 비서가 제안해서 처음으로 법정 용어화된다. 타이핑을 해주던 그녀의 비서가 '섹스'라는 단어가 너무 많이 나와서 법정에서 변론서로 쓰기에는 좀 '거시기하다'라고 말하며 '젠더'라는 용어를 쓰면 어떻겠느냐 제안함으로써 사용했다. 그런데도 지금 우리 사회는 젠더라는 용어를 쓰면 페미니스트에 좌파라는 이분법을 매우 공격적으로 사용하고 있다.

하기야 나도 지난 해 서울시 교육감 선거에 나갔을 때 일부 '보수'로부터 페미니스트, 동성애자, 동성애 옹호론자는 물론 심지어 좌파에 무슬림이라는 소리까지 들으며 말도 안되는 온갖 흑색선전 속에 고군분투해야 했으니 말해 무엇하랴!

다시 영화로 돌아가면 '젠더'라는 용어를 사용하고, 그녀가 맡았던 178개의 사건이 여성 차별적인 법이 많았다는 이유로 유독 한국에서만 그녀가 페미니스트로 치부된다.

각설하고, 이 영화를 보면서 수많은 나의 씁쓸한 과거가 필름처럼 수시로 오버랩됐다. 그 바쁜 기자 생활을 할 때 나는 화장실에 가려면 두 개 층을 올라가든지 두 개 층을 내려가야 했다. 동료, 특히 선배들은 나를 이렇게 놀렸다.

"화장실 가서 뭐 하길래 그렇게 오래 있다 와? 여자도 화장실에서 손으로 뭐하나?"

명백한 성희롱이지만 그땐 그런 개념조차 없었다. 아니, 싸워야 할 사안들이 널려 있는데 그런 말까지 물고 늘어지면 아무 일도 할 수 없는 상황. 작은 것은 그냥 넘어가야 했다. 얼굴은 화산처럼 붉어져도. 그나마 연차가 올라가면서 성희롱적 언사는 줄어들었고 여직원과 여기자가 늘어나면서 남자 화장실을 분리해 여자 화장실이 생겼다. 물론 수없이 항의한 결과지만 남자들의 불평은 수시로 터져 나왔다. 자기들 화장실이 줄어들었다고!

여자 화장실이 따로 없는 건 그렇다 치고 여자 숙직실도 없었다. 여자 숙직실이 없으니 야근도 숙직도 안 시켰지만 숙직을 못 하니 경찰 기자도 못했다. 그리곤 여자니까, 경찰 기자도 못 했으니까, 문화부나 국제부에만 있으란다. 이유는 모두 '여성 보호' 차원. '낭만적 가부장제'로 정당화됐다. 여자 숙직실이 없어도 좋으니 나도 숙직하고 경찰 기자하겠다고 애걸복걸하다 나중엔 얼굴을 붉히며 싸웠다.

결국 경찰 기자를 처음 하던 날, 그 첫날을 내 어찌 잊으랴. 여자 숙직실이 없어서 책상에 엎드려 자기도 하고 책상을 연결해 그 위에 누워 자기도 했다. 맘씨 좋은 선배는 슬며시 남자 숙직실에 있던 담요를 갖다 덮어주곤 했다. 담배 냄새에 찌든 담요를 머리끝까지 잡아당기고 누워서 얼마나 뜨거운 눈물을 흘렸던가. 그 결과 그 선배는 나랑 그렇고 그런 사이라는 악소문에 오래 시달려야 했다.

그래서 더 악착같이 뛰었다. 지금도 아홉 시 뉴스 땡하면 나오던 내 모습을 많은 사람이 기억하는 이유다. 아마도 우리 언론사상 의학 신문 같은 전문지 기자가 아닌, 종합 언론사, 일반 언론사 기자로는 가장 긴 보사부, 지금의 보건복지부 출입 기자로 아직도 내 기록은 깨지지 않았단다. 대부분의 언론사가 보사부 출입을 매년 바꾸던 시절, 나는 거의 4년을 출입했으니까(이 부분은 틀릴 수도 있다. 모든 것을 다 정확하게 확인할 수는 없으므로).

그뿐이랴. 여자라는 이유로 박사학위를 받고도 5년 동안이나 보따리 장사처럼 시간강사로 이리저리 뛰어다녔다. 심지어는 어느 저명한 교수님께서 내게 이렇게 말씀하셨다.

"내 눈에 흙이 들어가기 전엔 절대로 헌법에 여자는 안 뽑으니까 우리 학교에 목매지 말고 다른 학교를 찾아봐." 당시에 법대 여교수는 대부분이 민법 교수, 그것도 가족법 교수였으니까.

국회의원이 돼서도 비슷했다. 비례가 돈 한 푼 안 내고 들어왔다고 정식 회의석상에서 비난받고, 버스 안에서는 "이 년 저 년", 그 어디서도 들어보지 못했던 욕까지 고위 당직자로부터 들어야 했다. 남편도 모르는 일이다.

비례에 여자라는 이유로 상임위 배정에서도 나는 선택권이 전혀 없었다. 4년 내내 외교통상통일위원회에 붙박이로 있을 수 있었던 이유는 바로 그 때문이었다. 난 내 경력을 기반으로 내가 가장 잘 할 수 있다고 자타가 공인할 수 있었던 교과위, 복건복지위, 국방위를 1, 2, 3순위로 써냈지만 매번 지역구 의원과 선수 높은 의원이 우선이었다. 지역구 의원들에게 외교, 통상, 통일은 전혀 '표'가 안되니까 자동적으로 외통위가 남았고, 바로 그 상임위가 내 몫이었던 것이다. 다들 외통위를 '상원'이라고 부르고, 큰 정당에서는 비례나 초선 의원도 "외국에 자주 나간다"

라며, 외통위는 가고 싶어도 못 가는 상임위라고 하지만 내 경우엔 밀려서 붙박이가 되었다.

그래도 난 최선을 다했다. 아니 그래서 더 '악착같이' 했다. 외통위도 너무너무 중요하므로. 덕분에 나는 북한전문가가 되었고, Je ne regrete rien, 전혀 후회 없다. 후회하지 않는다. 영화를 보는 내내 이런 일들이 주마등처럼 흐르며 오버랩되다 영화관을 나오는 순간 퍼뜩 든 생각. '세상을 바꾼 변호인' 컨셉으로 대통령이 된 사람들이 우리나라에도 둘이나 있는데 그들은 세상을 어떻게 바꿨나? 아니 어떻게 바꾸고 있나? 분명히 그들도 이 나라를 바꿨고 지금도 가열차게 바꾸고 있는 것은 그 누구도 부인할 수 없는 사실인데.

문재인이 강제 징용 사건의 1심 변호사였다는 사실도 우리 국민은 모른다. 그 사건이 작금의 대한민국을 어떻게 흔들고 있고 앞으로 어떻게 흘러갈지 생각만 해도 끔찍한데 처음 그 사건을 제기한 변호사가 바로 문재인이다.

우리 헌법상 누구든 변호인의 조력을 받을 권리를 갖는다.

그러나 최소한 대통령이라면 대통령이 되기 전에 수임한 사건이라도 그 사건이 초래할 국가적, 국제적 파장과 부작용에 대해서는 심사숙고하고 대책을 세웠어야 한다. 그런데도 그러기는커녕 국가 정체성을 바꾸기 위해 이 사건을 철저히 악용하고 있다. 국민을 선동하며 시계를 거꾸로 되돌리고 있다. 나라를 나락으로 떨어트리고 있다. 불가사의한 것은 그럴수록 그의 지지율은 날로 고공행진한다는 사실이다. 부정적인 의미로는 문재인도 세상을 바꾸는 변호사, 맞다.

이젠 깨어 있는 국민이 세상을 바꿀 용기를 가져야 한다. 미움받을 용기와 함께! 핍박받을 용기로!

2019년 2월 23일

임금님 귀는 당나귀귀귀귀귀~~~~. 인간은 자기가 알고 있는 사실을 누군가에게 전하고 싶어 하는 유일한 동물이다. 누가 들어주지 않아도, 해서는 안 될 말이라도 한밤중에 대나무 숲에 들어가 소리를 쳐야 속이 후련해진다. 그걸 못 하면 병이 나는 게 바로 인간이다. 이렇게 각자 마음속에 있는 얘기를 자유롭게 털어놓고 또 다른 사람의 얘기를 귀담아듣고 토론하는 과정을 거치면서 각자 자기 생각을 가다듬기도 하고 사고의 깊이를 키워가면서 자아도 실현하는 존재가 바로 인간이다. 여론도 그런 과정을 통해 형성되는 것이고, 이런 과정이 자유롭게 잘 이루어져야 well-informed citizen이 많아진다. 그렇게 모든 정보를 잘 취합한 자유 시민만이 올바른 판단을 할 수 있다는 점에서 숙의민주주의는 자유민주주의의 필요적 전제조건이다.

그래서 미국의 수정헌법 제1조는 표현의 자유다. 다른 사람의 명예를 훼손하거나 타인의 권리를 침해하지 않는 한, 표현의 자유는 아주 폭넓게 보장된다. 바로 자유민주주의의 근간을 이루기 때문이다. 인민민주주의 국가는 표현의 자유를 절대 인정하지 않을 뿐더러 인정할 수 없는 이유를 생각해 보면 바로 이해가 될 것이다.

물론 표현의 자유가 자유민주주의의 근간이라고 해서 모든 표현이 절대적으로 다 보장되는 것은 아니다. 모든 자유와 권리는 외부로 표출되는 순간 상대적이 된다. 인종이나 성별, 국적, 종교, 장애 등 집단에 대한 폭력을 선동하는, 이른바 혐오 표현Hate Speech은 처벌 대상이다. 미국, 독일, 프랑스 등 자유민주주의를 실현하는 대부분의 서구 선진국은 혐오 표현에 대한 책임을 묻고 있고, 독일의 경우에는 나치를 찬양하는 자에 대해서는 공무담임권도 박탈한다.

그러나 어떤 사건에 대한 조사가 진행 중이거나 특정 사건에 대한 사실 관계가 미진하니 더 하자거나, 사건 조사 과정에 대한 이의 등을 제기하는 발언이나 행동은 비방, 왜곡이라며 징역형을 도입하는 입법적 발상은 전근대적인 악법이자 가장 수구적인 강자의 논리다. 국민의 입에 재갈을 물려서 어쩌자는 것인가?

자유민주주의는 단순한 '다수'의 자유가 아니다.

도도한 인류 역사의 물줄기는 민중의 파쇼를 결코 용인하지 않았음이 오늘날 역사가 우리에게 주는 가장 준엄한 교훈이다.

영혼의 바람 소리

© 윤상구

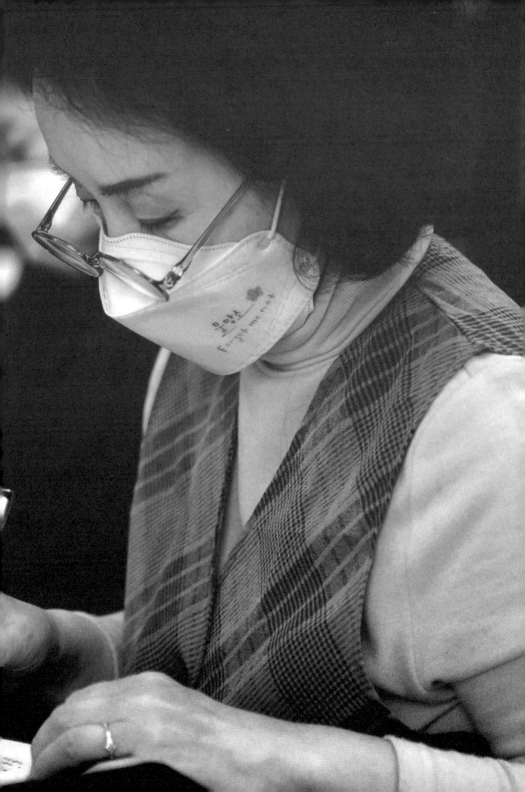

어젯밤 늦게 아홉 시가 다 돼서 아이들이 왔다. 보름만에 만나는 거지만 기다리는 동안엔 어디쯤 왔을까 수시로 궁금했고, 아이들을 보는 순간에 팔짝팔짝 뛸 듯이 기뻤다. 나와 눈이 마주친 세원이 눈은 환하다 못 해 동공이 흔들리며 빨리 안으라고 두 팔을 벌리며 채근했다. 그러나 녀석을 끌어안는 순간, 냄새가 훅~ 몰려왔다. 서울 다 와서, 도곡동 근처에서 엄청나게 토했단다. 옷에도 시트에도. 비가 오고 금요일 오후라 대구에서 서울까지 여섯 시간이 걸렸다니 얼마나 힘들었을까.

아이들이 이렇게 이삿짐처럼 바리바리 싸 들고 올라온 것은 도우미를 구하지 못해서다. 연년생으로 아이가 둘, 그것도 남자아이만 둘이라니까 다들 손을 절레절레. 오려고도 하지 않지만, 구해도 오래 있지 못했다. 특히 코로나 상황이라 더 힘들었다. 수술한 지 얼마 안 되는 안사돈이 도우미가 없는 주말이면 내려가 딸을 돕다가 2주 전에 그만 병이 나자 며늘아이가 어쩔 줄을 몰라 했다.

남부럽지 않은 직장에 다니다 결혼 후 아이가 생기자 자기 손으로 아이를 키우겠다며 미련없이 사표를 던지고 연년생을 낳았지만 현실은 녹록지 않았다. 며칠 고민을 하더니 우리집으로 들어오면 안 되겠느냐고 물어왔다. why not? 며느리와 손주가 오겠다는데 내가 싫다고 할 이유가 있겠는가? 그렇게 아이들이 올라왔다. 집안은 순식간에 아수라장이 됐고, 지친 아들 며느리는 세원이 정원이를 데리고 첫날밤을 거실에서 잤다. 애비는 하룻밤만 더 자면 가족과 헤어져서 내려가야 하니 더 애틋해서 거실을 못 떠났겠지만, 자는 모습을 보니 애비 에미 둘 다 손목과 허리에 파스가 덕지덕지.

아이 키우는 건 보통 일이 아니다. 그런데 정부의 저출산 대책은 너무 현실성이 없다. 효율성도 없다. 탁상공론에서 벗어나지 못한다. 게다가 시대착오적이다. 아이들은 사회와 국가가, 부모와 함께 키운다는 생각을 하지 않는 한 백약이 무효다. 그동안 엄청난 돈을 퍼부었지만, 출산율은 세계 최하위. 지구상에서 가장 먼저 사라질 국가 1위가 바로 자랑스런 우리 대한민국이다.

프랑스가, 독일이 어떻게 출산율을 높였는지만 들여다봐도 답은 있건만…… 답답하고 화가 났다. 누구를 위한 저출산대책위인가? 이 땅의 모든 어린이가 우리나라 국보 1호라는 생각을 하지 않는 한, 대한민국은 세계 최고의 실버국가, 지구상에서 가장 빨리 없어질 국가라는 오명에서 결코 벗어날 수가 없다. 그리고 출산은 육아와 교육이 직접 연계되지 않으면 절대 불가능하다.

하나 더 덧붙인다면, 출산은 여성만의 문제가 아니다. 국가의 미래라는 사실을 통치자와 정치인은 물론, 온 국민이 공유하지 않으면 백약이 무효, 출산율은 결코 높아지지 않을 것이다.

2023년 1월 4일

배달의 민족. 배달은 대한민국이 세계 최고다. 택시 기사가 부족할 만큼 배달 기사는 인기 직종이 됐고 온 국민은 배달에 의존해서 산다. 그러나 배달업계도 변해야 한다. 미래를 준비하고 대비해야 한다.

지난 해 성탄절 다음 날, 산타도 아닌 김정은이 드론을 떼거지로 내려보내 서울 상공을 유유히 배회하던 바로 그날, 미국에서는 월마트가 드론 배달을 시작했다. 이미 지난 해 5월부터 시범 사업을 시작한 월마트는 플로리다, 텍사스, 아리조나, 아칸소 등 주로 미국 남부 지방에서 본격적으로 드론 배송을 시작한 것이다.

아마존은 한 달 전부터 시범적으로 캘리포니아에서 드론을 통한 택배 배송을 시작했다. 구글 등 다른 글로벌 기업들도 저마다 드론 배송 체계, DroneUp delivery network을 구축하겠다고 밝혔고. 말로는 "세계 최소형 드론을 보유했다"라는 우리 대한민국은 비록 북한 드론은 전부 다 놓쳤지만, "2027년까지는 전국적으로 드론 배송을 할 수 있도록 체제를 구축하겠다"라고 밝혔다. 앞으로 3년이다. 계획대로 잘 실행이 된다면, 3년 후엔 세계에서 가장 강한 민노총을 보유한 우리 노동계가 또다시 요동을 칠 것이다. 유연성이 전혀 없는 대한민국 시장은 또 아수라장이 될 것이다.

노동 개혁, 반드시 해야 한다. 그러나 구시대적 발상으론 안 된다. 시대를 내다보며, 시류를 거스르지 않는 방식, 미래를 선도하는 방법으로 개혁을 설계해야 성공할 수 있다. 비단 노동 문제만이 아니다. 교육도 마찬가지다. 선결 과제가 뭔지 아직도 모른다. 노동이든, 교육이든.

답답하다.

2022년 12월 27일

우리 상공이 뚫린 건 이번이 처음은 아니다. 공식적으로는 2014년과 2017년에도 북한 무인기가 국내 곳곳에서 발견됐다. 무인기는 드론이 아니다. 2m 정도 길이의 소형 비행기다. 알음알음 듣기로는 북한 무인기가 경상도까지 무시로 드나든다고 한다. 실제로 상주까지 왔었고. 영해도 마찬가지. 서해는 이놈 저놈 마구잡이로 오래 전부터 휘젓고 다니더니, 남해와 동해도 뻥 뚫려있음은 이제 새롭지도 않다. 지난 정권엔 이런 것들이 제대로 보도도 안 됐고, 들켜도 문제 삼지 않았다.

오늘은 북한 무인기 여러 대가 서울과 김포 등 경기도 일대를 떼를 지어 날아다니다가 유유히 떠났단다. 하도 여러 대가 들어와 항적 추적도 어려운 모양이다. 우리 군은 실시간 대응을 했다지만, 격추는커녕 우리 공군의 경공격기(KA-1) 한 대가 추락했다. 100발이나 쏘고도 못 맞췄고. 한심하고 참담한 결과다.

이태원 사건을 국정조사할 것이 아니라, 북한 무인기 불법 침범 사건을 국정조사해야 한다. 그리고 국내외적으로 문제 제기를 확실하게 해야 한다. UN에서도 문제 삼을 수 있도록 외교력을 집중해야 한다. 사진만 찍으며 그냥 날아갔으니 망정이지, 무기로 공격하거나 생화학균 등을 뿌리고 갔다면 어찌할 뻔했는가? 괜한 걱정이 아니다. 충분히 가능한 일이다.

모든 수단을 다 동원해서 다시는 이 같은 일이 재발하지 않도록 강력한 조치를 해야 한다. 이건 준전쟁 상태다. 무인기가 뜬 지점을 빨리 찾아내 원점 타격도 정교하게 해야 한다. 대응 안 하면 우리는 당한다. 조.만.간.

2022년 12월 14일

"가짜 뉴스에 민주주의가 죽는다."

오늘 신문의 1면 톱기사 제목이다. 가짜 뉴스로 나라가 나락에 빠졌던 일은 어제 오늘의 일이 아니지만, 가짜 뉴스는 날마다 진화한다. 그리고 사람들은 그때마다 우~~ 하면서 몰려가 엉뚱한 선택을 하기도 하고 사람을 죽이기도 한다. 일일이 열거하기도 힘든, 대한민국을 흔든 가짜 뉴스들.

예전엔 주로 선거 때 독버섯처럼 퍼졌다가 사라졌지만, 지금은 가짜 뉴스가 시시각각 곳곳에서 동시에 활개치며 사회를 좀먹고 있다. 조선족 탓들을 하지만 아니다. 조선족들이 알바는 하지만, 조선족이 다가 아니다. 가짜 뉴스의 제조자, 유포자, 협조자들이 대부분 한국인에 심지어 고위층, 인텔리 층도 많다는 사실을 사람들은 거의 모른다.

내 경우만 하더라도 지난 교육감 선거 때 나를 동성애자, 동성애 옹호론자라며 가짜 뉴스를 퍼트리기 시작하더니 '거짓말쟁이', '카멜레온'은 애교고, 나중엔 간첩이라고까지 뿌려대더라. 새빨간 가짜 뉴스를 그럴싸하게 포장해서, 마구잡이로. 심지어 투표 사흘 전에는 '축 박선영 사퇴'라는 문자를 내 지지자들한테까지 무차별적으로 보냈다. 그렇게 표까지 탈취해갔다. 그 사람들이 다 유명한 학교 출신들이고, 종교인들도 있고, 신분을 말하면 깜짝 놀랄 주요 인사들도 있다.

교육감 선거에 깊이 개입한 사람들, 그 뒤에서 '보이지 않는 손' 역할을 한 사람, 그들은 나를 떨어뜨리기 위해 해서는 안 되는 불법하고 부정한 방법까지 모든 수단을 마구잡이로 다 썼다. 그리고도 그들은 모두 그 어떤 처벌도 받지 않았다. 오히려 거리를 활보하며 유명인 행세를 하고 있다. 지금도 유튜브 등을 통해 보수들을 현혹하고 있다. 돈을 끌어모으고 있다. 그들의 목적은 과연 무엇일까?

가짜 뉴스. 그것은 민주주의만 죽이는 것이 아니다. 지금 우리 아이들도 죽이고 있다. 이렇게 우리 사회는 서서히 생명력을 잃어가고 있다.

2022년 11월 21일

트위터가 트위스트를 추고 있다. 파랑새가 앵무새로 변할지 독수리로 변할지 전 세계인들이 지켜보고 있다. 다른 사람도 아닌 일론 머스크가 파랑새 목을 비틀고 있으니 우려나 두려움보다는 기대와 호기심으로 주시하고 있다. 무려 366조 8000억 원의 세계 최고 갑부 일론 머스크가

440억 달러(약 62조 원)에 트위터를 인수하자 사람들은 환호했다. 특히 직원들이.

그러나 기쁨도 잠시. 임원들을 줄줄이 자르더니 직원들한테도 핑크 슬립pink slip 해고장을 날리고 있다. 그것도 책상에 붙이는 핑크 슬립이 아니라 이메일을 통해서. 그렇게 해고된 직원이 벌써 절반을 넘었단다 (그런데 참 이상하다. 트위터 직원들이 데모한다는 뉴스도, 머스크를 출근 저지한다는 소식도, 회사 기물을 파괴한다는 기사도 못 보고, 못 들었다.).

해고장을 못 받은 직원들한테는 "알아서 나가라"라고 한다니 가히 좌불안석, 바늘방석, 안절부절일 것이다. 사용자들은 저러다 트위터도 못 하게 되는 것 아닌가, 기술자들까지 저렇게 자르면 어쩌나 하는 걱정도 한다지만 내가 보기엔 아니다. 우주산업을 하는 사람이다, 일론 머스크는. 스타링크, 지금도 하루에 몇 개씩 우주를 향해 큰 공을 쏘아올리는 자다, 머스크는. 일론 머스크는 꿈을 실현하는 21세기 기업인이다. 그는 트위터를 완전히 새로운 SNS로 확 바꿔놓을 것이다. 몇 년 안에.

벌써 주 7일 24시간, 쉬지 말고 일하라고 닥달하고 있단다. 하기야 직원이 절반 이상 나갔는데 그 빈 자리를 채우려면 그렇게 해야 하지 않겠는가? 그가 말하는 것은 일로매진하라는 뜻일 게다. 일대일로가 아니라 일로매진! 정신 차리자는 말일 게다. 매너리즘에 빠져있는 트위터를 개혁하고 혁신하려면 사람부터 바꾸고, 직원들을 긴장과 위기감으로 무장시켜 새로운 각오로 활로를 모색하게 해야 하지 않겠는가?

나는 믿는다. 트위터가 환골탈태하리라 믿는다. 출근 첫날 세면대를 직접 들고 들어간 사람 아닌가? 자기부터 세수하고 달라지겠다는데 감히 누가 딴지를 걸겠는가? 국민의힘 당도 그랬으면 좋겠다, 제발. 우리나라 어느 기업인은 "마누라랑 자식 빼고 다 바꾸라"라고 했다던가? 맞는 말이다. 바닥부터 꼭대기까지 확 다 바꾸고, 새롭게 태어났으면 좋겠다. 그래야 박스권에 갇힌 대통령 지지도도 올라가고, 윤 정권도 살아나리라 믿는다.

죽든, 죽이든, 결기가 있어야 한다. 경제인이든 정치인이든. 돈을 주고 인수하든, 표를 받고 그 자리에 앉았든지 간에 사람은 결기가 있어야 그를 따르는 사람들도 달라질 것이다. 그래야 나라도 살지 않겠는가? 국민의힘 당에도 핑크 슬립이 필요하다. 그것도 트위터 이상, 대량으로. 뒤틀어야 한다. 트위스트를 추듯이, 트위터처럼.

2022년 10월 4일

테헤란에 착륙하기 한 시간 전쯤부터 화장실 앞엔 길게 줄이 늘어섰다. 통로가 막힐 정도로 젊은 여성들이 손에 보따리 하나씩을 들고 주르르 줄을 섰다. 찢어진 청바지에 미니 스커트, 짧은 원피스를 입은 발랄한 여성들이 유난히 긴 속눈썹을 왕방울만한 커다란 눈동자 위에 힘겹게 얹고 무표정한 얼굴로 서 있었다. 장관이었다. 화장실에선 하나같이 히잡을 둘러쓰고 긴 치마를 입은, 타임머신을 탄 여인들이 한 명씩 빠져나왔다. 세상 다 산 사람 같은 표정을 하고.

그 모습이 하도 기이해서 나는 히잡을 안 쓰고 비행기에서 내리려고 했다. 키가 2m는 되어 보이는 스튜어드가 내 앞을 막아섰다. 비행기에서 못 내린다고. 나도 버텼다. "나는 이란 사람이 아니라 대한민국 국회의원이니까 히잡을 쓸 수 없다"라고. 나도 완강했고 스튜어드도 완강했다. 밖에서 하염없이 기다리던 대사가 전화를 했고 끝내 경찰이 기내로 들어왔다. 결국 대사가 들여보낸 손수건으로 앞머리만 대충 가리고 비행기에서 내리는 것으로 절충을 했다. 공항 상점에서 히잡을 사서 쓴다는 조건으로 눈 가리고 아웅 하는 식을 서로 택한 것이다.

물론 대사관이 미리 고지를 해줘서 내 가방엔 긴 머플러가 있었지만 나는 저항하고 싶었다. 화장실 앞에 줄을 서서 옷을 갈아입던 그 젊은 여성들을 대신해서 목소리를 내주고 싶었다.

모기만한 소리라도. 몇 사람에게만이라도. 아무 의미가 없을지라도. 남자 손수건으로 대충 앞머리를 가리고 비행기에서 내리면서 나는 웃음도 나고 화가 나기도 했다. 13년 전의 일이다.

요즘 이란에서는 히잡을 안 썼다는 이유로 경찰에 끌려갔던 여성이 의문사를 당하자 3주째 격한 시위가 이어지고 있다. 시위는 테헤란만이 아니라 지방으로까지 확산됐고 희생자가 100명을 넘었다고 한다. 이란은 각종 SNS를 막았고. 머리털을 왜 가려야 하나? 그것도 여자의 머리털만. 왜 치렁치렁, 시내를 다 훑고 다니는 긴 치마를 여자만 입어야 하나? 21세기 대명천지에. 이란 여성을 응원한다. 13년 전의 그 마음으로.

또 누군가는 이 글을 보고 나를 '급진 페미'라며 내 얼굴에 뻘건 칠을 하고 내 입에 손가락을 집어넣어서 온갖 SNS에 올릴 지도 모르겠다. 아, 다음 선거 때까지 기다렸다가 이 글도 증거물로 첨부해서 공격하려나? 그러면 또 꽤 많은 사람이 내게 문자와 카톡으로 온갖 욕설을 퍼부으며 그 '급진 페미'라는 얼토당토않은 모략을 퍼나르겠지? 그렇게 선거 운동 하는 사람들이 이 나라에 수두룩, 너무 많다.

그들은 또 다른 텔레반들이 아닐지. 참 어이없는 세상이다.

2022년 7월 26일

오랜만에 특강을 했다. 선거 끝나고는 처음인 듯. '자유 민주 대한민국을 지키려면' 이것이 내가 받은 특강 제목이다. 수강생들은 우리 사회 각계각층의 지도자급. 전공이 다양한 대학교수, 언론인, 경제인, 예비역 장성에 주한 외교관까지. 쟁쟁했다. 하지만 개의치 않고 하고 싶은 말을 했다. 두 시간 동안 쉬지 않고 똑바로 서서 물 한 모금 마시지 않고 미운 소리만 골라가면서 쏟아냈다.

순 우리 말엔 왜 자유라는 단어가 없을까? 밥은 식사, 옷은 의복, 집은 주택. 한자어도 있지만 대부분의 명사는 우리 말이 있는데 왜 자유라는 단어는 순 우리 말이 없을까? 5,000년 역사 동안 우리 몸에는 자유라는 단어가 체화되지 않았기 때문이다. 사실은 자유주의, 공산주의가 이데올로기가 아니라 언어가 이데올로기다. 언어는 그 사회, 그 구성원에게 오랫동안 축적된 깊은 사고의 결정체, 다시 말해 이데올로기다.

우리에게 '자유'라는 단어는 외래어로 우리 사회를 윙윙거리며 떠돌

뿐, 아직도 체화되지 않은 추상명사다. 민주주의, 법치주의도 마찬가지. 이렇게 우리는 자유에 대해 정확히 알지 못한다. 자유와 방종의 구별도 못한다. 인정하고 싶지 않지만 사실이다.

자유는 오랜 시간 동안 피를 먹으며 우리 몸속에 체화되어야 하는 힘든 단어인데, 우리는 그 힘든 자유를 위해 피를 흘려본 적이 거의 없다. 자유를 위해 목숨을 건 적이 별로 없다. 6·25? 6·25가 자유 수호 전쟁인 것은 맞지만, 한국 사람들은 나라를 지키기 위해서 싸웠다고 답하지 자유를 위해서 싸웠다고 말하지 않는다. 미국 등 16개 나라는 자유를 위해 참전했다고 답한다. 그들은 친구를 돕기 위해 싸운 것이 아니다. 그때 그 시절에 우리는 아직 그들의 친구가 아니었으니까.

1950년 당시 우리나라에 우방국, 친구는 없었다. 유펜, 하버드, 조지 워싱턴 등 유명한 학교에서 학위를 딴 이승만 대통령의 저명한 사적私的 친구들만 있었을 뿐이다. 따라서 16개 파병국은 자신들의 자유를 지키기 위해서 나라 이름도, 위치도 모르면서 대륙 끝에 붙어있는 코리아에 군대를 보내준 것이다. 믿기 어려우시다면 그 당시 세계의 이념 지도를 보면 확실하게 알 수 있다. 세상이 다 벌거죽죽했으니까. 특히 북반구가. 코리아를 벌겋게 그냥 두면 곧 자기들 나라도 벌겋게 될 테니까, 자신들의 자유를 지키기 위해 우리를 도우러 온 것이다. 생면부지의 나라로.

그럼 자유란 무엇인가? Freedom과 Liberty의 차이는? 민주주의? 자유민주주의? 고대 그리스 로마 때부터 논의돼 온 민주주의는 근대 입헌주의를 거치면서 '자유를 지키기 위한 제도적 장치, 곧 정치 체제'로 발전돼 왔다. 인민민주주의는 19세기 말, 20세기 초, 정확하게는 마르크스, 레닌, 베버가 나와서야 생성된 이론이고, 제1·2차 세계대전을 거치면서 팽창한 것이니까, 민주주의라고 하면 그것은 곧 자유민주주의였다. 그러면 자유민주주의와 인민민주주의, 입헌민주주의, 사회민주주의, 사회적 민주주의 등과의 차이는? 이런 것들에 대해서 두 시간 동안 설명했다. 시간은 짧았지만 레밍 근성까지 들먹였다. 풀뿌리 민주주의가 아니라 칡뿌리 민주주의라고 비판하고 정당민주주의는 죽었다는 둥 듣기 싫은 소리만 골라가면서 했다.

좌파든 진보든 주사파든 걔네들은 지금도 끊임없이 '학습'이라는 것을 하면서 자신들의 정체성을 가다듬는데 정작 보수라고 자처하는 우파는 정체성도 부족하면서 공부도 안 하고 행동도 안 한다며 비판을 늘어놨다. 늦었지만 이제부터라도 "나부터, 남이 아닌 나부터 제2의 건국을 해야 한다"라는 말과 함께 미운 소리를 마감했다.

그래도 청중은 밤 열 시가 다 되도록 꼼짝도 안 하고 들어줬다. 아픈 소리에 귀를 기울여주신 많은 분께 감사드린다.

2022년 6월 19일

"나는 고발한다. J'accuse."

평생 가난하고 버림받은 자들을 소재로 글을 써온 에밀 졸라는 드레퓌스의 무죄를 주장하는 격문, '나는 고발한다'를 쓴 후 성난 파리시민들한테 떠밀려 프랑스를 떠나야 했다. 드레퓌스가 간첩이 아니라는 사실을 검사도, 판사도 알았고, 진범이 누구인지도 알았지만, 유대인에 대한 반감과 성난 시민들의 여론에 굴복한 법관들과 언론까지도 진실에 눈을 감아버렸다.

19세기 말, 프랑스인들도 들쥐같은 레밍이었던 것이다. 오로지 에밀 졸라만이 역사의 공범이 되기를 거부하고, "나는 고발한다J'accuse"라며 옳은 소리를 했다. 그러나 르 피가로 신문마저 졸라를 외면했다. '여명'이라는 뜻의 작은 신문 로로르L'Aurore지가 에밀 졸라의 글을 실어줬을 뿐이다. 로로르 지 다음엔 그 어디서도 글을 실어주지 않아 에밀 졸라는 지라시로 만들어 돌려야 했다.

결과는? 프랑스는 졸라한테 주었던 최고 훈장도 빼앗았고, 중죄재판소는 징역형을 선고했다. 한마디로 미친 사회였다. 그러나 사람들은 정반대로 졸라한테 "미쳤다"라고 손가락질하며 욕을 해댔다. 진실을 말하고 사실을 밝히려면 이렇게 엄청난 대가를 치러야 한다. 그러나 이런 과정을 통해서만이 전근대적인 국가가 비로소 자유민주주의로 전환되는 법. 법치주의는 그 다음에나 가능하다.

이런 과정에서 사람들은 자기들이 무슨 일을 하는지도 모른 채 레밍들처럼 몰려다니며 비정상적인 행태를 지속한다. 선진국이 된 대한민국은 21세기 메타버스 시대에 살면서도, 에밀 졸라가 살았던 19세기 말처럼 그렇게 집단 광기를 드러내고 있다. 그것도 신성한 공적 과정에서. 과연 누가 미쳤는가? 지금 우리 사회에는 에밀 졸라처럼 고발하는 자가 과연 존재하기는 하는가? 고발하고 싶다. "J'accuse"라고 외치고 싶다.

"어떤 외롭고 가난한 시인이 / 밤늦게 시를 쓰다가 / 소주를 마실 때 캬~~! / 그의 안주가 되어도 좋다. / 그의 시가 되어도 좋다. / 짜악짝 찢어지어 / 내 몸은 없어질지라도 / 내 이름은 남으리 / '명태', '명태'라고 / 이 세상에 남아 있으리라."

내가 참 좋아하는 시요, 노래다. 양명문이라고 종군작가를 하다 서울대 교수를 지내신 분의 시에 변훈이라는 외교관 출신의 작곡가가 오페라 아리아 같은 변주가 파도처럼 넘실대는 곡을 붙인 작품이다. 작품. 불행하게도 나는 지금까지 이 곡을 제대로 부르는 사람을 만나지 못했지만, 언젠가는 맛있고 멋들어지게 이 곡을 부를 가수가 나오려니 하는 막연한 기대하고 있다.

그래서인지 나는 보들보들한 명태부터 북어까지, 최근에는 코다리도 좋아한다. 비싸서 그렇지 명태탕이 최고다. 활용도 높은 북어는 언제나 갑이고. 그래서 이맘때면 나는 북어를 한두 마리가 아니라 축으로 들여놓고 북어대가리부터 껍질까지 알뜰하게 먹어치운다. 5월이 되기 전까지만. 그 후로는 두 마리씩 사 먹는다. 보관이 문제고 집안에서 냄새가 나니까.

오늘 아침에 눈이 일찍 떠지길래 북어 좋은 걸 사려고 침대에서 뒹굴뒹굴하면서 인터넷을 뒤지고 있는데 세상에나, 북어라는 말은 온 데 간데 없고 먹태, 짝태가 판을 치는데 태반이 중국산, 연변산, 북한산이다. 그런데 중국에서는 명태가 절대로 안 잡힌다는 사실. 동해가 없기 때문에 명태가 잡힐 바다도 없다. 연변도 마찬가지. 그러니 중국산이라 함은 곧 연변을 말하고 연변산이라 함은 곧 북한산이란 말씀! 결국 북한산 북어가 대한민국의 밥상과 술상을 점령해버린 것이다.

좋다, 북한산 북어. 특히 김정은 고향 원산에서 나는 북어는 그야말로 세계 최고다. "그의 시가 되어도 좋고 그의 안주가 되어도 좋"을 만큼 원산산 북어는 자고로 최고다. 러시아산처럼 크고 하얀 게 보기는 좋아도 맛은 허당이지만 원산산은 자그마하면서 통통한 것이 놀짱한 몸매가 최고다, 최고.

이 북한산, 김정은 고향, 원산에서 태어나고 잡히고 말린 북어를 겨우내 마음놓고 먹을 수 있으면 얼마나 좋겠느냐만은, 안 된다. 불법이다, 불법. 북한산은 무엇이든 돈 주고 사면 UN 대북 제재 대상이다. 그것을 왕서방이 들여왔든 브로커가 들여왔든 주사파 같은 간첩들이 들여왔든 좌우지간 안 되는 것이다. 국제 규약상 금지 물품이다, 금지.

그런데 인터넷엔 어떻게 이렇게 많은 북한산 북어가 좌악 깔려서 팔리고 있을까? 참 요지경속이다, 요지경. 북한 그림과 자수용품이 관을 등에 업고 전국 곳곳에서 전시되고 팔리고 홍보를 하더니 이제는 북어도 다 북한산이네? 어디 북어뿐이겠는가? 코다리에 노가리도 비슷하겠지. 임종석이 북한에 저작권료를 못 보내니 그림값, 북어값으로 퉁치는 것도 아닐진대.

대한민국은 불법의 나라다. 법치주의, 국제 규약은 어디 가고 인권과 민주주의라는 가면 아래 온갖 불법과 편법이 나라를 완전히 노가리판으로 만드는구나. "검푸른 바다 밑에서 / 줄지어 떼 지어" 한통속이 되어 벌이는 노가리판. 먹는 노가리 말고 비속어 '노가리' 말이다. 지금 여론조사 1위를 달린다는 대선 후보 별칭이 찢재명이라는데 '쫘악쫙' 다 찢어버릴까? 그러고 나면 누가 시가 되는지, 안주가 되는지 유권자, 아니 국민은 조용히 지켜보기만 하면 되는 걸까? "꼬리치고 춤추며 밀려다니다가" 어떻게 되는지 보기만 하면 될까? "이집트의 왕처럼 미이라"가 돼서?

2021년 7월 6일

베트남이 부럽다. 중국한테 절대로 물러서지 않는다. 아니, 중국한테 당당하게 맞선다. 단 한 발자국도 허락하지 않는다. 죽을 각오로 대오를 정비한다. 전쟁도 불사한다. 외교 관계 단절도 감수한다. 치사하게 돈을 물어내라고 매달리지도 않고 징징대지도 않는다. 다른 나라에 민폐를 끼치지도 않는다. 특히 베트남의 영토나 영해를 건드리거나 집적대고 넘보려 하면 단호하게 선을 그으며 행동에 나선다.

멋지다. 국민 주권 국가라면, 자주 자치 국가라면 당연한 일이다. 우리와, 아니 이 정권과 달라도 너무 다르다. 남의 나라 대통령 앞에서 "한국은 중국 속국이(었)다"라고 해도 항의는커녕 말 한 마디 못(안) 하고, 중국 유학생들이 서울 한복판에서 특급호텔 유리창을 다 때려 부수며

난동을 부려도 꿀먹은 벙어리에 심지어 이어도를 자기네 땅이라고 억지를 부리며 수시로 침범해도 정부, 국민, 언론은 일치단결, 모른 척한다. 독도에 대해서는 독을 내뿜으면서.

하기야 우리 바다 깊숙히 들어와 쌍끌이로 고기를 다 훑어가는 것은 고사하고서라도 바다를 지키는 우리 해경을 찔러 죽이고 바다에 내던져도 끽소리 못 하는 정부가 국가겠는가? 그러니 김치에 한복, 단오는 물론 한글까지 중국제가 되는 것은 너무나 당연한 일 아니겠는가?

평화를 원하거든 전쟁에 대비하라 했거늘 육체와 정신, 마음까지 오로지 종북, 친중에만 빠져 있으니. 베트남 정치인을 데려올 수도 없고, 이 자들을 다 수출할 수도 없고, 장마에 다 떠내려갈 리도 없고.

답답하다. 아랫녘에는 호우경보가 내렸다는데 서울은 찜통더위가 아침부터 난리다. 가마솥이나 걸어볼까나?

2021년 6월 22일

모든 것은 시대에 따라 변한다. 그걸 이상하게 생각할 필요도 갑론을박할 필요도 없다. 사람들의 사고방식과 생활 양식이 변한 결과로 받아들이면서 모든 것의 평가 자료와 문제 해결 모색의 길라잡이로 쓰면 된다. 그런 점에서 딱 한 가지만 짚어보자. 통계청 발표를 보면 가사노동 시간은 줄지 않았다. 왜? 식구 수는 확 줄어 1인 가구가 대세고, 청소기, 세탁기, 설거지 기계에 음식물 처리기까지 있는데 왜 가사노동 시간은 똑같을까? 바로 반려 동식물을 돌보는 시간이 엄청 늘어났기 때문이다. 무려 111.2% 증가!

성인 돌보기는 10.9% 감소했다. 다 요양원, 요양병원으로 가기 때문. 이제 21세기는 정을 주고받는 상대가 사람이 아닌 애완견, 애완묘 또는 꽃과 나무 등 동식물이 된 것. 사람이 꽃보다 아름다운 시대는 이제 끝. 21세기는 동식물이 사람보다 더 아름답고 귀한 시대다.

2020년 11월 20일

오늘 아침 신문에 난 사진. 장병과 똑같은 묘역에 장병과 똑같이 한 평에 안장된 공군 준장 최홍선 장군 묘 사진. 참 많은 생각을 했다. 미국 알링턴 묘지 생각도 나고. 고흐 묘지 생각도 나고.

25년도 더 된 아주 오래 전. 친정어머니 모시고 일곱 살, 다섯 살, 어린 두 아들이랑 무지하게 추운 어느 겨울날, 굳이 힘들게 찾아갔던 미국 알링턴의 워커 장군 묘. 케네디 대통령 묘야 그 앞에 영원의 불길도 타고 있고 가족들도 같이 묻혀 있어 사실 큰 감동은 없었다.

그러나 워커 장군 묘는 달랐다. 4성 장군이 일반 사병과 똑같이, 똑같은 면적에 똑같은 묘비. 그때 난 신선한 충격을 받았다. 미국의 정신을 느꼈다고나 할까? 돌아오는데 알링턴묘지 안내소 앞에 줄지어 서 있던 미국인들을 보고 나는 다시 한 번 놀랐다. 관광온 외국인들이 아니라 그 땅에 사는 미국인들이었으니까.

나는 국립현충원에 갈 때마다 일반 참배객을 본 적이 거의 없다. 간혹 산책하러 온 사람들이 보이고 봄에 능수벚꽃 보러온 상춘객 정도지

안내소 앞에 늘어선 참배객들은 나는, 정말 본 적이 없다. 미국의 힘은 이런 데서 나오는 게 아닐까?

지난 여름. 백선엽 장군이 왈가왈부 논란 끝에 대전현충원 장군 묘역으로 모셔질 때 내가 여기저기에 몇 번 말했었다. 그냥 서울 동작동에 있는 6·25 전몰 장병 묘역에 부하들과 같이 묻히시는 게 어떻겠느냐고. 이젠 돌이킬 수도 없는 일이지만……

장군도 일반 장병과 똑같은 평수 똑같은 형태로 같은 묘역에 묻히느냐 아니냐의 여부가 아니라, 그들, 나라를 위해 목숨을 바치고 희생한 그들을 얼마나 많은 국민이 찾아보고, 현양하며, 존중하느냐가 중요한 것 아닐까?

* 채명신 장군이 2013년에 병사들 묘역에 자의로 묻히신 건 사실입니다. 그런데 묘역은 한 평이 아니라 여덟 평입니다. 그리고 어제 장병들 묘역에 묻히신 최홍신 장군은 자의가 아니라 법 개정으로 그곳에 묻히신 겁니다. 황규만 장군은 자신이 어렵게 찾은 6·25때 전우 김수영 소위와 국립현충원에 나란히 묻혀 있지만, 미국과는 다른 사정 때문입니다.

2020년 10월 20일

서울은 안개에 젖어.

오늘 아침 일곱 시 반, 서울은 태양과 안개가 만나 기묘한 조롱을 보내는 듯한 색감과 농도, 분위기에 젖어 있다. 그것이 조롱인 줄도 모르면서, 잠시만 둘러보면 대한민국 전체가 짙은 안개에 싸여 있는데, 한 치 앞도 안 보이고 모든 것은 오리무중이다.

지금 벌어지고 있는 라임, 옵티머스 사건만이 아니라 남북 관계, 한일관계, 한중 관계, 한미 관계, 잊혀지는 공무원 피격 사건, 그리고 여든 야든 내부 역학 관계 등 이루 헤아릴 수 없는 일이 농무, 짙은 안개에 휩싸여 있다. 몽롱하게.

단발 머리 시절, 고3 때 보았던 르네 클레망 감독의 영화 '파리는 안개에 젖어'. 원래 제목은 La Maison sous Les Arbres '나무 아래 집'이다. 영어 제목은 'The deadly trap 치명적 함정(?)' 정도고, 나중에 나온 책 제목은 <아이들은 사라지고 The children are gone>였다. 영화 하나에 불어, 영어, 한국어가 완전히 다르지만, 한국어야 일본이 붙인 제목을 그대로 베껴서 따라 한 것일 뿐, 그 제목에 아무 이유도 영화적 은유도 없다.

아무튼 '파리는 안개에 젖어' 영화 제목처럼 한 가지 근원이 다양하게 여기저기 트랩을 파놓고 하나씩 분출하며 제기하는 이슈에 분분히 흩어져 춤추는 광기의 한국. 정신줄을 놓아버린 듯한 이 나라도 페이더너웨이가 미친 듯 헤매다 결국엔 아이들을 되찾듯 그런 결말이, 그런 희망이, 솟아날 구멍이 생겨날까?

아침부터 온통 안개에 머리 속까지 젖어든다.

2020년 10월 17일

남의 집 배추는 저렇게 크고 실한데 우리집 배추는 아직도 삐리삐리.

올해도 김장은 애기배추에 조막 같은 무로 버무리게 생겼다. 말이 좋아 유기농이지 사실은 유기농이 아니라 무기농이다. 그 어떤 약도 안 주는 것은 맞지만 농약 대신에 영양가 많은 퇴비나 거름도 거의 안 하니 그 어떤 재주도, 기술도 없는 무기농無技農이 맞다, 맞아.

가을에 집중적으로 나오는 낙엽과 풀, 거둬들인 국화대 같은 화초 등을 땅 위에 두껍게 덮어주고 그 위에 한약상이나 약재상에서 얻어오는 찌꺼기들을 썩혀서 얹어주는 게 다다. 벌레는 손으로 잡지만 역부족. 벌레랑 내가 사이좋게 나눠 먹는다.

4차산업 시대라고 하면 사람들은 로보트산업만 생각한다. 그러나 지금 선진국들은 어그텍agtech이라고 해서 농업에 IT를 접목하기 위해 뜨겁다. Agriculture Technology. 실리콘밸리도, 구글도, 알리바바도 곧 싸매고 용맹정진 중이다. 물론 현재는 이스라엘이 선두지만 전 세계는 지금 농업에 매달려 있다. 21세기엔 농업이 획기적으로 변할 블루오션 중에 블루오션이니까. 선진국들은 젖소 500마리도 노년층 부부 두 사람이 키운다. 프랑스는 와이너리에 어그텍을 도입해 엄청난 경제적 이득을 얻고 있다. 정보 수집과 정보 분석 덕분이다.

그런데 우리는? 말이 좋아 IT 강국이지 농업은 내팽개쳐놓고 있다. 농촌은 귀곡산장처럼 텅 비어 있다. 농사도 잘 안 짓는다. 농사 지을 인력도 없다. 야채와 과일의 종자 대부분은 일제, 기계는 미제나 독일제 아니면 일제. 그나마 쌀을 제외한 거의 모든 농산물은 수입에 의존하고 있다. 시대를 앞서가지는 못할망정 현재를 직시는 해야 하거늘, 과거에

만 매달려 혹세무민하는 정권과 그 아류들. 우리한테 어그텍은 어글리 테크닉이런가?

오랜만에 치즈 몇 조각 들고 싸늘한 바람 맞으러 밖으로 나오니 석양이 꼬리를 감추며 산등성이를 빠르게 넘어가더라. 30여 년 전 어느 날, 내 품에 안겨 있던 작은녀석이 내 목을 휘감으며 물었었지. 엄마 산에 불이 났는데 불자동차는 왜 안 와? 역시 과거는 달콤하다. 따뜻하고 로맨틱하기까지 하다. 현실은 이렇게 싸늘하건만.

2019년 12월 6일

상황 윤리는 항상 논란을 야기한다.

비행기가 무인도 또는 깊은 산맥에 추락하거나 비상 착륙했을 때 동료의 인육을 먹고 생존한 사람들. 아주 대표적인 상황 윤리 예시다. 따라서 원래 상황 윤리란 불가피한 상황에서 인간과 인간의 생명권 충돌 또는 갈등을 해결하거나 불법을 묵인, 용인해주기 위한 윤리적 딜레마에 관한 논리다.

그런데 이 '사이비 인권 정권'은 동물의 권리까지 보장한다며 두 형제는 살리고 열여덟은 떼죽음을 시켰다. 얘기인즉슨 서울대공원에 뱀의 서식 공간이 부족하다는 이유로 무려 35년 만에 번식에 성공한 국제보호종인 그물무늬왕뱀이 알 스무 개를 부화시키기 시작하자 가장 건강한 놈 두 놈만 살리고, 이미 태어났으나 비실거리는 놈들, 출생 과정에 있는 놈들, 또는 아직 알 속에서 그 아늑함을 즐기며 꼬무작거리는 놈 등

열여덟 마리는 다 죽여버렸단다.

이건 동물권을 보장한 것일까? 최선의 선택이었을까? 비정한 선택이었을까? 동물의 생명권을 박탈한 범죄일까? 자칭 인권변호사가 이끄는 사이비 정권, 사기 정권이 동물권을 보호한답시고 한 짓답네.

여기서 잠깐! 길이 7m가 넘는 뱀 열여덟 마리와 그 부모 뱀에 살아남은 형제 뱀까지 스무 마리가 원한을 품으면? 세계 최초로 뱀에 의한 정변, 사변蛇變이 일어나겠구만.

2019년 10월 25일

오늘 아침, 내가 이렇듯 서러운 이유.

첫째, 아홉 살, 어린 나이에 아버지를 여의고 엄마랑 여동생 둘이랑 다같이 단칸방에서 옹기종기 살 때부터 난 법학이 하고 싶었다. 국회의원을 키워낼 수 있다는 법학! 주변 사람 모두가 "여자가 팔자가 얼마나 세려고 웬 법학?" 하면서 백안시했어도 난 독보적인 성적으로 법대에 들어가고 나왔다. 우리 사회는 수십 년 동안 법치주의 앞에서 비틀대고 있지만 그래도 난 행복했다. 조금씩 좋아진다는 희망이 있었으니까.

그러나 내가 법학을 한다는 사실에 요즘엔 심한 자괴감을 느낀다. 조국과 김명수 법원 때문에.

둘째, 잘 나가던 기자를 때려치우고 여자 나이 서른이 넘어서 세 살, 한 살, 어린애 둘을 옆에 끼고 대학원에 진학할 때도 모두가 반대했다. 그러나 난 행복했다. 하고 싶은 걸 할 수 있었으니까. 그리고 여자라는 이유로 학위 후 5년 동안 보따리장사라는 시간강사로 여기저기 뛰어다니면서도 바보처럼, 천치처럼 행복했다. 정식 교수가 됐을 땐 뛸 듯이 기뻤다. 역시 내 꿈이 이루어졌으니까.

그런데 요즘 언론들이 정경심을 보도하면서 '피의자'라고 하지 않고 말끝마다 '교수'라고 하는 통에 내가 교수라는 사실이 부끄럽다. 심한 자괴감마저 느낀다.

셋째, 여자로서 이 나라에서 산다는 건 지금도 녹록지 않다. 여기자, 여교수, 여성의원이라고 '여'라는 접두사가 왜 붙겠는가?

이 땅에서 1970년대부터 전문직 여성으로 오롯이 살아남기 위해서라도 때로는 되바라지기도 해야 했고, 독하고 못됐다는 소리는 기본으로 깔고 살아야 했다. 심지어 상상을 초월하는 소문과 음해, 유언비어에도 귀머거리 3년, 벙어리 3년, 장님 3년이라는 시집살이처럼 견뎌내야 했다. 담배 연기가 안개처럼 자욱한 기자 사회에서든 약육강식의 끝판왕인 국회에서든 동굴 속 사자 우리 같은 교수 사회에서든 남자가 아닌 여자로 산다는 것은 하루하루가 투쟁이었다. 그래서 '여성부'라는 이름부터 차별적이고 업무 범위도 심히 못마땅한 부처지만 최소한 그 존재의 필요성은 인정했다.

그런데 요즘 여성부 장관과 차관이 쌍으로 보여주는 행태에 내가 여자라는 사실마저 싫어졌다. 내 직업도, 내 경력도, 심지어 내가 여자라는 내 정체성마저 송두리째 짓밟아버리는 이 정권 때문에 오늘 아침 내 인생 전체가 무너져내린다. 무슨 권리로 이 자들은 내 인생을 이렇게 송두

리째 빼앗으며 도륙까지 내는가? 그래도 '이 생명 다하도록 뜨거운 마음 속 불꽃'을 피워야 할까?

오늘 아침, 추레한 모습으로 회한 속에 읊조리던 최백호 씨의 '열애'를 그냥 듣는 게 아니라 억새 보듯이 보면서 듣고 싶다.

2019년 10월 6일

인파가 구름처럼 몰렸던 개천절, 경찰에 연행됐던 탈북자 스물세 명 중 아직 영장실질심사 중인 두 명 외에 어제, 그제 순차적으로 풀려난 몇 명과 함께 저녁으로 해장국을 먹었다. 두부 먹을 상황은 아니니 선지 듬뿍 들어간 해장국을 먹으며, 가슴이 미어지는 소리를 꾸역꾸역 선지보다 더 많이, 더 팍팍하게 참 많이도 들었다.

끝까지 묵비권을 행사했단 얘기, 경찰서에서 단식하며 저항한 얘기, 막판에 지장 안 찍으려고 저항하다가 경찰 여러 명한테 달싹 들려서 팔이 비틀어질 정도로 억지로 지장을 찍었단 얘기, 어디서 어디다 부딪혔는지, 누구한테 맞았는지 모르지만 다리에 온통 멍투성이라며 바지를 걷어 올리고 보여주면서, 자기들은 변호인의 조력을 받을 그런 권리가 있는 줄도 몰랐단 얘기, 자기들이 경찰서 여섯 군데로 분리 수용됐었는지도 몰랐다는 얘기 등등.

번잡한 해장국집 소음보다 허공을 헤매는 그들의 눈동자와 떨리는 목소리, 시퍼런 멍자국이 내게는 더 시리고, 아프고, 서글펐다. 애써 안색을 감추며 농담도 하고, 등도, 긴 머리도 쓰다듬어 주다가 혼자 터덜 터덜 청와대 쪽으로 향했다. 경복궁 담 쪽으로 한 차선은 차가 다닐 수 있게 터놓았지만 여전히 사람은 많았다.

마침 저녁 시간. 스피커에서 들려오는 소리. "오늘 저녁은 1,000명분 준비했는데 부족한 것 같아 죄송합니다." 아, 1,000명 이상 모였구나. 오늘 밤엔 날도 많이 추워진다는데 한 자릿수 기온을 밖에서 어찌 견디나.

그제서야 사람들 손에 들린 것을 보니 내 주먹보다는 조금 큰 주먹밥이었다. 곁에 있는 여성 분한테 물었다.

"그거 드시고 밤 새울 수 있으세요?"

그러자 그 여성, 나를 힐끗 올려다보며 하는 말, "나라 꼴이 우리가 단식도 해야 할 판인데 이것도 과분하고 감사하지요."

아, 이렇게 우리 국민은 나라를 걱정하며 분노를 억누르고 자신을 내어놓는데 어쩌자고 대통령이라는 자는 일언반구 말이 없는지. 입술을 깨물며 돌아오는 길. 어슴푸레 빛도 제대로 내지 못하는 야윈 달이 겨우 구름 사이를 비집고 나와 내 앞을 자꾸만 가로막았다. 천천히, 천천히 가라고.

2019년 7월 12일

인권과 정치는 어떤 관계일까요? 인권과 이념은 어떤 관계구요? 정치와 이념의 관계는요? 제가 좀 젊었을 때는 '인권>정치>이념'이라고 생각했으나, 점점 나이가 들수록 '인권=정치=이념'이라는 생각이 더욱 더

확고해집니다.

오늘 아침 물망초에서 개최한 '재일동포 북송 60년' 세미나를 하는 동안 이 같은 생각은 더 분명해졌습니다. 극도로 혼란스러운 지금의 대한민국도 바로 이런 점을 간과했기 때문에 건국 70년 만에 선진국 진입 문턱에서 가장 수치스러운 나라가 됐구요. 우리가 '참다운 인권'에 대한 인식과 관점을 갖고자 노력했다면 지금처럼 영혼 없는 국가로 전락해 들쥐처럼 이리 쏠리고 저리 쏠리며 만인에 대한 만인의 투쟁을 벌이는 불행한 사태를 초래하지도 않았겠지요. 국가가 무너져내리는 듯한 참담함과 미래에 대한 불안감도 없었을 테구요.

그러나 한편으로는 지금처럼 최악으로 치닫는 한일 관계도 앞으로 우리가 어떻게 대처하고 관리하느냐에 따라 오히려 과거를 딛고 미래로 나갈 수 있는 새로운 계기가 될 수도 있을 겁니다. 이제라도 우리가 인권에 대한 인식과 관점을 올바르게 정립한다면 말입니다. 법과 정치, 제도라는 옷은 서양식으로 제법 깔끔하게 갈아입었지만 아직도 정신적으로는 근대화를 이룩하지 못한 우리가 시급히 버려야 할 것은 '민족주의'이고, 시급히 인식을 새롭게 해야 할 것은 바로 올바른 인권 의식입니다. 민족 의식과 민족주의는 다르니까요. 인권을 도외시하는 정치나 이념은 그 자체로 사기고 허구니까요. 지금 대한민국 헌법 위에는 민족주의가 떡하니 올라앉아 모든 것을 집어삼키고 있습니다. 과거에 '민주화'라는 미명 하에 헌법을 무력화하며 이 땅에 종북주의자들이 판을 치게 만들었듯이 말입니다.

비기독교국가 가운데 선진국 문턱에 들어선 나라는 한국과 일본, 두 나라뿐입니다. 글로벌 스탠다드에 부합하지 않는 인권, 또는 인권을 외면하는 '민주'의 외침은 사이비 민주 세력이고 거대한 사기 조직임을 이제라도 직시했으면 좋겠습니다. 가장 왜색이 짙은 단어인 '민족주의'라는 감정을 자극해 친일이나 반일 프레임을 들고 나오며 국민의 판단력을 흐리는 것 또한 똑같은 상황의 반복입니다.

과거에 '민주화'라는 미명 하에 국가의 모든 제도와 근간이 독화살을 맞아야 했듯이 지금은 헌법보다 6·15선언, 10·4선언, 9·19군사협정 등이 더 '지존'의 자리에 군림하는 현상을 우리 모두 직시했으면 좋겠습니다. 우리는 지금 전대미문의 문명사적 투쟁을 하고 있으니까요.

2019년 4월 10일

'해리가 샐리를 만났을 때' 생각나세요? 군더더기 없이 깔끔한 로맨틱 코미디 영화지요. 그럼 '민족주의가 공산주의를 만났을 때'는 어떨까요? 요즘 '니들 아버지' 운운하는 손 아무개와 김원봉 사건 등등을 보면서 든 생각입니다.

민족주의와 공산주의가 만난 결과요? 바로 베트남 패망이 극렬하게 보여주지요. 우리는 보통 베트남 패망이 내부의 부패와 무능 때문이라고 하지만 더 본질적인 이유는 바로 민족주의와 공산주의의 결합 때문입니다. 게다가 '평화'라는 탈까지 쓰고 베트남 국민을 전방위로 현혹했지요. 사진 속 글씨가 좀 흐릿하지만 확대해서 자세히 들여다보면 우리는 평화를 원한다, 미군은 철수해라 뭐 이런 내용이 읽힐 겁니다. 베트남 패망, 그 과정에 좌익 종교인들도 아주 혁혁한 공을 세웠구요, 결국은 파리 '평화협정' 체결 후 베트남은 항복했습니다.

이쯤 되면 '기시감'이 드시나요? 베트남 패망 후 가장 먼저 숙청된 자들은 바로 민족주의 선봉에 섰던 10만여 명의 민족주의자! 그리곤 150만 명의 보트피플이 목숨 걸고 조국을 탈출해야 했구요.

그러나 민족주의와 공산주의의 만남이 베트남 패망만 초래한 건 아닙니다. 세계사적으로 보면 민족공산주의National Communism는 1910~1920년대 시대정신(?)이었다고 할 만큼 정치철학사에 한 획을 그었지요. 우리 역사도 크게 다르지 않습니다. 독립운동가들 안에 민족공산주의자들이 아주 징하게 박혀 있었고 지금도 그러니까요. 이 정권은 일부러 그것을 하나씩 들춰내서 사회 분열을 조장하며 친일프레임까지 꺼내 들고 반대 세력을 제압하려는 거구요.

눈을 밖으로 돌리면 민족주의+공산주의 운동 100년이 지난 21세기, 지금 현재는 이슬람(무슬림) 민족공산주의가 세계 곳곳에서 진행 중입니다. 그래서 베트남 패망 40년이 훨씬 지났지만 패망 과정 중에 대중을 현란하게 현혹했던 미군 철수, 우리 민족(끼리), (좌익)종교인, (위장)평화 공세, 파리(서해)평화협정, 통일전선(전술) 등 어쩌면 이들 용어가 이렇게 똑같은지…… 섬뜩하지 않으세요?

© 윤상구

참 슬픈 단어, 대한민국 교육

언어는 이데올로기다. 자유주의, 공산주의, 보수, 진보가 이데올로기가 아니라 인간이 사용하는 언어 자체가 이데올로기요, 이념이다. 그 사람이 사용하는 단어나 표현 기법은 이념, 이데올로기를 그대로 반영하고 투영한다.

　지난 달부터 교육부는 호칭 개혁을 했다. 국장님, 과장님, 계장님 같은 직책과 직급을 부르지 말고 이름 뒤에 바로 '님'자만 붙이라고 한 것이다. '장관님'이라 부르지 말고 '아무개 님~' 하라는 것이다. 좀 지나면 더 평등하고 더 친근하게 성을 빼고 이름만 부르려나? 평등하려면 '아무개 님'보다는 '아무개 씨'가 더 낫지 않나? 아니면 서양식으로 그냥 이름만 부르든지.

　그렇게 호칭을 바꾸면 공무원 사회의 위계 질서가 없어질까? 위아래 사이가 돈독해질까? 구성원들이 안 내놓던 개혁안을 마구 쏟아낼까? 직급과 직책은 위계 질서를 형성하기도 하지만 책임도 부담하는 의미를 담고 있다. 요즘은 미꾸라지가 워낙 많아서 다들 단물만 빨아먹고 책임은 지지 않으려고 책임 폭탄 돌리기를 한다고 한다. 하지만 윗사람은 기본적으로 책임을 지는 자리고, 그에 대한 존경의 의미도 담겨 있는 것이 직급과 직책을 나타내는 호칭이기도 하다. 그런데 이름 뒤에 그냥 '님'자만 붙이라니. '님'이라는 글자에 점 하나만 붙이면 '남'이 되는 세상에 호칭을 바꾸면 교육 개혁이 절로 되나?

그러고 보니 10년 전에 당시 교육감은 서울시 교육청 직원들한테 직급이나 직책을 부르지 말고 그냥 '쌤'이라고 부르라고 했었다. 친근하고 평등하게! 물론 도로 제자리가 되긴 했지만, '톰'도 아니고 '쌤'이라니! 아무리 학생들이 자기들끼리 선생님을 '쌤'이라 부른다지만, 교육청 직원들한테 교육감이 '쌤' '쌤' 하라고 해댔으니, 학생이나 선생이나 지휘 감독 기관의 공무원이나 죄다 쌤쌤same same이 되어 오늘날 대한민국 교육이 이 모양, 이 꼴이 된 것 아니겠는가?

각설하고, 어제 교육부 공무원들을 만나 물어보니 그냥 예전대로 다들 국장님, 과장님, 한다. 그럼 이건 뭐지? 고작 한 달 만에 교육부 개혁 실패? 게다가 교육부 공무원들의 고정 책상을 다 없애버렸단다. 자기 책상 없이 출근하는 대로 앉고 싶은 데 아무 데나 앉으라고 해서 이 또한 난리법석, 불편 만땅이란다. 공유 사무실이 전 세계에 있기는 하지만, 대한민국 공무원이 사무실 얻을 돈도 없어서 이곳저곳으로 짐 싸들고 다니는 지경도 아니고, 스타트업 창업자들도 아니고…… 특히 공무원은 대외비 업무도 많고, 자료랑 민원 서류 등도 목숨처럼 귀히 여겨야 하는 직업이거늘, 출근하는 대로 아무 데나 원하는 데 앉으라고? 참 어이가 없다. 엊저녁엔 정말 오랜만에 귀를 씻어내고 싶었다. 귓밥의 허물이 벗겨지도록 싹싹 문질러 씻어내고 싶었다.

2023년 1월 27일

미국 나사 NASA가 미 국방고등연구소와 함께 50년 안에 화성에 유인 우주선을 보낼 때 쓸 로켓 엔진을 원자력 추진체로 개발할 계획이란 뉴스를 일본 TV에서 봤다. 괜히 심통이 났다. 세계 3위의 원자력 국가였던 대한민국의 원자력발전소를 중지시킨 지난 정권이 어이가 없기도 했지만, 내가 나고야에 온 이유가 바로 '과학'이었기 때문이다. 우리나라는 이런 뉴스를 보도조차 안 한다.

나는 지금까지 일본에 100번 정도 왔다. 독도와 사할린 한인, 강제동원, 북한 인권 등 주로 영토 갈등과 역사 문제, 인권 문제 해결을 위해 일본과 협상하거나 협조를 구하기 위해서다. 100번 중 쉰 번은 당일치기. 나머지 스물다섯 번은 1박 2일. 그 나머지는 2박 3일. 한 마디로 첫 비행기로 왔다가 마지막 비행기로 돌아가며, 일만 하고 돌아가는 일정이었다. 대부분이 도쿄와 오사카, 교토였고. 몇 번은 3~5일 정도 있었지만 일본은 매번 내게 당일치기, 맨땅에 해딩하기에 가까웠다. 그러나 개인적으로는 나고야엘 꼭 와보고 싶었다. 하지만 그게 불가능했다, 내게는. 왜 그리 일에 쫓기며 살았는지.

20여 년을 벼르다 이번에 나고야에 왔다.

왜? 나고야의 과학교육이 궁금해서! 우리는 정말 잘 모르지만 나고야는 세계 굴지의 과학 도시다. 인구 200만 명밖에 안 되는 일본 내 네 번째 도시 나고야는 과학자를 길러내는 곳이다. 한국인들은 나고야를 그저 장어요리로만 알 뿐이고 심지어는 볼 게 없는 도시로 인식하고 있다. 정말 그럴까?

나고야는 과학교육 도시다. 일본의 역대 과학 분야 수상자 스무 명 가운데 무려 여섯 명이 나고야대학 출신이다. 출신 대학별로 보면 도쿄대 네 명, 교토대 세 명보다 많다. 적어도 노벨과학상 수상자로만 보면 일본 대학 서열은 나고야대학이 단연 최고인 데다 그들은 전부 물리학상 수상자들이다.

인구 200만 명밖에 안 되는 나고야에서 세계 최고의 물리학자들을 배출해내는 그 비결은 과연 뭘까? 나는 이번에 절실히 깨달았다. 학자들을 지원해온 토요타라는 기업의 역할도 중요했지만, 나고야는 아주 어려서부터 어린이들에게 과학을 아주 쉽게, 생활 속에서 가르치고 있다는 사실을. 나고야의 가장 번잡한 지역 중의 하나인 야바초, 우리로 치면 강남 한복판에 거대한 과학관이 우뚝 서 있다. 그것도 '시립' 과학관이다. 어른이 봐도 신기하다. 생명관, 천문관, 이공관에서 누구나 만질 수 있고, 보고 듣고 실험해 볼 수 있고, 체험도 할 수 있게 되어 있다. 하루로는 부족하다.

왜 우리는 이런 과학관을 못 만들까? 돈이 없어서? 천만에. 아니다. 비전과 의지가 없기 때문이다. 입으로만 교육, 교육하면서 뒤도 안 돌아보고, 앞은 더더욱 보려고 하지 않기 때문이다. 이런 과학관을 만들고 싶었는데, 꼭 만들어서 어린이들에게 과학의 꿈을 심어주고 싶었는데. 그 꿈을 되짚느라 나고야의 밤은 길었다. 내게는, 한없이.

2023년 1월 17일

"아이들아 미안하다."

전 교육부 장관이 지난 주 주요 언론과 인터뷰를 하면서 한 말이자, 문이과 통합 수능이라는 새로운 제도를 도입하면서 혼란을 자초한 것에 대한 죄책감에서 나온 말이다. 장관 본인이야 임기 끝나고 떠나면서 "쏘리"라고 한 마디 하면 그만이지만 고통은 오롯이 학생과 학부모들 몫이다.

장관이 주창했던 문이과 통합 수능을 위해 고안된 통합사회, 통합수학은 학교에 교과목이 개설은 돼 있지만 대입은 여전히 문과와 이과로 나뉘어 있다. 그래서 학교와 입시생 모두 혼란을 겪고 있고 대학도 골머리를 앓고 있다. 모두가 난감한 일이다. 수학2가 필요한 학과에 아주 기본적인 미적분도 안 되는 학생들이 입학하고 있고, 학생들의 수학 성적은 날로 낮아지고 있다. 어제 오늘의 일도 아니다.

왜 이런 일이 벌어지는 걸까? 교육에 대한 철학과 시대에 부응하는 교육 목표, 수능의 기능과 목적 등은 망각한 채 보여주기식 한건주의에 사전 조율도 없이 툭툭 던진 졸속 정책을 밀어붙이기 때문이다. 따라서 어느 정권에서든 학생과 학부모는 영원한 교육의 볼모이자 인질이고, 변하지 않는 '을'이어야 했다.

참 슬픈 단어다. 대한민국 땅에서 교.육.이라는 두 글자는.

2022년 12월 27일

윤석열 정부가 야심 차게 내세운 반도체학과 집중 육성 정책에 따라 각 대학이 유관 학과를 대거 신설해 지원자는 늘었다. 하지만 정작 합격자의 70%는 등록을 하지 않고 다른 곳으로 떠났다.

그 이유가 뭘까? 일부 대학에서는 반도체학과 학생들이 떠나지 않게 하기 위해서 특급호텔에 불러다 스테이크까지 먹였지만 속수무책이었다. 그 까닭이 뭘까? 졸업만 하면, 아니 졸업을 하기도 전에 입도선매되는데 왜 학생들은 반도체학과에 합격하고도 의대로 다 몰려갈까?

가치관의 문제다. 비전의 문제다. 중고등학교, 아니 유치원부터 제대로 된 교육을 해야 어려서부터 반듯한 가치관과 큰 비전을 가질 수 있다. 지금처럼 이기적이고 황금 만능적인 사고로는 아무리 잘 살아도 그 부富는 지속 가능하지도 않다. 잘 하면 천민자본주의, 아니면 모래성일 뿐이다.

교육을 근본적으로 바꿔야 한다.

입시가 문제가 아니다. 체한 사람한테 아무리 산해진미를 갖다준들 무용지물일 뿐이다. 그리고 한 가지 더. 대학에 자율권을 확실히 주어야 한다. 정부가 특정학과를 집중 육성하면 다른 과는 다 죽는다. 일명 풍선 효과. 현재 우리나라에는 첨단 반도체 기술을 교육할 인프라를 갖춘 대학도 거의 없다. 최신 기술을 가르칠 교수는 더더욱 없다. 이런 상황에서 누가 무엇을 어떻게 가르치고 배울 수 있겠는가?

교육은 하루 아침에 이루어지지 않는다. 교육자도 하루 아침에 만들어지지 않는다. 우리는 교육을 너무 우습게 본다. 아무나 교육전문가 행세를 한다. 학교폭력 가해자도, 욕쟁이도, 범법자도, 모두가 '교육'이라는 단어를 이마에 붙이고 사또 행세를 하고 있다. 교육은 한 나라의 최종 병기이건만.

2022년 12월 13일

나는 오랫동안 코딩교육의 중요성을 강조해왔다. 다른 선진국들은 벌써 20년 전부터 해오던 초등학교의 IT 교육. 우리 아이들의 미래 먹거리. 그러나 우리나라는 넘쳐나는 교육 예산에도 불구하고 코딩교육을 거의 하지 않았다. 한다고 해도 빈 껍질뿐인 형식적인 교육, 그것도 전문가가 아닌 담임선생님한테 종이로 배우는 코미디같은 흉내내기식 교육을 하는 정도였다.

그러나 이제는 좀 달라지려나 보다. 올겨울부터 지역의 대학이나 IT 사업체와 연계해서 초중고생들이 방학 동안에 코딩교육을 받을 수 있게 하겠단다. 일명 디지털 새싹 캠프. 반갑다. 내가 교육감 선거 내내 주장했던 방식이 이렇게 실현되네. 감회가 새롭다.

"현재의 교육공무원으로는 절대로 할 수 없는 초중고의 코딩교육에 당장 대학과 대학생, IT전문가들, 교원임용시험 이후에 임용이 미뤄지고 있는 예비교사들을 적극 활용하자"라는 내 주장에 다들 "꿈같은 얘기", "그게 가능한 얘기냐", "전교조가 가만 있겠느냐"라는 등 현실을 전혀 모르는 반대의 목소리들만 빗발치거나 심지어 내 주장을 비하했었는데, 이렇게 교육부가 바로 실현에 들어가네.

전교조가 아무리 날뛰어도 교육 분야에 할 수 있는 일, 해야 할 일은 허다하게 많다. 아이디어가 없고 할 수 있는 방식을 몰라서 그렇지, 21세기는 초등학생도 대학 과정을 배울 수 있고, 대학생도 초등과정을 들어야 할 때도 있다. 그게 21세기적 특성이고 21세기적 교육 형태이기도 하다. 초등이나 초중고, 대학이라는 단어를 안 써서 그렇지 21세기 교육은 학교라는 울타리도, 학교라는 건물도, 심지어 교사라는 자격증도 초월할 수 있는 시대다.

그러나 우리는 아직도 1960~1970년대식 교육 개념에서 벗어나지 못하고 있다. 게다가 '교육'이라는 100년지대계 속에 불순분자들, 21세기 교육의 특성도 모르고, 학교 현실도 모르면서 불법 부정 폭력만 자행하던 자들이 너무 많이 들어와서 온갖 나쁜 짓들을 도맡아 하고 있다. 미꾸라지 정도가 아니다. 사회를 흔들고 교육을 망치는 것은 단지 전교조 지도부만이 아니다.

선거꾼들, 정치꾼들, 교육 사기꾼들, 종교를 앞세운 바리새인들, 정체가 불분명한 요상한 뒷손들. 이들을 정리하지 않으면 우리 교육에 미래는 없다. 이들은 모두 새싹들을 갉아먹는 해충이다. 교육계의 기생충이다.

어쨌든 오랜만에 기쁘다. 디지털 새싹 캠프가 성공하기를 간절히, 간절히 소망한다. 동시에 정보를 제대로 알려주거나, 손을 잡아줄 길라잡이조차 없어서 이런 좋은 프로그램을 이용하기 힘든 취약 계층, 차상위 계층 등의 자녀들도 이런 제3의 21세기적 교육 기회를 충분히 활용할 수 있도록 학교와 지자체가 적극 나서주기 바란다. 아이들은 부모가 키우는 것이 아니라 학교와 사회, 정부가 같이 키워야 한다. 그게 저출산 시대의 육아와 교육에 대한 기본 설계여야 한다. 새싹들 파이팅!

2022년 11월 29일

우리는 통일교육을 하고 있을까? 한다면 누가, 어떻게 하고 있을까?

결론은 '통일교육은 없다'. 있다면 주사파식, 조총련식 통일관을 주입하는 통일교육, 차라리 하지 않는 것이 더 나은 통일교육이 있을 뿐이다. 몇 년 전에 조총련학교(재일조선학교)를 응원하는 방송 프로그램과 주요 언론의 기사가 넘치도록 나온 적이 있다. 그 방송과 기사가 나오자, 착하고 순진한 우리 국민은 조선학교에 엄청난 후원금을 보냈다. 그 돈으로 죽어가던 조총련학교는 오늘도 명맥을 이어가고 있다.

두 달 전에는 서울에서 조선학교를 주제로 한 영화제가 열렸다. 이름하여 '몽당연필'로. 몽당연필, 이름 참 잘 지었다. 아무런 이념적 색채가 없는 것은 고사하고, 아련한 향수까지 불러일으키며 모든 심리적 저항감을 일시에 제거해버리는 몽당연필.

그러나 그들은 말한다.

"우리는 조선인입니다. 차별하지 마세요. 권투부를 지원해주세요. 럭

비부도 도와주세요"라고. 그러자 순진한 우리 국민은 그렇지, 차별은 안되지, 스포츠는 정치가 아니니까 하면서 호주머니를 털었다. 수퍼챗을 날리듯이. 그렇게 조선학교는 살아났고, 버젓이 서울 한복판에서 몽당연필 영화제까지 마치더니 지금은 일본 열도에 이설주식 북한 공연단이 휘돌아치고 있다. 아동악단까지 데리고. 김정은이 딸을 데리고 나타나듯이. 순회 공연은 연말까지 계속한단다. 피날레는 오사카에서 하고.

그런 환경 속에서 물망초가 만든 '어느 여대생의 불안과 희망'이나 국군포로 문제를 다룬 단편영화 POW는 일본이나 한국, 그 어디에서도 틀 곳이 없다. 수퍼챗이 들어오기는커녕 아무 관심들이 없다.

어제 저녁 일본 기자들과 식사를 하면서 들은 한국학교와 조선학교 이야기, 통일교육의 현실 등은 내가 생각했던 것보다 더 심각했다. 말 그대로 끔찍했다. 그런데도 우리는 아직도 '때려잡자, 전교조' 수준에 머물러 있다. 때려잡는다고 때려 잡아지나? 명단 공개만 해도 뒤집어 쓰는 판에. 기술적으로 싹을 잘라야지.

목소리는 키울수록 덧나는 것이 불그죽죽한 자리인데. 구정물은 고사하고 교육계엔 독극수가 목구멍까지 차오른 것도 모르고, 그 물을 빼내야 할 수로는 두 발로 완강하게 밟고 서서 서로의 입만 비틀어대고 있다. 불법, 부정, 폭력까지 행사하면서. 그 물이 어디서 왔는지, 그 물을 어떻게 빼는지, 그 물을 어떻게 정화해야 하는지도 모르면서 몰려들어 악다구니들만 써대고 있다. 악의 조력자들을 구원자로 섬기면서.

평가는 어떤 분야에서든 필요하다. 인간은 평가를 통해 성장하고 성취감을 느끼며 그 과정을 통해 사람들은 환호하고 손뼉치며 응원한다. 우승자만이 아니라 탈락하거나 아쉽게 패배한 자도 똑같은 과정을 거친다. 주관적 감수성이 기본인 음악, 미술, 체육 분야에서 그 평가는 최고조에 달하고 사람들은 가장 많이 감동한다.

그런데 유독 우리나라에서만 평가를 '줄 세우기'라고 한다. 참 안타깝다. 평가는 줄 세우기가 아니라 각자의 재능이 무엇인지, 내가 잘 하는 것이 무엇인지, 내가 못 하는 것이 무엇인지, 정확하게 알기 위한 과정이다. 정확하게 나를 알아야 그 분야를 보충하기도 하고, 내 미래를 설계할 수도 있다. 그런 점에서 평가는 인생의 작은 나침판이기도 하다.

요즘 다시 불거지는 전수평가, 일제고사에 대한 해묵은 논쟁이 참 불편하고 안타깝다. 중요한 것은 평가를 할 것인가, 말 것인가가 아니라 평가 방법과 평가 후에 어떻게 대처하고 치유하고 보강할 것인가이다. 그런데 그에 대한 논의는 전혀 없고 또 늘어진 축음기를 틀어놓고 철 지난 온갖 새타령들만 반복하고 있다. 곳곳이 시대착오적인 불필요한 논쟁 뿐이다.

요즘 젊은이들은 사흘, 나흘과 3일, 4일도 구분하지 못한다. 한자를 모르니 일상 용어도 이해를 못해 상호 소통이 어렵다. 6·25가 남침인지 북침인지도 헷갈려서 북침이라고 답한다는 학생이 많다는 억지가 설득력을 얻는 세태다.

이렇게 문해력이 부족한 사람은 우리나라 사람 중 5분의 1이다. 다들 심각하다고 걱정한다. 스마트폰과 유튜브로 소통하고 정보를 얻는 요즘은 세대를 불문하고 조금만 문장이 길거나 복잡하면 아예 보지도, 읽지도 않으려 한다. 1960년대 말부터 우왕좌왕해 온 한자 교육은 여전히 부실하다. 집에서나 사회에서나 세대 간의 대화도 소통도 없다.

더 큰 문제는 21세기 문해력을 국제적으로 비교해 볼 때 나타난다. OECD에서 조사한 국제성인문해조사IALS, 국가 간 문해 능숙도나 컴퓨터 활용 능력, 수리 처리 능력 등 성인들의 능력을 측정한 PIAAC에서 한국은 중간 정도다. 자세히 들여다보면 16~24세는 전체 36개국 중 일본, 핀란드, 네덜란드에 이어 4위지만, 45세 이상의 중장년층은 OECD 평균에도 미치지 못한다. 그러니 21세기 문해력 부족은 기성세대가 젊은이들보다 더 심각하다고 할 수 있다.

"요즘 젊은이들은~~"이라고 치부할 일이 아니다. 나랏말씀이 문자와 다르지도 않은 시대. 우리 모두 심각하게 고민하고, 원인 분석을 해봐야 하지 않을까? 60대인 나부터 말이다.

2022년 10월 2일

나라가 온통 버얼겋다. 민노총과 언론만 뻘건 게 아니다. 보수 안에도 버얼건 사람들이 수두룩, 버젓이 산재해 있다. 어제 저녁 늦은 시각,

광화문은 해방구였다. 낮에 잠깐 보이던 소수의 보수 집회는 어두워지면서 자취를 감췄고, 대낮부터 프레스센터 앞의 두 차선을 막고 귀청이 따갑게 외치던 좌파들은 어둠 속에서도 핸드폰 라이트를 촛불삼아 목청껏 외치고 있었다.

광화문 앞까지 행진도 하더라. 대형 호텔들이 밀집한 곳이지만, 경찰은 소음 규제도 안 하는지 젊은 시위대들은 대형 스크린을 세워놓고 대형 피켓을 높이 든 채 '해방'의 '자유'를 맘껏 누리고 있었다. 경찰의 보호를 받으며. 왜 아니겠는가? 국경일 행사를 모처럼 하면서 '멸공'이란 단어도 못 쓰고 스스로 고개를 숙이는 나라에서 해방구는 당연히 저들의 몫이 아니겠는가?

사실 어제 국군의 날 행사를 보며 몇 마디 하고 싶었지만, 참았다. 그런데 중국 장갑차가 등장하고, 걸그룹들도 부르는 '멸공의 횃불'이라는 군가를 느닷없이 '승리의 횃불'로 둔갑시킨 것도 모자라 그렇게 한 이유가 '외빈을 배려한 조치'였단다. 외빈? 외빈 누구? 도대체 어느 외빈의 눈치를 봤는지 국방부는 밝혀라.

표를 구걸할 때는 멸치와 콩까지 '멸콩'이라며 사들이더니…… 그러니 교과서에서 '자유' 자가 빠지는 거다. 정권을 바꿔도 교과서가 그래서 안 바뀌는 거다. 그런 교과서로 공부한 학생들이 곧바로 유권자가 되는데 나라가 좌경화 안 되면 그게 더 이상한 것 아닌가?

이건 얼이 빠진 게 아니다. 고의범이다. 실수가 아니라, 업무상 과실이 아니라, 고의로 그렇게 한 것이다. 개인이 만든 군가도 아니고, 국방부가 만든 10대 군가를 국방부가 스스로 나서서 '멸공' 자를 빼다니! 확실하게 책임을 물어라. 그래야 대한민국의 정체성이 조금이나마 바로 잡히는 계기가 될 수 있다.

2022년 8월 24일

디지털 인재 100만 명 육성. 좋다. 늦어도 너무 늦은 만큼 드라이브를 확실히 걸어야 한다. 그동안 교육부와 교육청이 아무런 생각도, 대책도 없이 이념 교육에만 허송세월하며 인재를 키우지 않았으니 그들의 책임을 묻고 싶지만 이제 와서 어쩌겠는가?

문제는 디지털 인재는 초등학교부터 체계적으로 탄탄하게 육성해야 하는데 우리는 디지털대학, 학부, 석·박사 과정 통합 운운 등 고등교육만 강조하고 있다는 것이다. 초등학교부터 해야 한다. 다른 국가 모두 그렇게 하고 있다. 벌써 20여 년 전부터. 우리가 죽창에 꽂혀있을 때 대부분의 선진국은 물론 중국, 인도, 에스토니아까지 디지털 인재 육성을 위해 초등교육부터 확 다 바꿨다. 당연하다.

그런데 우리는 초등부터 체계를 잡을 생각은 안 하고 고등교육만 강조하고 있으니 벌써부터 학부모들이 코딩학원 보낼 생각에 사교육비 걱정을 태산같이 하고 있다. 우리 모두 다 알듯이 교육 예산은 남아도는데 왜 아이들을 그 비싼 코딩학원까지 보내야 하는가? <내가 알아야 할 모든 것은 유치원에서 다 배웠다>라는 책처럼 21세기에 알아야 할 모든 것은 초등교육부터 탄탄하게 잡아주지 않으면 학생 간의 격차를 좁히기 힘들다. 그 격차가 쉽게 좁혀지지 않는 시대에 우리는 살고 있다. 문제는 그 격차를 좁혀주지 않으면 4차 산업 시대인 21세기에 우리는 먹거리를 만들기도, 찾아 먹기도 힘들어진다는 사실이다.

모처럼 새롭게 발표한 교육 정책이 5세 입학처럼 국민 반발에 부딪히지 않도록 설계를 잘 해야 한다. 국민 설득도 해야 하고. 코딩교육은 그렇게 간단한 게 아니다. 디지털 인재 100만 명도 마찬가지고.

그런데 왜 이렇게 내가 불안한지. 내 오지랖이 너무 넓다.

2022년 8월 9일

평양으로 수학여행을 보내려다 그게 불가능해지자 이제는 하방下放이라는 걸 하려나 보다, 하방. 초등학생들한테 '농촌 유학'이라는 것을 '준의무화'하겠단다. 서울시 교육감이. 법을 몰라서 하는 소린지, 알면서도 비판을 줄이기 위해 '생태 감수성' 운운하면서, 준의무화라는 용어 전술로 포장하는 것인지는 몰라도 어떤 의미로 주장했든지 간에 참 나쁜 사람이다. 자기는 두 아들을 모두 외고에 보내놓고, 외고를 없애려다 큰코 다쳐 놓고, 이제 와서 남의 자식들한테는 하방을 실시하겠다고? 학부모에게 자녀는 학생이 아니라 인질이다. 그런데 '준의무화'가 아니라 강력 권고라고?

아이들을 아예 공산당원으로 만들려고 작정을 했구만. 중국은 문화혁명 때 "지식인은 반드시 노동자 농민과 결합해야 한다"라며 도시의 중고대학생들을 일정 기간 농촌으로 보냈다. 시진핑도 산시성 오지로 가서 6년을 토굴에서 살았다. 득실거리는 이와 함께. 하방이라는 이름으로. 그리곤 정식 공산당원이 되었다. 시골로 내려간다는 뜻의 하방은 곧 중국공산당의 정치 운동이었다. 상경은 없는 하방. 섣불리 꺼냈던 5세 입학보다 하방 정책이 훨씬 더 위험하고 나쁜 정책이다.

그런데도 우리 사회는 조용하다. 그 이유가 뭘까? 비 때문에? 그 이유를 우리는 곰곰히 곱씹어 보아야 한다.

2022년 6월 12일

오늘 오후에 영화를 한 편 봤습니다. '브로커'. 우리에겐 송강호 씨가 칸 영화제 남우주연상을 받아 유명해진 영화지만 감독은 일본인입니다. 고레에다 히로카즈. '아무도 모른다', '어느 가족', '걸어도 걸어도', '그렇게 아버지가 된다', '바닷마을 다이어리', '파비안느에 관한 진실' 등을 만든 고레에다 히로카즈는 잔잔한 감동을 주는 감독으로 우리나라에도 잘 알려진 분이지요. 주로 가족에 관한 이야기를 아주 담담하게, 섬세한 심리 묘사로 그려내는 다큐멘터리 PD 출신 감독입니다.

'브로커'라는 영화도 마찬가지. 무슨 이유로든 아이를 버리려는 사람, 버려진 아이, 아이를 입양하려는 사람, 입양 브로커(인신매매)로 돈을 벌려는 사람, 그런 사람들을 쫓는 경찰 등 다양한 사람의 심리를 따뜻한 시선으로 그려내는 영화입니다. 3~4년 전에 본 그의 영화, '어느 가족'이 데자뷔처럼 오버랩되기도 하는 영화구요. "아이를 낳아서 버리는 사람이 낳기 전에 태아를 죽인 사람보다 왜 더 비난을 받아야 하느냐"

는 항변이 아프게 다가오는 영화입니다.

영화를 보는 내내 저는 14년 전으로 시간 여행을 했습니다. 2008년, 국회의원 시절, 우리나라에서 유독 높은 낙태율을 줄이고, 늘어나는 10대들의 출산을 보호하기 위해 익명 출산anonymous birth 제도를 주장하면서 독일의 'Babyklappe'라는 제도 도입을 주장했는데 그게 바로 아기 바구니, 베이비 박스입니다. 브로커 영화에도 나오는 그 베이비 박스.

우리는 베이비 박스라는 외형만 가져 왔지만 실제 제가 주장한 것은 '익명으로 출산할 자유'를 산모한테 보장하고, 10대의 임신부와 산모한테는 임신과 출산 후까지 학업을 계속할 수 있도록 1 대 1 교육권과 입양권을 보장하는 동시에 생모를 끝까지 익명으로 보호하자는 내용이었습니다. 그래서 기자들은 이 '낙태 방지와 출산 지원에 관한 법률안'을 '희망 출산법'이라고도 불렀습니다.

그러나 피가 물보다 진한 우리나라에서는 언감생심, 제 법안은 제정이 안 되고 폐기되었는데, 최근에 어느 여성 의원이 유사한 내용으로 법안을 다시 냈다고 하더군요. 제 법안하고는 차이가 좀 있습니다만, 아무튼 이 땅에서 낙태가 줄어들고 출산이 늘어나며 10대들의 학업이 보장된다면 제가 그런 법안의 원조라고 떠들 생각도 없습니다. 교육은 인간의 출발점이어서, 임신과 출산도 결국엔 교육 문제로 귀결이 되는 거니까요. 그저 그런 법안과 정책이 빛을 본다면 저로서는 영광이지요. 생명 존중 사상과 누구든 교육을 받을 권리가 이 땅에서 꽃을 피운다면 그 마디마디, 중간중간에 기여한 사람은 누구라도 '브로커'가 되는 셈입니다. '브로커'가 뭐 별 건가요?

"증오 범죄 근절에 도움이 되고 싶다."

BTS가 백악관 브리핑룸에서 한 말이다. 바이든 대통령과 면담도 했다. 코로나 이후 미국 내에서 번지고 있는 아시안에 대한 증오 범죄를 예방하고 피해자를 돕는 일에 음악이 할 수 있는 일을 다 하겠다는 것이다.

멋지다, BTS.

자랑스럽다, BTS.

융복합이란 이런 게 아닐까?

법과 정책의 전유물이었던 '범죄 근절', '피해 구제' 등 어렵고 힘든 일을 부드럽고 감미로운 음악을 통해 하는 일. 교육도 이렇게 달라져야 한다. 비전 설정과 접근 방식, 방법론, 문제 해결 도출 방식 등이 과거와는 완전히 다른 21세기형 교육을 해야 한다. 교육 혁명을 해야 한다. 부드럽게, 그러나 확실하게.

그런데도 우리는 아직 교육 혁명의 필요성과 당위성을 전혀 깨닫지 못하고 있다. 허위 사실 유포와 온갖 폭력 등 불법과 부정한 방법으로 교육 권력만 거머쥐려고 한다. 교육은 돈 놓고 돈 먹는 야바위꾼들의 장터가 아니다. 제2, 제3의 BTS를 길러내고 싶다, 진.정.

초전박살 내겠다던 푸틴이 진퇴양난 속에 민간인을 무차별적으로 공격하고 있다. 심지어 조산원까지 폭격해서 어린아이들까지 수십 명을 죽였다. 사용하는 무기도 악랄하다. 수백 개의 소형 폭탄으로 분리돼 투하되는 '집속탄', 주변 산소를 빨아들이며 연속적인 폭발을 일으켜 '진공 폭탄'으로 불리는 열압력탄 등을 사용했단다. 푸틴의 묘한 눈빛이 연상되는 반인도적 살상 무기들이다. 국제법 위반이다.

이에 맞서는 우크라이나의 무기는 국민의 애국심과 참전 러시, 전 세계인의 응원이다. 러시아의 맥도날드와 코카콜라, 스타벅스 등 미국 기업들은 문을 닫고 이익금을 우크라이나에 보낸단다. 한마디로 경제 무기다. 가스, 오일 등 탈원전을 한 후 에너지를 러시아에 의존하고 있는 독일 등 서방 국가들은 전전긍긍하며 입지가 줄어들었다.

그 와중에도 우크라이나에서 지금 가장 혁혁한 공을 세우고 있는 것은 다름아닌 드론. 우크라이나는 드론을 통해 러시아군의 이동과 규모 등을 정확하게 파악한 후 정조준해서 공격함으로써 러시아 장성도 세 명이나 공격하고 탱크부대도 폭파, 되돌아 가게 만들었다. 드론의 역할, 전자전의 위력, AI교육의 중요성을 전 국민의 애국심과 함께 우크라이나가 보여주고 있다.

우리 국민의 애국심은 어디까지일까? 전교조 교사 밑에서 자란 50대 이하 젊은 세대의 자원 입대, 민병대 조직이 가능할까? 아직 시작도 못했다고 봐야 할 AI교육은커녕 IT교육, 코딩교육의 중요성도 제대로 인식하지 못 하고 있는 우리는 지금, 무슨 생각을 하며 우크라이나를 바라보고 있을까?

2022년 1월 25일

전 세계 대학은 변하고 있다. 그것도 즐겁고 신나는 방식으로. 캠퍼스 없는 대학. 교수가 칠판에 쓰면서 가르치는 교육education이 아니라 스스로 찾아서 공부하고 문제점도 스스로 해결하는 학습learning 위주의 대학, 글로벌 시대에 맞게 학기마다 지구상의 여러 나라를 찾아다니며 4차 산업 시대에 맞는 다양한 교과과정을 이수하는 미국의 미네르바대학처럼 신나는 대학이 한국에도 곧 생긴다.

미네르바.

지혜의 여신 미네르바.

트로이전쟁 때 고르곤 방패를 들고 그리스 병사들을 응원했던 여신. 로마가 건국된 후에는 로마의 수호신이 된 그리스 여신의 이름을 딴 미네르바대학은 세계에서 가장 들어가기 힘든 명문이다. 2018년인가? 서울캠퍼스가 차려졌을 때 미네르바 대학생들이 탈북자 문제를 인식하고 그 문제를 풀기 위해 물망초로 나를 찾아왔었다. 그때 얼마나 신선했던지. 지금 생각해도 심쿵! 하다.

그런 대학이 한국에서도 만들어진다. 이름하여 태재대학. 한샘에서 3,000억 원을 내서 만든다. 땅을 사서 캠퍼스를 짓는다면 그리 녹록지 않을 기부액. 그러나 캠퍼스 없이 운영하면 충분히 가능한 액수. 이렇게 이제는 하드웨어가 아니라 컨텐츠가 중요한 시대가 됐다. 미네르바대학처럼 새로운 시각과 방법으로 태재대학을 키우면 비로소 한국에도 세계 유수의 대학이 생길 터.

이렇게 4차산업 시대에 맞는 교육 발상을 할 생각은 안 하고 멀쩡한 서울 시내 대학교 30~40개, 그것도 서울대를 포함해서 학부를 싸그리 없애버리겠다는 구시대적, 반민주적, 위헌적 사고를 하는 사람이 지금 교육감을 하겠다고 설치고 있다. 참으로 망국적이고도 해괴한 발상에 끔찍하다. 어이가 없다. 시대는 그 어느 때보다도 어지럽고 혼란스럽지만 나는 뚜벅이처럼 오늘도 시대정신이 요구하는 교육을 생각하며 묵묵히 열심히 움직인다.

2022년 1월 22일

착각은 자유다.

그러나 그 결과는 오롯이 착각하는 자의 몫이다.

감당하기 어려운 책임과 미래 세대의 미래를 갈취하는 파렴치함과 뻔뻔함까지 모두 착각하는 자가 걸머져야 하는 몫이다. 우리는 스스로를 IT 강국이라고 믿는다. 정말 우리가 IT 강국일까? NO. 아니다. 우리는 국토가 좁고 인구가 밀접되어 있어 인터넷망이 잘 깔려 있고 중간재를 사다가 조립을 잘해서 박리다매로 수출을 잘할 뿐, 소프트웨어를 만들어내거나 고부가 가치를 지닌 부가 산업도 키우지 못하고 있다. 세계의 가장 가치있는 기업 100개를 보면 우리는 참 초라하다. 삼성을 제외하면 우리는 IT 기업 운운하기에도 민망하다.

오늘 아침 조선일보는 북한이 세계 3위의 해킹 국가라고 비교적 자세히 보도했다. 미국, 러시아에 이어 북한이 3위. 북한은 워낙 사회 전반이 비대칭 국가를 떠받치고 있고, 철저한 영재 교육을 하지만, 어쨌든 북한은 초등학교때부터 컴퓨터 교육, 코딩교육, 스템STEM교육을 한다. 철저하게. 그래서 핵이나 미사일도 개발하고 앉아서 돈을 훔쳐 오는 해커들도 대량으로 키운다. 일명 IT 전사들이다. 치밀하게 훈련된 북한 해커들은 각종 사이버 공격으로 시스템을 무력화시키고, 해킹을 통해 기밀 자료를 훔치며 은행을 털어 외화를 탈취한다. 비호飛虎. 나는 호랑이보다 더 빨리, 더 잽싸게 흔적도 안 남기고.

지난 해 북한 해커들이 탈취한 가상화폐만 총 4억 달러, 약 4,600억 원으로 알려져 있지만 사실 그것은 새 발의 피. 훨씬 많은 현금이 빠져나 갔다. 우리는? 해커를 키울 수는 없지만 IT, AI를 포괄하는 4차산업 대비 교육은 언감생심 꿈도 안 꾼다. 날마다 수포자에 기초 학력 미달자만 키워내고 있다.

IT교육은 컴퓨터산업은 물론 우주항공, 방위, 자동차, 각종 기술, 금융, 보험, 텔레컴에 리테일까지 모든 과학 기술 산업 전반을 이끄는 견인차 역할을 한다. 그래서 미국, 영국, 일본, 이스라엘은 벌써 20여 년 전부터 초등학교 학생들에게 코딩교육, 스템교육을 시키는데 우리는? 아직도 전교조가 교육을 거머쥐고 철 지난 이념에 사회 반항 의식만 고조시키는 교육을 하고 있다. 세계는 'AI for ALL'이라는 캐츠 프레이즈로 뛰고 날 준비를 하는데 우리는 동학혁명 시대에 갇혀 있다.

깨어나야 한다. 시대정신을 깨달아야 한다. 미래를 열기 위해 미래 세대들에게 무엇을 어떻게 가르치는지 주변 국가들이라도 둘러보아야 한다. 눈 감고 귀 막고 거짓말만 횡행한다. 대선 후보든 교육감 후보든 21세기적 사고 좀 해보자, 제발!

2022년 1월 18일

한 달 학원비가 350만 원. 하루 열 시간씩 수업 듣고 최소한 네 달은 들어야 하는 강의. 내 돈 내고 내가 듣는 강의지만 매달 시험봐서 올라가지 못하면 그 다음 강의도 못 듣는다. 일명 낙제, 유급. 그래서 이들 학원은 신병 훈련소boot camp라고 불린다. 기존의 신병 훈련소인 논산훈련소와 다른 점은 입영 영장 없이 스스로 찾아와서 무지하게 비싼 돈을 내고 하루 열 시간씩 고강도 훈련을 받아야 한다는 것. 입학도 어려워서 열다섯 명 소수 정예 학원인데 무려 4,185명이 몰려서 280 대 1, 최고의 경쟁율을 자랑한다.

그러나 과정을 다 마치면 여기저기서 모셔가는 귀한 몸이 되어 어깨를 펴고 산다. 용어도 생소한 디벨로퍼developer가 된다. 어디에 무슨 학원일까? 학원 하면 당근 대치동이지. 요즘 대치동의 학원은 대입, 입시학원으로만 유명하지 않다. 취업학원으로도 미어터진다. 코딩학원이 대박을 치기 때문.

여기저기에 몇 번 내가 글을 썼지만 미국, 영국, 이스라엘, 인도, 일본 등 선진국은 대부분 초등학교 때부터 코딩교육을 하고 있다. 뉴밀레니엄 프로젝트였으니 벌써 20년쯤 됐다. 영재학교이긴 하지만 북한도 하고 있다, 코딩교육. 간단히 말하면 일종의 컴퓨터 언어 교육이다.

우리는? 거의 안 한다. 해도 형식적으로 하는 둥, 마는 둥 시늉만 내니까 강남 엄마들은 대치동으로 아이들을 또 내몬다. 부모가 가르칠 수 없으니까. 나도 모르는 분야니까. 그러나 동기 부여가 안 되고 기초 학습이 안 된 어린이들에게 코딩교육은 지옥이나 다름없다.

그래서 나는 오래전부터 코딩교육의 공교육화를 줄기차게 주장해왔다. 다들 비웃었다. 다들 불가능하다고도 했다. 왜 못 하나? 인도, 핀란드, 북한도 하는데 할 생각도 안 하고 못 한단다. 4차산업 시대에 우리 아이들이 단 몇 년 안에 먹고살 수 있는 일, 선택할 수 있는 직업을 가르치고 비전을 세워줘야 한다.

IT 강국이라면서 선심성, 교육 포퓰리즘으로 100만 원씩 하는 태블릿PC를 학생들한테 나눠줄 것이 아니라 그 태블릿PC를 만들 수 있고 그 안에 빼곡한 앱들을 스스로 만들 수 있는 기본 교육, 코딩교육을 제대로 해야 한다. 물고기 반찬을 맛있게 먹는 에티켓을 가르치는 게 아니라 물고기를 잡는 방법을 가르쳐야 한다. 아니, 이제는 물고기도 만들어내야 한다.

그나마 세계 유수 대학 끄트머리에 볼품없이 쪼그리고 앉아 있는 서울대학교와 유명 대학 30여 개를 싹 다 없애버리겠다는 끔찍한 교육 포퓰리즘을 내세울 게 아니라, 미래의 비전을 선도할 수 있는 과감한 교육

정책, 교육혁명이 필요하다. 그 상징적인 교육이 바로 코딩교육의 공교육화. 초등학교부터 제대로 된 코딩교육이 시급하다. 내 마음은 오늘도 급하다.

2022년 1월 16일

남태평양 바닷속, 통가에서 화산이 터지면서 오늘 하루 종일 쓰나미가 미국, 캐나다, 칠레, 호주, 일본 등 환태평양 국가들을 두려움에 떨게 했다. 두려움이라는 이름의 쓰나미. 두려움을 씻어낼 수 있는 것은 과학도 의술도 돈도 아니다. 아주 작은 희망, 생명뿐이다.

아래 집이 수리를 하면서 발생하는 소음 때문에 피난을 와 있는 아들 녀석 덕분에 요즘 우리 집은 들썩들썩 웃음이 파도처럼 부서진다. 무뚝뚝하다는 표현도 부족한 남편이 손주 세원이 앞에서 할아비 재롱잔치를 할 정도로 우리 집은 세원이를 중심으로 해가 뜨고 해가 진다.

그런데 며느리는 고민이 많다.

어머니 세원이 어린이집 어떡해요?

뭔 어린이집? 세원이를 받아주는 어린이집도 있니?

아니요. 다들 임신하면 그 즉시 좋다는 어린이집에 대기표 받고 등록을 한다는데 저는 안 했거든요.

이게 요즘 대한민국 현실이다. 출산율은 유사 이래 최저인데 어린이들은 들어갈 어린이집도, 유치원도 없어서 뱃속에서부터 엄마들이 줄을 서서 대기한다. 그런데도 사립유치원들은 국가의 간섭이 너무 심해서

"도저히 운영할 수 없다"라며 폐업하고 싶은데 그 절차 또한 무지 어렵단다.

학군 좋다는 압구정동, 청담동, 서초구의 유치원들도 목하 폐업을 준비 중이라니. 유치원 교육에 실망한 엄마들은 막대한 수업료를 내면서라도 영어유치원엘 보내는데 영어유치원은 유치원이 아니라 '학원'이어서 영유아들한테는 환경이 대부분 부적절하단다. 한마디로 교육 현장에 던져진 초중등생들만이 아니라 그 어린 영유아들한테도 무참하게 무너지는 교육이 마치도 쓰나미 현상 같단다.

그런데도 교육감을 하겠다고 특정 정당에 줄을 대고 있는 소위 말하는 유력 후보는 교육감의 권한도 아닌 '서울대 없애기' 정책을 꺼내 들고 밤낮없이 흔들어대고 있다. 자기가 누구 캠프 무슨 위원장이라며. 그것도 4년 전엔 자기는 보수가 아니고, 승리를 위한 후보 단일화는 동의할 수 없는 정치 패턴이라는 요상한 단어를 써 가며 끝내 중도 보수 후보 단일화에 합류하지 않았던 자가 작년부터는 자신이 보수라면서 특정 정당을 찾아다니며 주요 대학 30여 개를 포함한 '서울대 없애기'에 올인하고 있다. 언론에 눈살이 찌푸려진다는 기사가 보도될 정도다.

그러잖아도 처참하게 무너져내린 공교육을 교육감 후보라는 자가 교육을 살릴 생각은 안 하고 수렁에 빠진 공교육을 쓰나미로 쓸어버리려고 빗자루를 들고 설쳐댄다. 다행히도 환태평양 지역에 내려진 쓰나미 경보는 큰 피해 없이 비교적 순하게 지나갔지만 이 땅에 몰아닥친 선거판의 이 거친 쓰나미는 어찌하면 좋을꼬? 영유아부터 초중등교육, 고등교육인 대학 입시까지 광풍보다 더 심각한 쓰나미가 몰려오고 있는데 이 나라는 경보조차 울리지 않는다. 무감각 때문인가? 한통속이기 때문인가?

2022년 1월 3일

새해 벽두부터 들리느니 한심한 소식뿐이다. 제 나라 국민이 월북을 해도 세 시간 동안 바라만 보더니 이제는 우리 학생들 실력이 지난 10년, 진보(?) 교육감들 밑에서 곤두박질쳤다는 소식이다. 국가 안보와 교육, 이것은 한 나라를 떠받치는 대들보다. 그런데 이 대들보의 민낯이 사정없이 드러나는 새해 벽두다.

한국교육과정평가원은 언론 활동이 가장 굼뜬 12월 31일, 지난 해 마지막 날에 우리 학생들의 국어, 수학, 과학 실력의 국제 수준을 밝혔다. 가장 공신력 있는 PISA라고 경제협력개발기구OECD의 국제 학업성취도 평가PISA 보고서를 공개한 것이다. 약 80개국 만 15세 학생들의 읽기, 수학, 과학 실력을 평가한 것.

결과는? 10년 전과 비교해서 모든 영역에서 하락했다. 특히 읽기 영역이 가장 떨어졌다. 우리는 국어 영역인데 무려 23.57점이나 낮아졌다. 수학 영역은 18.68점 떨어졌고, 과학 영역은 17.59점이 낮아졌다. 특히 남학생들의 성적이 여학생들보다 더 많이 떨어졌다. 학생들을 가르치는 게 아니고 실험 도구화하면서 학생들한테 시민운동만 시키는데 무슨 수로 학생들 학업 수준이 올라갈 수 있겠는가? 그것도 공수처 1호 사건으로 입건돼 수사를 받는 교육감 밑에서 교육이 제대로 되겠는가?

게다가 이 정권이 양극화를 최대한 벌려놓았으니 그 피해는 학생들에게 고스란히 전가되었다. 부모의 사회·경제적 지위에 따른 학습 격차는 사상 최대다. 부모의 직업과 보유 자산, 교육 수준 등을 고려한 경제 사회문화적 지위 지수ESCS 하위 10% 학생들의 하락 폭이 상위 10% 학생들보다 훨씬 커졌다. 그러니 사교육비는 나날이 커지고, 학부모들 허리는 버드나무 가지처럼 휘는 것이다.

참으로 망국적인 일이다. 10년 동안 좌파 교육감들은 우리 학생들을 파먹은 기생충, 대한민국의 미래를 망가트린 주범이라고 해도 과언이 아니다. 어쩔 것인가?

2021년 10월 31일

교장이란다, 교장.

초등학교 여교사 화장실에 3cm짜리 몰카를 설치하고는 어느 여교사가 발견해 경찰에 신고하려고 하니까 "신고하지 말라"며 극구 말리던 그 사람이 글쎄 그 학교 교장이란다.

대한민국 교육 현장이 이렇다. 전교조가 판을 치고, 교사들은 학생들한테 가르쳐야 할 것은 안 가르치고 가르치지 말아야 할 것만 가르치며 편향된 교육을 강요하는 것도 모자라, 교장은 여교사 화장실에 몰카를 설치해놓고 여교사들의 아랫도리를 들여다보고 있다. 들여다본 사진까지 캡쳐해 놓고서 "성적인 의도는 없었다"라며 발뺌까지 하고 있단다,

교장이. 뻔뻔하고 파렴치한 교장.

다들 제 정신이 아니다. 이제는 교장까지 소시오패스다.

그래도 이건 아니지~~. 아닌 건 아니지~~.

울산의 섹시 팬티 교사.

자기는 "학교 교사가 아니라 학교 아빠"라고 설쳐대며 초등학교 1학년 학생들한테 성적 언어를 숱하게 남발해대던 그 교사, 베스트셀러 작가로 등극한 그는 작년에 파면돼 올해 확정됐는데, 몰카 교장은? 최소한 학교와 교장 이름은 나와야 추가 범죄도 잡고 조심도 하는데 전교조는 왜 조용하지? 다른 때 같았으면 꽹과리 돌려치며 신상 공개해라, 파면해라, 귀가 따갑게 떠들어 댈 텐데 왜 이리 조용하지?

거참~~ 희한하네~~ 설마 교장도 전교조?

하도 조용하니까 청와대 국민청원란에는 몰카 교장 신상 공개하라는 국민청원이 올라왔다는데. 세상 참 요지경 속이다. 초등학교 교장 선생님 출신인 우리 외할아버지께서 지하에서 대성통곡을 하시겠다. 정말 이 나라 교육을 어찌하면 좋단 말인가?

2021년 10월 6일

우리가 '성남의 뜰'에서 온갖 '아수라'들이 난장을 벌이는 동안 일본은 노벨물리학상을 또 받았다. 지구온난화를 예측한 슈쿠로 마나베. 그는 올해 아흔 살이다. 노벨상 여섯 개 분야 중 과학이 세 분야. 다시 말해 노벨상은 과학상이라고 해도 과언이 아니지만 우리는 지금까지 단

한 명도 노벨 물리학상, 화학상, 의학상 등 노벨 과학상을 받지 못했다.

일본? 일본은 무려 서른 명이 넘는다.

우리는 쇼하고, 돈 주고 받은 노벨 평화상 딱 하나다.

노벨 문학상도 우린 전무하지만, 일본은 가와바다 야스나리 등 두 명. 우리는 일본을 가장 반평화적인 나라라고 맹비난하지만 일본도 노벨 평화상을 받았다. 1974년에 사토 수상이.

노벨 문학상이나 평화상은 여러 가지 요인이 작용한다 치고, 왜 우리는 실력으로 인정받는 노벨 과학상을 하나도 못 받을까? 왜 0 대 30의 참패를 겪는 걸까? 일본 국적이 아니라, 일본 출신으로 노벨 과학상을 받은 수상자를 포함하면 0 대 33이다.

0 대 33!

그 이유가 뭘까? 교육이다.

우리의 일그러진 교육 체계를 근본적으로 바꾸지 않는 한 노벨 과학상은 언감생심이다. 각자의 능력을 최대한 발휘하고, 그 능력을 발휘할 수 있는 교육의 토대를 만들어주고, 그 노력을 충분히 인정해주고, 기다려주고, 손뼉쳐줘야 가능하다. 노벨 과학상은.

지금처럼 학생들을 나무토막처럼 규격화해서 자라지 못하게 억누르며 끝내는 무자비하게 잘라내는 식의 하향 평준화를 가속화하고, 대학 교수들의 업적 평가를 비둘기 모이처럼 1년에 서너 개씩 요구하는 식으로는 노벨상 수상은 불가능하다. BTS에 박수를 보내고 열광하듯이 공부하고 성적 내는 학생들과 긴 안목으로 대형 연구를 진행하는 교수와 연구진을 인정하는 사회, 박수를 보내는 사회가 되어야 한다.

경쟁을 죄악시하고, 모든 것을 평준화하고 하향 평준화하는 사회는 자멸과 퇴보, 아수라들만 양산한다. 좀비처럼 억, 억하는 아수라들만 가득해서야 우리가 어찌 노벨 과학상을 받겠는가?

2021년 10월 5일

오늘은 '세계 교사의 날World Teachers' Day'이다. 그런데도 오늘 하루 종일 그 어떤 언론도 이에 대한 기사나 보도, 탐사 기획도 없다. 단 한 줄도. 단 한마디도.

'세계 동물의 날'이었던 어제는 어느 방송에선가 동물의 권리, 민법의 개정 내용 소개가 나오던데, 세계 교사의 날인 오늘은 조용하다. 성명서조차 찾아볼 수 없다. 내 검색 능력이 안 좋은 탓일까?

공교육이 무너지고, 교권이 땅에 떨어지고, 스승이 사라진 이 땅엔 교사도 설 자리가 없어졌다. 마음이 아프다. 가슴이 시리다. 처참하게 망가진 이 나라 교육 체계, 잘못된 교사 집단의 정치 농단, 실종된 학교 교육을 어찌하면 좋단 말인가?

2021년 8월 31일

언론중재법은 9월 27일까지 산소호흡기를 달고 시한부 효력을 인정받았지만, 교육, 특히 초중등학교 교육은 오늘부로 가사假死 상태에 들어갔다. 사학을 죽이고, 확인 사살까지 할 수 있는 사립학교법 개정안이 오늘 야당의 불참 속에 139 대 73표로 본회의를 통과했기 때문이다.

학생 선발권이 없는 것도 문젠데 이제는 교사 선발권도 빼앗아갔다. 전교조 교육감이 또아리를 틀고, 전교조 교사들이 득시글거리는 교육청에서 사립학교 교사들을 뽑아서 각 학교에 내려보내는 법이 바로 오늘 개정된 사학법이다.

참 사악하다.

법 내용도 사악하지만 야당의 불참 속에 여당+친여당 의원 가운데 73명이 반대한 사학법을 통과시키다니 사악해도 너무 사악하다. 이뿐인가? 학교의 예산결산권도 이사회가 아닌 학교운영위원회에 넘겨버렸다. 학교 이사회를 무력화하는 법이다. 한마디로 입법 독재 정권의 사립학교 말살법, 사학을 전부 공립화하는 사학 공산화법, 러시아식 교육법이 오늘 국회를 통과한 사학법이다.

그뿐이랴? 준비도 전혀 안 되어 있고 시행을 하면 혼란 가중에 학생들의 체계적인 교육이 불가능해지는 고교학점제도 초중등교육법에 포함돼 오늘 국회 본회의를 통과했다. 억수같이 비가 쏟아진 오늘, 내가 교육자들과 같이 국회 앞에서 사학법 개정안 반대 시위와 기자회견을 하고 온 지 세 시간 만에 사학법은 이렇게 만신창이가 됐다.

오늘은 이 땅의 산업화, 그 근간과 빛나는 영광을 일궈온 사학과 교육에 조종을 울린 날이다. 사악한 사학법은 그 자체로 위헌이다.

* 사족: 야당인 국민의힘 당이 참석해서 투표했으면 사학법은 부결됐을 것이다. 139 대 173으로! 야당의 불참은 패착이었다.

요즘 기자들이 나를 만나면 비슷하게 던지는 질문 중 하나는 "북한 인권전문가인 분이 요즘 왜 교육감 후보로 거론되나요?"이다. 일반인은 언론이라는 프리즘을 통해 자신이 잘 모르는 타인을 인식, 각인하고 평가한다. 우리 언론에 비치는 나는 현직 동국대 교수도 아니고, 북한 인권 단체 물망초의 이사장으로 북한 인권을 위해 활발하게 노력하는 사회활동가로 보인다.

그런데 물망초는 활동의 80%가 교육과 장학금 수여로 이루어진다. 교육도 그냥 교육이 아니라 학력 단절자, 기초 학력 미달자는 물론 교육의 기회를 전혀 갖지 못했던 온갖 연령대의 사람들을 다양한 맞춤형 교육법식을 개발해 사회 적응과 복귀를 돕는 국내 유일의 교육기관이라고 해도 전혀 손색이 없는 시민단체, NGO이자 NPO인 곳이 물망초다.

매학기 평균 20여 명, 1년이면 연인원 40여 명에게 장학금을 10년째 지급하고 있다. 줄잡아 400명의 중고등학생과 무연고 대학생들이 등록금과 생활비를 보조받고 있다. 오른손이 하는 일을 왼손이 모르게 하자는 생각에 미주알고주알 얘기를 안 했을 뿐 교과서 편찬 작업도 하고 있다. 연령별로 특화된 동화책, 소설책, 교양서적도 펴내고 있다. 요즘 세상에 책을 출판한다는 것은 바보같은 일이요 적자 인생이지만 좋은 책 한 권이 한 사람의 인생을 좌우할 수 있다는 신념으로 10년째 팔리지 않는 책을 끈질기게 펴내고 있다. 국군포로 어르신들을 돕는 일, 어르신들의 존재를 알리는 일을 제외하면 나머지는 전부 교육인데 나 박선영은 북한인권전문가로 포장돼 각종 언론에 기사화되어 왔다. 지금까지.

교육은 곧 인권이다. 19세기부터 교육은 곧 인권이었다. 교육을 받지 못하면 사람은 그 사회 속에 녹아들 수도 없고 자신이 원하는 삶을 스스로 영위할 수도 없으며, 자신의 인격을 발휘할 수도 없다. 그러니 교육은 곧 인권이라는 말은 절대로 틀린 말이 아니다. 맞는 말이다. 그래서 나는 통일 이후의 교육까지 생각하며 교육의 큰 그림을 그리고 있다.

그럼에도 불구하고 자기 손으로 직접 교육의 틀을 짜보지도 않고, 적용해보지도 않았으며, 미래를 설계해보지도 않은 사람, 어려운 학생들을 유형별로 맞추어 이끌어주거나 장학금 한 푼 주지도 않았으면서 탁상공론으로 지낸 세월을 앞세워 교육전문가인 양 나대며 타인을 헐뜯고 다니는 사람들은 이제 그만 교육 선거판에서 사라지고 퇴출되어야 한다. 부적격자들이다. 학교폭력 가해자는 말할 것도 없고.

21세기 교육은 절대로 탁상공론으로 이끌어갈 수 없다. 미래를 설계할 수도 없다. 고정화되고 고착화된 교육, 더욱이 정치 술수화된 우리 교육의 잘못된 틀을 완전히 깨고, 21세기 한국 교육과 통일된 대한민국을 설계하려면 기존의 탁상공론으로는 어림도 없다.

껍데기들은 가라.

엉터리 보수의 탈을 쓰고 타인을 중상모략, 비방하고 다니는 가짜 교육자, 심지어 거친 입을 함부로 놀리는 자들도 이젠 그만 부끄러운 줄을 알아야 한다. 적어도 교육자라고 주장한다면.

세계는 지금 AI, 인공지능 시대다. 4차산업 시대에선 당연한 일이라 생각하지만 아니다. 우리는 아니다. 우리는 아직 시작도 못 했다. 시작은커녕 우리나라에서는 IT 기업을 옥죄고 억압하고 있다. 하지만 세계는 지금 교육 분야에까지 AI를 도입해 아이들을 1 대 1로 교육, 그 효과를 최고도로 끌어올리고 있다.

우리는 코로나 전이나 후나 교사 한 명이 학생 수십 명을 혼자서, 학생의 진도나 능력에 상관없이 일률적으로 가르치고 있다. 그러나 세계는 아니다. 온라인이든 오프라인이든, 한 자리에 앉아서도 AI 튜터Tutor 인공지능 전자 교사가 그 학생의 능력에 따라 각자 다른 진도를 나가며 학생들의 창의성을 자극하고 있다. 외국엔 사교육이라는 것이 별로 형성돼 있지도 않지만, AI 튜터가 활성화되면 대한민국 학부모들은 엄청난 사교육비를 획기적으로 줄일수 있다.

그런데도 우리는 아직도 이념 교육에 찌든 전교조에 학생들은 노예가 되어 있다. 삼성이 겨우 단순 업무 부문에 AI 프로그램을 적용하고 있고, LG가 영어 회화 프로그램을 도입해서 AI 영어 교육을 선도하고 있을 뿐이다. 대한민국 정부가 내팽개치는 AI를 기업이 그나마 안간힘을 쓰는 형국이다. 결국 그 피해는 온전히 국민 몫이다. 다른 나라는 코로나 시대를 AI 시대에 맞게 발전시키는데 우리 정부는 그저 허구헌 날 남의 것, 미래 자산을 뺏어서 빚잔치하듯이 나눠줄 생각만 하고 있다.

위기가 기회인 나라와 그저 때만 되면 호기든 위기든 너 죽고 나 죽자

하는 나라의 근본적인 출발점의 차이다. 힘없는 아이들, 불쌍한 아이들과 애매한 국민만 나날이 피해를 본다. 미래까지도.

2019년 12월 15일

나랏님과 그 추종자들은 주구장창 반일을 부르짖는데 대한민국의 젊은이들은 해마다 5,000명씩 현해탄을 건너간단다. 왜? 관광하러? 아니? 일하러. 일본엔 직업이 넘쳐나니까. 월급이 한국에 비해 그리 많지는 않지만 안정적이고 나름 재미도 있고 비전도 있어서 경력도 인정받으니 해마다 일본 취업박람회엔 한국 젊은이들이 구름처럼 몰려든단다. 일본 또한 정과 열정이 넘쳐나는 대한의 젊은이들을 좋아하고. 게다가 물가 또한 환율 대비 쏘굿~~~.

젊은이들이 현해탄을 건너갈 수밖에. 일본 가서 결혼하고 아이도 낳고. 한국에선 결혼도 안 하고 아이도 안 낳고! 경제도, 결혼도, 자식도 사실은 돈이 문제가 아니라 심리, 사회적 심리 문제다. 심리적 저항은 모든 인간의 언행을 가로막거나 뒤틀어대며 이상 방어기제를 유발한다.

각설하고. 문제는 이렇게 일본에 가는 뉴카머New Commer들로 인해 일본에 있는 한인학교가 만원이란다. 한국엔 폐교가 넘쳐나지만 일본엔 한인학교가 부족하다. 교실도, 교사도 턱없이 모자란다. 빡빡한 일본 일정을 쪼개어 신주쿠 언덕 위에 자리한 한인학교에 찾아갔다. 자그마한 면적에 초중고등학교가 빠글빠글 같이 있다. 손바닥만한 운동장도 같이 쓴다. 몇 년만에 학생 수가 껑충 뛰어 무려 1,420명. 학생들도 매우

우수해 일본의 유수 대학 입학은 물론 한국의 소위 SKY대학에만 올해도 40명이 입학 확정이란다.

그런데 대한민국 정부는 이들 한인학교의 과밀 학급을 해소해 줄 생각은커녕 학교 보고 너희가 땅을 사서 학교를 지으란다. 도쿄의 땅값은 한 평에 1억 원 정도. 그걸 어떻게 학교나 학부모가 마련하나? 정말 막가파 정권이다. 의무교육은 국가가 책임지는 것. 일본도 우리처럼 폐교가 나온다. 그걸 확보해주면 결국은 대한민국의 외국 자산이 늘어나서 국부로 남는데 그것도 안 하면서 국내에서는 현금을 헬기로 살포할 생각만 한다.

거꾸로 가는 나라.

국민의 미래를 망치는 정권.

미래의 주역들을 키우지 않는 나라.

사학은 다 빼앗으려 들면서 교육에 대한 하드웨어 투자까지 모조리 다 학교와 학부모들한테 하라고 윽박지르며 나 몰라라 하는 나라. 이런 나라가 세상에 어디 또 있을까?

2019년 3월 20일

자사고 학부모들은 왜 거리로 나왔는가? 무엇이 학부모들을 거리로 내모는가? 바로 자사고를 '적폐' 보듯 하는 이 정권이 학생들한테서 학교를 빼앗을 것 같은 불안감과 위기감이 엄습하기 때문이다. 자기 자식들은 외고, 자사고에 보내놓고 다른 집 자식들은 그런 학교에 보내지 말라는 나라! 툭하면 외고와 과학고를 없애야 한다고 부르짖는 자들이 교육감 자리에 올라 칼을 휘두르는 나라, 이런 교육감들의 정책에 학부모들이 반발하고 있는 것이다.

직접적인 스모킹 건은 당장 다음 달에 있을 자율형사립고등학교, 즉 자사고 재지정 평가를 앞두고 평가 기준이 문제가 된 것이다. 전국에 42개 자사고 중 올해 재지정 평가 대상은 24곳. 이 가운데 기준점이 가장 높은 곳은 전라북도여서 상산고 학부모와 학생들의 반발이 가장 크지만, 다른 지역도 지난 1기 때보다 기준점이 10~20점 높아졌다. 갑자기 높아진 기준 점수도 문제지만, 기준 점수 미달 학교가 되면 교육감이 직권으로 학교 지정을 취소할 수 있다. 특히 재량 평가 영역에서 감사 지적에 따라서는 경기도의 경우 최대 12점까지 감점당할 수 있어 아차하면 학교가 폐지될 수도 있겠다는 위기감이 불안감을 증폭시키고 있다. 재량에 따라 학교와 학생들의 운명이 좌우되는 평가에 어느 누가 승복할 수 있을까?

전국의 교육감 열일곱 명 중 열네 명이 소위 말하는 '진보' 성향을 가졌다. 이달 초 유치원 사태를 지켜본 학부모들이 더 불안할 수밖에 없는 까닭이다. 이 땅에서 교실이 무너진 지 이미 오래고, '교실 이데아'는 여전히 현재 진행 중이다. 그래서 기러기아빠가 늘어나던 우리 사회에 자사고가 생겨나면서부터 전국 단위 자사고는 '꿈의 학교'가 됐다. '국내에서 공부해도 IVY 대학에 갈 수 있다'라는 확신이 생기면서 기러기아빠가 확연히 줄어든 것이다.

게다가 유명한 자사고는 전국 곳곳에 포진해 있다. 논산의 대건고, 전주의 상산고, 강원도의 민사고, 용인의 외대부고, 포항과 광양의 제철고, 하나고 등 꿈의 학교는 전국 도처에 보석처럼 박혀서 우리 아이들을 세계적 인재로 키워내고 있다.

다른 것 다 각설하고 자사고의 설립 목적은 교육의 다양성.

잘 하는 학생들이 모이기 때문에 내신이 불리함에도 학생과 학부모들이 자사고에 몰린다. 비싼 학비를 감수하면서도 자사고에 자녀들을 보내고자 하는 까닭은 바로 교육의 다양성과 창의성 때문이다. 교사들의 열정이 살아 숨쉬기 때문이다. 그러고도 자사고는 수시가 아니라 정시에 강하다. 자사고 학생들은 평균적으로 볼 때 수시 30%, 정시 70% 정도로 대학에 진학한다. 그만큼 이들 자사고들이 학생들을 잘 가르친다는 뜻이다

자기돈 내고 좋은 교육을 받겠다는 학생과 학부모들의 요구를 왜 교육감들은 앞장서서 가로막으려 하는가? 서태지가 노래한 대로 '초등학교, 중학교, 고등학교를 지나면서 우리 아이들을 포장 센터로 넘겨'버리는 획일적이고도 왜곡된 교육을 교육감들은 왜 강요하려 드는가? 대한민국의 무너진 교육을 모든 청소년이 똑같이 받아야 한다는 하향 평준화된 절대적 평등주의에 교육감들은 왜 매몰되어 있는가? 왜소하고 허름한 침대보다 덩치가 큰 학생들의 머리와 다리, 살집까지 모조리 잘라서 그 망가진 침대에 나란히 눕히는 것이 진정 이들 교육감들의 목적인가?

같은 것은 같게, 다른 것은 다르게 인정하고 대우하는 것이 바로 자유민주주의의 핵심이고, 우리 헌법은 교육의 자주성과 전문성을 가장 중요하게 강조하고 있음을(제31조 제4항) 저들은 진정 모른단 말인가?

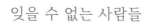

잊을 수 없는 사람들

우리는 룩셈부르크가 6·25전쟁 때 우리를 도와줬는지도 모른다. 인구 대비 참전 군인 수는 룩셈부르크가 최고로 높아서 룩셈부르크 국민 대부분은 한국을 아는데도 우리는 모른다. 그냥 쬐고만 나라, 몇 시간이면 휙 지나가는 깨끗하고 예쁜 나라로만 안다.

그 룩셈부르크에 어제 아리랑 연주가 울려 퍼졌단다. "내가 흙에 묻히기 전에 아리랑을 연주해달라"라는 고인의 유언에 따라 이루어진 것. 그 유언의 주인공은 6·25 참전용사 질베르 호펠스 씨. 열아홉 살 나이에 자원해서 한국으로 왔고, 백마고지에서 용감하게 싸웠으며, 그 처참했던 시간 속에서도 매일 일기를 썼다는 호펠스 씨. 그는 평소에도 아리랑을 서툰 우리말로 불렀단다. 그래서 하늘 가는 길에도 그 연주를 들려달라고 했던 것이다.

그런데 우리는? 우리는 얼마나 기억하고, 가르치며, 감사하고 있는 걸까?

한미 양국 6·25 영웅 열 명의 영상이 뉴욕 한복판 타임스퀘어 전광판에 나오고 있다. 국내 전광판에도 등장했다.

△ 맥아더 장군 △ 밴 플리트 부자(父子) △ 윌리엄 쇼 부자(父子) △ 딘헤스 공군 대령 △ 랄프 퍼켓 주니어 육군 대령 △ 김영옥 미 육군 대령 △ 백선엽 장군 △ 김두만 공군 대장 △ 김동석 육군 대령 △ 박정모 해병대 대령.

전광판 두 군데서 하루에 680회. 한 시간 평균 28회, 30초씩 반복 상영하고 있다. 정전 70주년을 맞아 보훈처와 한미연합군사령부가 공동으로 진행하는 프로젝트다. 부끄러운 얘기지만, 우리는 이들 열두 분 가운데 몇 분이나 알고 있을까? 풍전등화 위기에서 대한민국을 구한 영웅들이지만 아마 대부분 잘 모를 것이다.

대중적으론 맥아더 장군과 백선엽 장군 정도? 그나마 인천의 맥아더 장군 동상은 수시로 모욕당하고 있다. 방화·페인트칠에 철거 요구까지 거듭되고 있다. 그뿐인가? 낙동강 전선을 지켜내며 북한군 3개 사단을 궤멸시킨 백선엽 장군은 좌파의 방해 속에 대전국립현충원에 겨우 안장됐다. 하지만 묘지 안내판조차 철거당한 것이 우리의 현실이다.

수많은 영웅을 우리는 애써 외면한다. 모르는 척한다. 알려고도 하지 않고, 가르치지도 않는다. 반反국가 언행에 열광하면서, 나라 위한 희생·헌신에 대해선 눈·귀·입을 철저하게 닫고 있다.

올해는 정전 70주년. 아직도 북한 탄광 지역엔 '버려진 영웅'들이 100여 명이나 살아 있다고 한다. 평균 연령 90세가 넘은 고령이지만 이들은 철저히 '버려지고, 숨겨지고, 잊혔다'. 이름하여 '국군포로'. 6·25 때 책 대신 총 들고 전장에 나가 북한군(또는 중공군)에 포로가 된 분들이다.

이들은 보통명사 '국군포로'가 아니다. 누군가의 아들이고, 지아비이며, 얼굴도 희미한 누군가의 아버지들이다. 하지만 이들은 철저하게 '버려지고, 숨겨지고, 잊힌 영웅'들이다. 그 누구도 입에 올리지 않는다. 김대중·노무현·문재인 대통령이 남북정상회담 한다며 평양에 들락거렸지만 그 누구도 국군포로 송환 문제를 입에 올리지 않았다. 풍산개만 안고 돌아왔을 뿐이다.

10만여 명의 국군포로 중 70% 이상이 사망한 가운데, 80여 분이 노구를 이끌고 자력으로 탈출·탈북했다. 그리고 현재 열세 분이 생존해 있다. 전쟁에 나갔다 포로가 된 군인들을 70년 넘도록, 국가도 국민도 '나 몰라라'라 한다. 남북협상에선 국군포로를 '전쟁 중 헤어진 사람', 전후 납북 피해자들은 '전쟁 후 헤어진 사람'이라고 부른다. 이런 상황에서 국가의 위기가 또 다시 발생하면 누가 기꺼이 전장으로 향할까.

윤석열 대통령은 '자유'와 '보훈'을 역대 그 어느 대통령보다 강조하고 있다. 한미정상 공동 기자회견에서도 미귀환 국군포로 문제 해결에 한미가 함께 노력하겠다고 발표했다. 그렇다면 최고의 '보훈'은 국군포로 송환 문제 담당 조직을 강화하고 스스로 탈출·탈북한 국군포로들에게 합당한 예우를 해 드리는 것이다.

그래서 나는 다음과 같은 정책과 조치를 제언한다.

1. 미국의 DPAADefense POW/MIA Accounting Agency와 같은 기구를 독자적으로 설치, 국군포로 송환과 실종자 파악에 힘을 실어야 한다. 이 과제는 현재 국방부 군비통제과 주무관이 담당하고 있다. 묻고 싶다. 국군포로 송환 문제가 군비통제 대상인가?

2. 자력으로 탈출·탈북해온 여든 분의 영웅에게 무공훈장을 드려야 한다.

3. 그분들의 소원인 서울국립현충원 안장을 위해, 파묘 자리에라도 그분들을 모셔야 한다.

4. 생존해 계신 분은 현충일, 6·25, 국군의날 기념식에 대통령이 직접 단상으로 초청, 국민에게 소개하며 그분들 이름을 한 분 한 분 불러드려야 한다. 서해 수호 용사들 이름 하나하나 불러준 윤 대통령 아닌가.

미국은 전쟁포로 출신이 대통령 후보(맥케인)도 되고 참전용사가 의원(톰 코튼 등)도 된다. 그런데 우리 국군포로와 참전용사들은 '버려지고, 숨겨지고, 잊힌 영웅'들일 뿐이다. 이제라도 이분들에 대한 예우를 제대로 해야 한다. 너무 늦은 정의는 정의가 아니다. 그러나 이미, 벌써, 너무 많이 늦었다. 늦었기에 바로 해야 한다. 윤석열 대통령의 결단을 바란다.

　먹고살기도 힘들던 시기, 보릿고개와 초근목피에서 벗어나고자 몸부림치던 때, 대한민국에 처음으로 '수목원'이라는 것을 만들기 시작한 벽안의 외국인. 칼 페리스 밀러Carl Ferris Miller. 민병갈 박사. 그의 21주기를 맞아 민씨네 가족과 정씨네 가족이 추모식에 참석했다. 꽃 대궐 속에서 추모식을 했다. 초라한 추모식을 하며 안타까웠다.

　자국인보다 대한민국과 한국인을 더 사랑하고 보듬었던 외국인들. 리차드 위컴Richard Wickham, 아사카와 다쿠미淺川巧, 칼 페리스 밀러 민병갈 등. 한국을 사랑하다 한국에 묻힌 그들. 그들은 진정 대한민국의 국가 유공자가 아닐까? 세계 최다 품종을 자랑하며 한겨울만 빼고 봄 여름 가을, 세 계절을 내내 피고 지는 850종의 목련, 900종의 동백 등을 잘 알리지도, 기리지도 않는 우리는 누구일까?

　참고로 민병갈 선생은, 배고픈 충남 태안군 사람들이 제발 땅 좀 사달라고 찾아와 간청하자 소금기가 많아 농사도 안 되던 천리포 바닷가의 땅을 사서 소금기를 빼고, 발전기를 돌려 지금의 이 수목원을 만들었다. 전기도 안 들어오던 1960년대 일이다.

　그녀를 처음 만난 건 신입생 오리엔테이션에서였다. 까무잡잡한 피부에 작고 올라간 눈, 큰 키에 골격이 다부져 보이던 그녀를 그냥 흘깃 보기만 했을 뿐 한 마디도 나누지 않았다. 그리고 그녀를 다시 만난 건 기숙사였다.

　강원도에서 서울로 유학온 나는 아는 사람이 없어 1학년 1학기 3월엔 늘 혼자였다. 식당에서도, 교실에서도. 아이들은 출신 고등학교와 출신 지역별로 우르르 몰려다녔다. 경기여고는 도도한 눈빛으로, 이화여고는 세련된 몸짓으로 자기들끼리 조용히 무리 지었고, 경상도와 전라도 친구들은 출신 학교와 상관없이 시끄럽게 몰려다니며 세를 과시했다. 그러나 그들끼리도 달랐다. 대구와 부산이 서로 시기했고 광주와 전주도 상호 비하했다. 늘 외톨이였던 내 눈엔 이들의 행태가 이슬처럼 투명하게, 입체적으로 보였다.

　그들 가운데서도 유독 그녀는 조용히 내 눈에 띄었다. 말수가 거의 없었고 표정 변화도 거의 없었다. 당시로서는 상당히 고급스런 외양을 하고 있었지만 사치스럽지는 않았다. 그렇게 서로를 탐색하던 어느 날, 그녀가 내게 다가와 말을 걸었다.

　"또 휴교령 떨어지면 우리 집에 같이 갈래?"

　4월이었다. 4·19를 앞두고 휴교령이 떨어지면 우리는 또 이불 보따리를 싸들고 집으로 가야 했다. 잠시 망설이다가 내가 답했다.

　"그래도 돼?"

　그렇게 가본 그녀의 집은 한 마디로 대궐이었다. 전라도 부자. 적어도 내 눈엔 그랬다. 이불은 청담동, 그녀의 큰오빠 집에 맡기고 광주로 내려갔다. 그녀의 큰오빠는 안과 의사. 집에 도착하자마자 그녀는 생소하게도 자기 엄마한테 제법 큰소리로 잔소리를 늘어놓았다.

"얘는 짠 것도 싫어하고 밥도 조금만 먹으니까 자꾸만 더 먹으라 그러면 안 돼, 알았지?"

기숙사 식당에서 나를 지켜봤나 보다. 하기야 그녀 눈길을 매번 느꼈었지, 봄 햇살 같던 그 눈길을. 자기 엄마한테 하는 말투는 투정스러웠지만, 부잣집에서 사랑을 듬뿍 받으며 자라온 행복한 아이임을 확인하는 순간이었다. 부러웠다, 솔직히. 그 집에서 나는 처음으로 보리굴비도 먹어보고, 전복장도 먹어보고, 팥칼국수도 먹어봤다. 지금까지도 그 세 가지 음식은 그녀와 그녀의 어머니를 상징한다.

그후 나는 50년 가까이 그녀와 그녀 어머니의 살뜰한 보살핌을 받으며 살아왔다. 돌아가시기 전까지 보리굴비와 전복장, 전라도식 김장 김치를 매년 넘치도록 보내주셨다. 그녀가 대학 졸업 후 바로 유학을 떠나 한국에 없었어도 그녀의 어머니는 나를 딸처럼 챙기셨다. 그녀 남편이 교수가 되어 귀국한 후에는 그녀가 수시로 반찬을 해다 줬다. 냄비째, 밥솥째, 내 목소리가 조금만 달라도 그녀는 먹을 것을 해다 날랐다.

우리 아이들한테도 참 잘 했다. 전복이 듬뿍 들어간 미역국과 갈비찜, 각종 생선조림은 어느 한정식집도 따라올 수 없었다. 그러면서도 그녀는 늘 조용했다. 나서지도, 나대지도, 공치사를 하지도 않았다. 내가 "잘 먹었어"라고 하면 그녀는 미소 띤 음성으로 "그랬어? 기집애, 왜 그렇게 힘들게 사니?" 했다. 측은한 눈빛으로.

그러다 내가 물망초학교를 열자 그녀는 아무도 안 하려던 월요일 오전 영어 시간을 맡아서 단 한 주도 빠지지 않고 아침 첫 버스를 타고 여주로 내려와 수업을 했다. 단 하루도 빠지지 않고. 그렇게 배운 아이들은 철도대학도 가고, 외국어대학도 가고, 간호대학도 갔다. 그 아이들이 서울로 대학에 다니러 오자 그녀는 명절 때마다, 아이들의 생일 때마다, 집으로 불러 밥을 해먹였다.

그녀는 내게 친구이자, 동지, 그리고 닮고 싶은 '사람'이었다. 그녀는 나를 자랑스러워했지만 나는 그녀가 버팀목처럼 든든했다. 아무 말 않고 내가 통곡을 해도 그녀는 그 통곡의 의미를 알았고, 나를 말 없이 위로해줄 줄 아는 둘도 없는 반 백 년 친구였다.

그 친구가 새벽에 떠났다.

50년 우정을 내 가슴에 심어놓고 뇌암을 끝내 이기지 못한 채 이승의 육체에서 벗어났다. 나쁜 친구. 정말 나쁜 친구다. 나보다 먼저 떠나다니, 아이들도 아직 귀국 전인데 그렇게 새벽 별을 따라 나서다니, 동백처럼 시들지도 않고 눈밭에 뚝 고개를 떨구듯이 떠나다니.

친구야, 잘 가라는 말은 죽어도 못 할 것 같아.

고마워. 미안하고. 그리고 밉다, 친구야.

2022년 12월 20일

이순자 여사를 만났다. 만감이 교차했다. 기자 시절 1980년과 1982년에 인터뷰하고, 1983년 파리로 떠나기 전까지 간간이 취재, 보도를 했으니 40여 년 전에 뵙고 처음이다. 여사는 연희동 자택 입구 방에 남편, 전두환 전 대통령의 유골을 모시고 혼자 사신다. 물론 가까이 사는 딸과 서울에 사는 손자 손녀들이 주말마다 찾아온다고는 하지만, 남편 유골을 집에 모시고 살아야 하는 한 여인의 마음이 어떨지 가슴이 아렸다.

네 시에 만나서 아홉 시에 헤어졌다. 그동안 겪었던 숱한 일들, 내가 몰랐던, 국민 대다수도 모를, 이해할 수 없는 일들에 대한 얘기도 들었다. 정말 이상한 대한민국이다. 김정은은 꼬박꼬박 위원장이고, 전두환 전 대통령은 그냥 전두환이다. "정치, 경제는 참 잘했다"라고 많은 사람이 평가하면서, 또 그가 만들어놓은 한강 둔치, 한강공원에서 열심히 달리고, 놀고, 즐기면서 왜 그 대통령은 묘 한자리도 없이 1년이 넘도록 유골로 거실에 있어야 하는가? 이해할 수 없는 대한민국이다.

그래도 83세, 내년이면 84세가 되는 이 여사님은 총명했다. 기억력도 놀랄 만큼 정확했고, 큰 수술도 여러 번 하셨다는데 건강도 연세보다 훨씬 좋으셨다. 지금도 하루에 몇 시간씩 컴퓨터 작업을 직접 하신단다. 언어구사력과 판단력도 정확하고 명석했다. 무엇보다도 자세가 참 꼿꼿했다. 육체적 자세든, 정신적 자세든. 난 그 점이 정말 좋았다.

다섯 시간 내내, 이야기를 들으면서 든 생각은 그 모진 세월을 어찌 견뎌오셨을까였다. 다섯 시간 후에 집으로 오면서 든 생각은 이 시대를 살고 있는 '우리' 가운데 저 부부만큼 순애보와 부부애를 가진 사람이 또 있을까였고.

부디 앞으로도 건강하셨으면, 빨리 지아비를 언 땅에라도, 지아비의 유언처럼 북한이 내려다 보이는 곳에 모시고, 통일을 바라는 그 마음 그대로 마음 편히 평화롭게 사셨으면 좋겠다. 정치, 경제 이외의 일들과 그것에 대한 평가는 머지 않아 곧 정리가 될 테니까. 북한이 거품을 물며 욕하고, 죽이려고 드는 대상이 바로 진정한 애국자들이니까. 산 자든, 죽은 자든, 북한으로부터 욕을 많이 먹는 사람 순서대로 대한민국에는 꼭 필요한 사람이라는 것을 다름 아닌 북한이 우리한테 가르쳐주었으니까.

그러나 어쨌든 전직 대통령을 누일 곳이 없어 그 부인이 유골을 집에 모시고 산다는 것은 있을 수 없는 일이다. 있어서도 안 되는 일이다. 정상 국가가 아니다, 대한민국은.

2022년 12월 19일

안중근에 대해서 나만큼 할 말이 많은 사람도 없을 것이다. 한국에서는 물론, 우리 의원들을 모시고 중국과 일본, 러시아까지 가서 세미나도 숱하게 했다. 전부 내가 기획하고, 개최하고, 주관하고 진행한 세미나였다. 오늘 아침에 찾아보니 몇 개씩 기사와 사진이 뜨기는 하네.

어제 '영웅' 영화를 보면서 든 안타까운 단상 세 개만 덧붙인다.

1. 안중근의 옷.

내가 러시아 국립역사문서보관소에서 발견한 검찰의 초동수사보고서 가운데는 저격 직후 찍힌 안중근 의사의 사진이 있었다. 두 손이 뒤로 묶인 안 의사의 전신 사진에는 윗도리 세 번째 단추가 떨어져 있고, 바지는 흙투성이였다. 체포 과정에서 엄청난 몸싸움이 있었다는 증거지만, 검찰보고서에는 안 의사가 "놀랍도록 침착하고 의연했다"라고 적혀 있었다.

2. 동양평화론.

안중근의 미완 논문인 '동양평화론'은 100년이 지난 오늘날 동북아 평화를 위해서도 절실히 필요한, 살아 있는 사상이자 우리가 이어받아야 할 가치. 안중근 의사는 단지 이토 히로부미를 저격한 독립운동가만이 아니다. 동양 발전을 위해 한·중·일 3국이 함께 은행을 설립해 나라를 부강시키고, 대학을 세워 동양인들도 교육해야 한다고 설파했던 선각자였다. 내가 안중근에 천착하는 이유다.

그뿐인가? 중국의 마오쩌둥 주석도 "10억 인구의 중국에 어떻게 안중근 같은 위인이 없느냐?"라고 한탄하며, "영화와 연극 등을 통해 안중근 사상을 널리 전파하라"라고 했을 정도로 안중근 의사는 국제적으로도 인정받고 있는 박애주의자다.

3. 저격의 열다섯 가지 이유.

안 의사가 이토 히로부미를 저격한 이유는 모두 열다섯 가지다. 첫 번째가 명성황후 시해, 두 번째가 고종 강제 폐위, 세 번째가 을사늑약 체결이다. 그런데 우리는 명성황후를 일제가 갖다 붙인 민비라 비하하며 보수들조차 명성황후를 비방한다. 명성황후 시해를 첫 번째 이토 저격의 목적으로 내세운 안중근은 입이 닳도록 칭송하면서 어찌하여 명성황후에 대해서는 그토록 비하하고 왜곡하는지 이해할 수 없다. 그러면 곧 개봉될 영화 '영웅'에서의 설희는 어떻게 봐야 할까? 그냥 예쁘고 노래 잘하는 김고은? 일제가 왜 명성황후를 '여우'라고 부르며 그녀를 죽이지 못해 안달을 했는지 생각해보자.

우리는 아직도 안중근을 모른다.

우리는 아직도 일본 사관에서 벗어나지 못하고 있다. 밤새 잠을 설쳤다.

오늘 내가 기쁜 두 번째 이유. 위트컴 장군의 조형물이 내년 오늘 즈음에는 부산에 세워질 것 같기 때문이다. 위트컴 장군Richard S. Whitcomb에 대한 얘기는 아주 여러 번 이곳, 페북에 썼다. 그의 부인 한묘숙 여사 얘기까지 포함해서 꽤 여러 번 썼다.

6·25 때 참전한 미군 장성. 그는 당시에 군수사령관이었다. 1952년 11월 27일, 부산역 부근에 큰 불이 났다. 판잣집도 변변히 없어 노숙자에 가까운 생활을 하던 피란민들은 부산역 건물과 인근에 있는 시장 점포 등이 유일한 잠자리였는데 대화재로 오갈 데가 없게 됐다. 입을 옷은 커녕 먹을 것도 없었다.

이때 위트컴 장군은 군법을 어기고 군수창고를 열어 군용 담요와 군복, 먹을 것 등을 3만 명의 피란민에게 골고루 나눠주었다. 이 일로 위트컴 장군은 연방 의회의 청문회에 불려갔다. 의원들의 쏟아지는 질책에 장군은 조용히 말했다.

"우리 미군은 전쟁에서 반드시 이겨야 하지만 미군이 주둔하는 곳의 사람들한테 위기가 닥쳤을 때 그들을 돕고 구하는 것 또한 우리의 임무

입니다. 주둔지의 민심을 얻지 못하면 우리는 전쟁에서 이길 수 없고, 이기더라도 훗날 그 승리의 의미는 쇠퇴할 것입니다."

이 말을 들은 의원들은 일제히 기립, 오래도록 박수를 보냈다. 다시 한국으로 돌아온 뒤 장군은 전쟁이 끝나고도 미국으로 돌아가지 않았다. 군수 기지가 있던 곳을 이승만 대통령한테 돌려주면서 "이곳에 반드시 대학을 세워달라"라고 청했다. 부산대학교가 설립된 배경이다. 그러나 부산대 학생도, 교직원도, 졸업생도 이런 사실을 거의 모른다.

그리고 장군은 메리놀 병원을 세웠다. 병원 설립 기금 마련을 위해 그는 갓에 도포를 걸치고 이 땅에 기부 문화를 조성하기 위해 동분서주했다. "사람들은 장군이 체신없이 왜 저러느냐"라고 수근댔지만 개의치 않았다. 전쟁 기간 틈틈이 고아들을 도와온 위트컴 장군은 고아원을 지극 정성으로 운영하던 한묘숙 여사와 결혼했다. 위트컴 장군이 전쟁 고아들의 아버지로 불리는 연유다.

그는 부인에게 유언했다. "내가 죽더라도 장진호 전투에서 미처 못 데리고 나온 미군의 유해를 마지막 한 구까지 찾아와 달라"라고. 부인 한묘숙 여사는 그 약속을 지켰다. 북한은 장진호 부근에서 길죽길죽한 유골만 나오면 바로 한묘숙 여사한테로 가져왔고, 한 여사는 유골 한 쪽에 300달러씩 꼬박꼬박 지불했다. 그렇게 북한이 한 여사한테 갖다준 유골 중에는 우리 국군의 유해도 여럿 있었다. 하와이를 통해 돌려받은 우리 국군의 유해는 거의 대부분 한 여사가 북한으로부터 사들인 것들이다. 한 여사는 한때 간첩 누명까지 쓰면서도 굴하지 않고 남편의 유언을 지켰다. 남편만큼이나 강한 여성이었다.

장군의 연금과 재산은 모두 이렇게 쓰였고, 장군은 이 땅에 집 한 채도 소유하지 않은 채 40년 전에 이승을 떠났다. UN공원에 묻혀 있는 유일한 장군 출신 참전용사가 바로 위트컴 장군이다. 끝까지 그의 유언을 실현한 부인 한묘숙 씨도 장군과 합장되어 있다. 이런 장군의 동상 하나가 없다. 이 땅에는. 부산에도, 서울에도 없다. 전봉준 동상은 있어도, 전태일기념관은 있어도.

그런데 오늘, 장군이 떠난 지 꼭 40년 만에 뜻있는 자들이 모여 위트컴 장군 조형물을 만들기로 결의했다. 늦어도 너무 늦었지만, 국가 예산 말고, 재벌 팔을 비틀지도 말고, 70여 년 전 수혜를 입었던 피란민 30만 명, 딱 그 수만큼 1인당 1만 원씩 해서 일단 3억 원을 마련하기로 했다.

브라보!

민주주의의 생명은 참여다. 보은도 십시일반, 참여해야 한다. 오늘 그 첫 결의를 했다. 1만 원의 기적을 이루어보자. 70년 전, 전쟁 고아들을 살뜰하게 살피던 위트컴 장군을 생각하면서, 메리놀 병원을 세워 병들고 아픈 이들을 어루만지던 장군의 손길처럼, 대학을 세워 이 땅에 지식인을 키우려던 그 철학으로, 부하의 유골 하나라도 끝까지 송환하려고 했던 그 마음을 생각하며 각자 내 호주머니에서 1만 원씩 내보자. 딱 커피 두 잔 값씩만 내보자. 1만 원의 기적이 한국병을 고칠 수도 있지 않을까? 설마 이 땅에 1만 원씩 낼 사람이 3만 명도 안 되지는 않겠지? 이런 생각에 또 내 마음은 두둥실, 하늘을 날 것만 같다.

대통령은 장군한테 무궁화 훈장을 추서한다. 너무 늦었지만 감사한 일이다. 이래저래 나는 오늘 기쁘다. 참으로 기쁘다. 팝콘이 탁탁 터지듯이 그렇게 내 온몸의 세포들이 기쁨에 겨워 꿈틀거린다. 에스프레소 덕분인가? 카뮈 엑스오 덕분인가? 이제 나는 죽어도 한묘숙 여사를 만나 웃으며 두 손을 맞잡을 수 있게 됐다.

오, 감사합니다.

브라보!

2022년 10월 29일

옛말에 영웅은 3대가 공덕을 쌓아야 나온다 했던가? 오늘의 해인사와 팔만대장경이 대한민국 국보와 유네스코의 세계문화유산이 될 수 있는 토대를 마련해주신 김영환 장군은 그야말로 3대가 무인武人 집안으로 특별한 애국 가족이다. 아니, '애국'이라는 단어로는 설명이 부족한 가문이다. 김영환 장군의 할아버지는 구 한말 고종의 무관으로 애국 활동을 하셨고, 아버지 김준원 장군은 일본 육사를 나와 배재고등학교 교사를 정년 퇴임한 후 식구들도 모르게 호국군관학교에 시험을 보고 입학해 중령으로 근무했다. 그 당시 김영환 장군은 대령. 아버지가 아들보다 낮은 직급으로 군대에서 복무했다. 우리나라는 물론 세계적으로도 유례를 찾아보기 힘든 일이다.

김영환 장군은 일본에서 태어나 간사이대학을 다니다 태평양전쟁이 터져 학병으로 징집될 상황이 되자 어머니 변상희 씨는 아들에게 "어차

피 학병으로 끌려갈 텐데, 기왕이면 조선 땅에서 조선인으로 끌려가라"
라고 해서 국내로 들어와 연희전문학교에 다니다 징집이 됐다. 해방 후
남한 땅에 일제가 남기고 간 전투기를 일제의 잔재라며 사람들이 전부
고철로 녹여버려 6·25가 났을 때 대한민국은 전투기가 한 대도 없었다.
반면에 북한은 일제가 남기고 간 전투기가 그대로 남아서 우리 영공을
휩쓸고 다니며 공격했다.

그때 울분을 삼키던 젊은이, 김영환 외 일곱 명이 공군을 창설하기로
결의하고 미군을 졸라 낡은 전투기를 받아서 독자적인 비행 연습을 했
다. 이렇게 대한민국 공군이 태어났다. 일본 육사를 나온 사람들과 함
께 전투는 미군과 따로 또 같이 번갈아가며 수행했다. 전쟁이 한창이던
1951년, 빨치산들이 숨어서 밤이면 민가를 습격하고 사람들을 죽이자,
그들의 거처인 가야산을 폭격하기로 했다. 작전에 투입돼 해인사 위를
선회하던 김영환 당시 중령한테 어머니가 늘 하시던 말씀이 떠올랐다.

"전투기로 폭격할 때는 빨갱이들만 죽여라. 무고한 민간인은 가능하
면 죽이지 마라. 그리고 사찰이나 각종 문화재는 가능하면 폭파하지 마
라. 문화재는 그 지역의 영혼이다."

그 말에 따라 김영환 장군은 해인사에 숨어 있던 많은 빨치산을 해인
사 뒷산인 가야산으로 유인해서 가야산만 공격함으로써 오늘날 해인사
와 팔만대장경이 존재할 수 있게 되었다.

오늘 김영환 장군 추모식을 했다.

해인사 아래쪽에 있는 추모비 앞에서. 참석자들이 기타도 가져오고

공군의 비행용 점퍼와 빨간 마후라까지 걸치고 와서 김영환 장군께 감사하는, 뜻깊은 이색 추모식을 할 수 있었다.

나는 특별히 김영환 장군의 어머니, 변상희 여사께도 감사 기도를 드렸다. 진명여고를 나와, 문맹 퇴치를 위해 강원도 산골까지 찾아가 교사 생활을 했다는 변상희 여사. 서른세 살 젊은 나이에 어머니 곁으로 떠나가신 김영환 장군님은 지금도 이렇게 말씀하실까?

"부르지 말아다오. 내 이름 석 자, 하늘에 피고 지는 사나이란다"

2022년 8월 2일

내년, 정전 70주년에 초대하려 했는데…… 같이 의기투합해서 모시고 멋진 행사도 하려고 몇몇 분과 계획도 세웠는데…… 돌아가셨다.

라모스 전 필리핀 대통령.

6·25 참전용사였고 필리핀의 민주화를 이끌었던 분. 필리핀도 가르치지 않는다. 한국전쟁에 참전했던 사실을. 우리도 가르치지 않는다. 16개국의 10대 후반, 20대 초중반의 젊은이들이 얼마나 많은 피를 흘렸는지.

지난 달, 동부전선을 걸을 때 필리핀 젊은이 여섯 명과 이틀을 함께 했다. 그들은 할아버지와 작은할아버지가 한국전에 참전했던 사진을 들고 Yangkoo Valley라 쓰인 사진 속 장소를 찾아 양구로 와서 물망초와 만났다. 그때 그들은 말했다. 우리 할아버지들이 얼마나 위대한 일을 하셨는지 한국에 와서 알았다고. 나는 부끄러웠다. 우리는 잊었는데, 알려고도 하지 않는데, 여러분의 할아버지들이 하신 그 위대한 일을 우리는 언제부턴가 가르치지도 않는데……

그래서 내년엔 라모스 대통령을 초대해서 정전 70주년을 기념하려 했는데, 돌아가셨다. 필리핀의 라모스 대통령은 소위로 직접 철원전투에 참여했고, 아키노 대통령의 남편이자 아키노 Jr 대통령의 아버지인 아키노 전 상원의원은 종군기자로 6·25전쟁을 취재했다. 그리고 아키노 기자의 활동은 지금도 필리핀 화폐에 그려져 있다. 그가 쓴 6·25기사와 필리핀 군인들에게 먹을 것을 구걸하는 고아의 모습이. 우리보다 훨씬 잘 살았던 필리핀. 그 지도자들이 대한민국의 생존과 평화, 자유를 위해 직접 참전하고 우리를 도왔던 필리핀. 그 필리핀을 위해 우리는 지금 무슨 일을 어떻게 하고 있는가?

라모스 대통령의 영원한 안식을 기원한다. 감사의 마음을 다 해서.

2021년 10월 26일

오늘은 10·26, 참 아픈 날이자 아쉬운 날이다. 박정희 대통령 서거일이고, 안중근 의사가 하얼빈역에서 이토 히로부미를 저격한 날이다. 역사에 가정假定이 무슨 의미가 있을까만은 매년 10월 26일은 안타깝고 착잡하고 죄스럽다. 나라는 갈수록 엉망이고, 안 의사 시신도 아직 못 찾고 있으니 국민으로서 무슨 면목이 있겠는가? 국회의원 배지를 달고 있던 4년 동안 일본으로, 중국으로 당일치기로 날아다니며 안중근 의사 시신을 찾고자 혼신의 힘을 다 쏟던 때가 주마등처럼 뇌리를 스친다.

한편 오늘은 우리 역사에서 잠시나마 통일의 환희를 맛보던 감격의 날, 기쁨의 날이기도 하다. 이름하여 초산전투 승리일. 압록강의 물을 수통에 뜨던 날이다. 10월 26일 아침 일곱 시. 초산전투에서 승리해 국경, 압록강에 제6사단 장병들이 도착했다는 소식이 전해지자 우리 국민은 통일이 눈앞에 펼쳐지는 듯했다. 광복절만큼이나 감격스러웠을 터. 아니, 진정한 광복이 완성되는 줄 알고 온 산하가 전쟁 중에도 들썩들썩, 가을 단풍보다도 더 뜨겁게 타올랐을 터.

그러나 곧이어 밀어닥친 중공군.

역사에 가정이 무슨 소용이겠냐만은 그래도 오늘은 기념하고, 기억하며, 역사의 교훈을 얻고 싶은데. 오늘 아침 조간신문 그 어디에도 초산전투 승리일, 압록강 물을 뜬 날이라는 기사는 단 한 줄도 찾아보기 어렵다. 오늘날 대한민국이 왜 이렇게 혼란스럽게 망가지고 기우는지 그 이유가 분명해지지 않는가?

그래도 제6사단은 오늘을 기념할까? 오늘을 기리는 행사라도 할까? 실낱같은 기대를 걸어본다. 바보처럼.

2021년 4월 27일

혼밥을 해야 하는 오늘 저녁, 혼자여서 최고의 메뉴로 준비했다. 미나리전. 윤여정을 생각하면서가 아니라 엊그제 뜯어온 미나리로 돗나물 물김치 담고, 데쳐서 나물 해먹고도 남아서 망가지기 전에 없애야 할 것 같았다. 그래서 감자까지 하나 꺼내 곱게 갈아넣고 부친 미나리전. 반찬은 오로지 하나, 돗나물 물김치. 둘이 먹다 다섯이 죽어도 모를 만큼 알맞게 익어서 맛이 끝내준다. 먹다 말고 며느리한테 연락했더니 밤에 가지러 오겠단다, 먹겠다고. 이렇게 이쁠 수가.

그 이쁜 짓 덕은 남편이 봤다. 혼자 먹기 갑자기 미안해져서 남편 주려고 반은 남겼다. 실은 돗나물 물김치가 너무 맛있어 그걸 한 탕기 다 먹었더니 그만 배가 엄청 불러져서 남겼지만. 남편이 들어오면 늦게 들어올수록 코맹맹이 소리로 "당신 생각이 나서 남겼다"라며 코앞에 들이밀며 억지로 먹여야지.

미나리 얘기 나온 김에 윤여정 씨 얘기 한 마디 하고 싶다. 나는 원래 윤여정 영화는 김기영 감독 시절 것을 최고로 친다. 요즘 것은 별루다. '미나리' 영화도 별로. 그 이유는 생략하지만 윤여정 씨 말대로 "아카데미가 한국을 배려해 준 것" 아닐까 하는 느낌이 강하게 든다.

어쨌거나, 나는 이번에 윤여정 씨가 시상식 때 내가 생각하는 윤여정이라면 영화 '미나리'에 입고 나온 할머니 옷, 일명 할망스타일 옷을 입고 나올 줄 알았다. 윤여정이라면! 윤여정만이 할 수 있는 일이니까. 그리고 머리와 귀고리, 신발 등 소품들만 명품으로 휘감는 파격을 보이리라 생각했는데 그게 아니었다. 머리만 미나리 할머니 같았고 나머지는 모조리 명품이었다. 드레스까지도.

그러나 실망은 잠시. 그녀는 나를 배신하지 않았다. 역시 윤여정이었다. 이번에도 그녀는 나를 충분히 감동시켰다, 윤여정스럽게! 깜짝 서프라이즈처럼. 그것도 손톱으로. 브래드 피트와 같이 찍은 사진, 트로피를 받아든 사진 속의 그녀 손. 그녀의 손톱엔 매니큐어가 없었다. 옛날 할머니들처럼 약간 긴 손톱. 마늘 까고, 파 다듬고, 쑥도 뜯고, 특히 미나리를 뜯으려면 손톱이 어느 정도 있어야 한다. 그래야 그 모든 일을 할 수 있다. 손톱 밑이 까맣지는 않았지만 그녀의 손톱은 그 옛날 내 할머니의 손톱을 연상시켰다. 스타가 매니큐어 안 칠할 리 없고 드레스에 팔찌까지 명품인데 손 마사지를 안 했을 리도 없건만, 역시 윤여정이다. 윤여정스럽다. 윤여정 브라보!

참고로 내 손톱 밑은 까맣다. 지난 주말 온갖 나물을 뜯어서. 결혼식 혼주 노릇을 하려면 내일쯤은 손톱 바싹 깎고 까만 때도 속속들이 파낼 것이다. 나는 윤여정이 아니니까.

2021년 3월 1일

102년 전이나 지금이나 언론의 중요성은 똑같다. 기미년이나 신축년이나 국가의 중요한 대소사는 국제적으로 널리 알리고 여러 나라의 도움도 받아야 함도 전혀 변치 않는 진리, 참이다. 그래서 고종도 그 힘든 밀사를 여기저기 보내며 뒤늦은 참회로 안간힘을 썼던 것이고.

기미년 그날, 만세 소리가 전국을 뒤흔들 때 그 사실을 외국에 알릴 방법이 우리로써는 전혀 없었다. AP통신 기자가 우연히 3·1 독립선언서를 손에 넣고 부랴부랴 도쿄에 가서야 3·1운동의 전모를 타전함으로써 먼 극동의 아주 작은 나라에서 독립만세운동이 일어났음을 전 세계가 뒤늦게서야 알았다. '코리아'가 전 세계에 알려진 실질적인 첫 사건이다.

이렇게 3·1운동을 전 세계에 알린 AP통신 기자는 앨버트 테일러Albert Tayler. 그는 제암리 학살 사건도 전 세계에 알렸다. 1942년 일제에 의해 추방돼 1948년 미국에서 사망한 그는 한국에 묻히고 싶다는 유언을 했고 유족이 그 뜻을 받들어 현재 양화진 외국인 묘역에 묻혀 있다. 그의 부인 메리 여사는 한국에서의 생활을 아주 자세하게 써내려간 일기 같은 글을 미국에서 출간함으로써 자신의 남편이 3·1만세운동을 널리 알리게 된 과정을 밝혔다. 그들 부부가 살던 2층 벽돌집 딜쿠샤Dilkusha도 등록문화재로 지정될 수 있었고.

그 손녀딸인 제니퍼 테일러가 할머니, 할아버지의 유품 1,000여 점을 기증하고 현재 한국을 방문 중이다. 손녀딸 덕분에 내일부터 딜쿠샤, 산스크리트어로 '기쁜 마음의 궁전'이라는 이 집을 예약자에 한 해 관람할 수 있단다. 개인적으로는 조부모의 유물을 1,000여 점이나 손녀딸이 간직했다는 그 사실이 놀랍고 신기하기만 하다. 우리는 어른들이 돌아가시면 쓰던 물건을 다 태우거나 다 내다 버리는데. 공적으로는 테일러 일가에 고맙다. 테일러 기자가 아니었다면 3·1운동은 알려지지 않았을 것이고 버려져 허물어져 가던 딜쿠샤가 3·1운동의 중요한 사적지로 살아나지도 않았을 터. 이렇게 예나 지금이나 언론, 언론인의 역할은 중요하건만, 이 나라의 정론직필은 언제 살아나려나?

또 한 가지. 손녀딸 제니퍼가 엊그제 한국 기자들한테 했다는 말.

"먼 옛날, 조선 독립을 위해 힘쓴 미국인이 있었다는 사실을 한국인들이 기억해준다면 더 바랄 게 없을 거예요."

폐부를 찌르는 말이다. 반미운동에 젖어 있는 운동권, 반미를 아무렇지도 않게 여기며 친북, 친중 노선을 걷는 이 정권. 침묵하는 코리안들에게 이 말을 하는 그녀의 심정이 어땠을지 짐작이 간다. 한없이 미안하고 부끄럽다.

2020년 9월 18일

밴 플리트Van Fleet. 6·25전쟁 당시 연합군 총사령관이었던 4성 장군. 내가 그의 이름을 처음 들었던 때는 초등학교 교과서에서였던 것 같다. 아들 밴 플리트 주니어와 함께 6·25에 함께 참전했다가 공군 조종사였던 그의 아들이 평양 근처에서 격추돼 사망한 것으로 배웠던 것 같다. 내 기억에.

그런데 사망이 아니라, 전사한 게 아니라, 인민군의 포로가 됐단다. 장군의 아들 밴 플리트 주니어가 포로가 되어 중국을 거쳐 러시아에까지 끌려가 정치범수용소인 굴락Gulag에서 사망했을 것으로 추정된단다. 이같은 사실은 밴 플리트 장군의 외손자인 맥 크리스천이 어제 LA 한국총영사관이 주최한 '한국전쟁의 역사' 세미나에서 자신의 아버지인 전직 미 육군 정보국 참모차장의 증언과 구 소련의 내무인민위원회 NKVD 관계자가 확인해준 내용을 증거로 제시하며 발표했단다. 이런 세미나가 이 정권 하에서, LA 총영사관 안에서 개최된 것도 참으로 놀랍고 신기하다.

6·25전쟁, 한국전쟁은 아직도 끝나지 않았음을 보여주는 사건이다.

우리가 밝히고, 기리고, 전쟁 범죄로 기록해야 할 것들은 아직도 수없이 많다. 아니, 우리는 아직 시작도 안했다. 6·25발발 70년이 지나도록!

역사는 기록해야 한다.

전쟁은 전범 재판과 처리를 해야 비로소 마무리되는 법이다. 제2차 세계대전도 뉘른베르크 재판으로 종결됐다. 그래야 진정한 평화가 온다. 거짓 평화, 가짜 평화가 아닌 참된 평화, 진짜 평화 말이다.

그런 점에서 우리는 이제라도 해야 할 일을 반드시 해야 한다. 밴 플리트 장군과 밴 플리트 주니어 중위의 영면을 빈다. 미안한 마음으로, 존경의 마음을 담아서. 한없이 고맙고 그리고 부끄럽다.

2020년 7월 31일

비도 안 오고 해도 안 뜨고.

습도가 높기는 했지만 풀 뽑기도 좋고 좋은 분들과 원족하기도 좋았던 날. 물망초 이사님들과 위원님들은 백련에 반해 서로 셔터를 누르다 지쳐 밭에서 딴 상치, 고추, 깻잎, 콜라비, 부추, 삼잎, 토마토, 가지 등으로 조촐한 점심 식사를 한 뒤 하나같이 물망초학교가 있던 그곳 아쉽고, 아리고, 가슴 아픈 곳, 나즈막한 산 속의 작은 배움터, 그곳엘 가고 싶어 하셨다.

물망초학교가 울며 떠나온 그곳에 지금은 봉쇄 수도원인 갈멜수녀원이 들어와 있다. 혹시라도 자동차 소리가 수도에 지장을 줄까 저어하며 운동장 너머 먼 곳에 주차를 하고 "저기, 밤색 건물이 물망초학교, 저기, 하얀색 건물은 기숙사, 조기조기 나무 위에 데크가 깔려 있는 곳은 tree classroom, 미국 대학생들과 함께 영차영차 직접 만들었던 제2야외교실, 우리 등 뒤에 있는, 커다란 데크가 깔려 있는 곳이 바로 제1야외교실. 한겨울만 제외하곤 가장 인기였던 교실이지요" 하며 서로의 추억을 소환하고 있는데 갑자기 수녀님 한 분이 나오시며 묻는다.

어디서 오셨나요?

으윽, 우리 목소리가 너무 컸나봐. 잔뜩 주눅 들어 있는데 수녀님이 미소 띤 얼굴로 우리 곁으로 다가오신다. 아뿔싸! 피곤하신지 아래 입술은 터지고 수녀복은 낡은 정도를 지나 누더기처럼 덕지덕지 기워져 있다. 말문이 막혀 서 있는데 수녀님은 나를 알아보시고 들어와 커피 한 잔 하고 가라신다.

봉쇄 수녀원 안, 아니 물망초학교 기숙사로 들어선 우리. 가슴이 뛰었다. 아이들의 해맑은 웃음소리가 저 안쪽에서 들리는 듯 했다. 어디선가 "이사장님" 하며 아이들이 뛰어나올 것만 같기도 해 자꾸만 복도 쪽을 흘긋거리다 수녀님 손을 보고는 또 흠칫, 가슴에 큰 구멍이 뚫리는 듯했다. 굵은 손마디, 까맣게 손톱 끝이 파이고 갈라지고, 거칠기가 삼베보다 더 거슬거릴 듯했다.

그리고 맨발. 1년 사시사철 맨발이란다. 겨울에도 난방을 안 한단다. 두 손과 볼엔 동상이 걸려 가렵단다. 고행을 통해 하느님을 만난다는 봉쇄 수녀원, 갈멜. 수녀님들은 사진을 안 찍고 또 못 찍는다 하셔서 우리끼리 운동장에서 또 다른 추억의 한 페이지를 남겼다. 고행을 통해 주님을 맞는다면서도 한없이 맑고 유쾌한 대화를 자연스레 유도하시던 수녀님.

돌아오는 차 안에서 우리는 저마다 침묵을 지켰다.

동상에 걸리면서도 맨발로 '병 속의 새'를 꺼내려는 수녀님들.

내가 아닌 남을 위해 온몸을 봉헌하신 수녀님들.

나는 지금 누구를 위해 어떤 고행을 어떻게 견뎌내고 있는가?

묵직한 하루, 영혼을 울린 하루였다.

2020년 5월 26일

세상에서 가장 아름다운 사람은 은혜를 잊지 않고 기억하며 그를 기리는 사람일 것이다. 그가 누구든. 65년 전, 6·25 전쟁 직후인 1955년, 가난한 열다섯 살 소년 박 씨와 미국인 아나운서 페이건 3세가 대구에서 만난 건 우연이었을까? 페이건은 가난한 박 씨한테 영어를 성심껏 가르쳤고, 귀국한 후에는 매달 빠지지 않고 8년 동안이나 학비를 보내줬다. 그 덕에 박 씨는 대학을 졸업, 영어교사가 되었고 이제 나이 80의 노인이 되었다. 귀국 후 성공회 신부가 된 페이건은 지난 2003년 하늘나라로 떠났다.

이름을 밝히길 원치 않는 박 씨는 지난 주, '사랑의 열매'라는 사회복지 공동 모금회에 은인인 미국인 페이건의 명의로 1억 원을 장학금으로 기탁했다. 자신처럼 가난한 청소년이 자라나 페이건처럼 살 수 있게 도와달라며. 진정한 사랑의 열매가 열린 것! 요즘처럼 삭막한 세상에 평생

고등학교 교사로 살면서 결코 넉넉지 않은 살림인데도 박 씨는 이렇게라도 페이건에게 은혜를 갚고 싶었단다. 65년만에. 더 늦기 전에.

본인의 이름도 밝히기를 꺼렸다는 아름다운 이, 그냥 박 선생님. 6·25 발발 70주년을 앞두고 가슴을 울리는, 모처럼 살맛 나는 따뜻한 기사다.

2020년 2월 19일

그를 보는 순간 나는 톰 아저씨인 줄 알았다. 어렸을 적, 방바닥에 배를 깔고 엎드려 책이 날깃날깃 헤질 정도로 읽고 또 읽던 동화책 <톰 아저씨의 오두막>. 커서는 원서로 거듭, 거듭 읽었던 <Uncle Tom's Cabin>의 그 푸근하고 속 깊은 톰 아저씨를 눈앞에서 마주 보는 듯했다. 정말로 톰 아저씨처럼 그는 키도 컸고, 목소리도 나즈막하면서 부드러웠으며, 흰 자가 유독 반짝이던 두 눈엔 조용한 미소가 강물처럼 찰랑였다. 내 손의 두 배도 더 될 듯한 검은 손을 그가 내밀 때서야 나는 책 속에서 빠져나와 영화로 장면 전환을 할 수 있었다.

그는 그렇게 내게 다가왔다.

동화처럼. 영화처럼. 옆집 아저씨처럼.

그의 이름은 챨스 랭글Charles B. Rangel. 미국에서 46년 동안이나 뉴욕 할렘 지역구의 의원을 하고 2017년에 은퇴한 올해 91세의 생존 인물이다. 내가 그를 처음 만난 건 2008년. 국회의원을 막 시작했을 때였다. 외교통상통일위원이었던 내가 국회의원 자격으로 처음 미국을 방문한 건 미국산 쇠고기 파동 때문이었다.

공식 일정이 다 끝나고 나는 일행들과 헤어져 랭글 의원을 별도로 만났다. 갑자기 잡은 미팅이라 시간은 딱 30분뿐이었지만 이야기가 이어지면서 그는 뒤의 일정을 취소했다. 약속을 직전에서야 깬다는 것은 선진국에서는 거의 불가능한 파격이다. 그가 그런 무례한 파격을 행한 까닭은 나와의 대화 주제 때문이었다. 한국전 참전용사였던 그에게 나는 국군포로 문제를 한국과 미국이 같이 해결해달라, 같이 풀어보자며 애원하다시피 매달렸기 때문이다.

선약을 파기하고 그는 나와 햄버거로 점심을 때우며 무려 두 시간 반 동안이나 토론했다. 그가 이런 파격을 보인 까닭은 단지 그가 한국전 참전 용사였기 때문만은 아니다. 그는 내 손을 잡고 말했다. "한국전은 내 운명을 바꿔 놓았다"라고. 가난에 찌든 할렘가에서, 폭력적인 아버지 밑에서 자라면서 밑바닥 삶마저 포기하고 있을 때 자포자기하는 심정으로, 현실을 도피하는 심정으로, 한국전에 자원해 참전했노라고. 그리고 중공군이 투입되면서 전세가 악화돼 부상을 입고 미국으로 돌아오는 그 3년 동안, 자신은 다시 태어났노라고. 포기했던 삶에 생명이 깃들기 시작했고, 운명의 실마리가 어둠 속에서도 손에 잡히기 시작했노라고. 한국전은 부랑아 같았던 자기의 눈을 크게 뜨게 해주었다고. 그래서 입대와 한국전 참전이 자기에겐 '위대한 도피'였다고.

귀국 후 대학엘 가고, 로스쿨도 가서 변호사가 되고, 민권운동 초기에 흑인으로서 연방 의원이 되었노라고. 한국전을 기점으로 더 이상 자신에게 나쁜 날은 없었노라고And I haven't had bad day since. 그 두툼하고 큰 손으로 자기 손만큼이나 두툼한 책 한 권을 내게 내밀었다. <And I haven't had a bad day since>라는 제목의 자서전이었다. 나의 7days 7books 다섯 번째 책으로 나는 오늘 이 책을 권하고 싶다. 판형도 크고 페이지 수도 300여 쪽에 달한다. 게다가 영어다. 번역도 안 되어 있다. 좌편향된 출판계에서, 책 도둑은 도둑도 아닌 나라에서, 그나마 훔친 책, 공짜 책도 안 읽는 대한민국에서, 어느 출판사가 이런 책을 번역, 출간 하겠는가?

그러나 다행스럽게도 영어 문체가 아주 쉽다. 내용도 술술, 부드럽게 읽힌다. 한국 사람들이 자랑스럽게 포장하는 그런 자서전이 절대로 아니다. 일종의 참회록이다. 아프고 서러웠던 자신의 어린 시절, 할렘가에서 포기한 삶을 살던 성난 파도 같았던 반항기의 청춘, 그리고 자신의 운명을 바꾸어 놓은 한국전쟁Korean War. 그 후 정치를 하면서 더 극심한 인종 차별을 겪어야 했던 초기의 좌충우돌 의원 생활과 그 다양하고도 감동적인 극복기, 미국이라는 이민 국가를 좀 더 아름답고 평화롭게 가꾸고 싶어 여기저기 부딪히고 깨지며 얻어낸 사금파리 같았던 의정 생활 등이 차 한 잔과 함께 술술 읽히는 책이다. 영화의 한 장면처럼, 소리 없이 흐르는 필름 샷처럼, 독자의 뇌리 속을 시나브로 파고 든다. 일독을 권한다.

조그만 나라의 초선 의원이었던 나의 애원에 그가 화답해 내가 초안한 한국전 참전 '한국군포로송환결의안'이 3년 후인 2011년 연말에 미국 역사상 처음으로 가결되었다. 역사적인 순간이었다. 로스 레티넌 하원 외교위원장과 에드 로이스 후임 외교위원장 등 많은 의원이 도와줘서 가능했지만, 단 한 명의 반대도 없이 공화당과 민주당 의원의 만장일치로! 미국 역사상 처음으로 한국전쟁 포로 송환 결의가 된 것이다.

대한민국의 국군포로 문제가 미국 의회에서 안건으로 채택되고 결의까지 결실을 맺은 것은 전적으로 랭글 의원 덕분이다. 랭글, 레티넌, 로이스 의원께 진심으로 감사한다. 개인적으로는 4년 동안의 국회의원 활동 가운데 가장 감격스러운 순간이었다.

우리 언론은 보도도 거의 안 했고, 5개월 후 임기가 끝나 내가 국회를 떠나면서 국군포로 문제는 또다시 수면 아래로 가라앉았다. 그동안 북한에 억류돼 있던 국군포로 가운데 80% 이상이 한 많은 생을 마감했다. 가슴이 너무 아프다. 그래도 "한국전Korean war 문제라면 최선을 다해 돕고 싶다"라고, 자신의 운명을 바꿔준 한국전에 어떤 식으로든 도와야 할 의무가 자신에겐 있노라 말하며 나직한 목소리로 2011년 여름, 얘기한 결과가 비록 작지만 또렷이 미국 의회 역사에 흔적을 남겼음에 다시 한번 감사할 뿐이다.

역시 그는 내게 그립고 반가운 영원한 톰 아저씨Uncle Tom다. 46년, 근 50년 세월의 의원 생활을 마감하고 남은 생도 가족과 함께 편안하고 평화롭게 지내기를 기원한다.

오늘 아침 수덕사에도 이렇게 하얀 눈이 뽀~~얗게 소복~~히 쌓였 겠지요? 저는 날씨에 따라 생각나는 장소, 그림, 책, 영화, 그리고 사람 들이 있습니다. 눈이 오면 러시아와 스위스, 수덕사가 생각납니다. 수덕 사 하면 또 나혜석과 김일엽이 떠오르구요. 한국 최초의 여성 서양화가 나혜석은 김일엽과 이화여전을 같이 다닌 절친 중에 절친입니다. 김일엽 은 다 아시겠지만 개화기 신여성으로 3·1운동 때 일본에서 귀국해 독립 운동을 하다 고초를 겪기도 했고, 동아일보 기자로 있으면서는 시, 소 설, 수필 등 많은 문학 작품을 남긴 작가입니다. 하지만 수덕사에 들어 가 여승이 되었고 수덕사로 들어가면서 절필했지요. 글도 망상妄想의 근 원이라면서.

목사의 딸로 태어나 기독교 학교에 다녔습니다. 일본 유학 중에는 신 학을 공부했지만 비구니가 된 신여성입니다. 정식 결혼 두 번 외에도 김 일엽은 뜨거운 염문도 숱하게 뿌렸습니다. 본인도 이런 애정 행각을 굳 이 숨기지 않았습니다. '그대여 웃어주소서'라는 제목의 시를 보면 "으 스러져라 껴안기던 그대의 몸 숨가쁘게 느껴지던 그대의 입술 …… 나도 모 르게 그 고운 모습을 싸안은 세월이 뒷담을 넘는 모습을 창공은 보았 다지요"라고 떠나간 연인을 그리는 심정을 공개적으로 드러낼 정도였으 니까요.

그 당시로는 상상하기 어려운 대담했던 애정 행각을 여러 번 공개적 으로 행하고, 밝히고, 떳떳해한 것은 아마도 그 당시 억눌린 여성으로서의 아픔과 반듯하지 못한 남성들에 대한 반항이자 고발이고, 계몽을 위한 사회적 충격이 아니었을까 생각합니다. 아무튼 저는 개인적으로 일엽 스님을 떠올리면 그의 파란만장했던 행적이나 다재다능했던 선구자적 삶이 아니라 그가 남긴 한 점 혈육이 생각납니다.

일엽 스님은 일본 유학 중에 도쿄제대를 다니던 오오타를 만나 사랑하고 결혼도 하려고 했습니다. 오오타 세이조는 그 당시 도쿄은행 은행장의 아들이었고, 김일엽은 이혼한 조선 여성. 예상대로 극심한 반대에 부딪혀 아들 하나를 낳고, 그 아들과 함께 김일엽은 한국으로 돌아왔습니다. 그 아들의 이름은 김태신. 김일엽은 그 아들을 친구 송기수에게 맡겨서 50년 동안 그 아들은 송영업으로 살았습니다. 아들을 맡긴 김일엽은 수덕사의 여승이 됐고, 오오타는 외교관이 되어 1970년, 독일에서 죽을 때까지 평생 독신으로 지냈구요.

그 아들 김태신은 어느 날 나혜석으로부터 어머니가 김일엽이라는 스님이고, 수덕사에 있다는 소리를 듣고 수덕사로 어머니를 찾아갔습니다. 그러나 일엽은 산사의 문도 열어주지 않고 "나를 어머니라 부르지 마라"라고 차갑게 말합니다. 그래도 몇 번을 더 찾아갔지만 한 번도, 끝까지 어머니 얼굴도 못보고 어머니를 어머니라 부르지도 못했던 김태신. 어머니로부터 두 번째 버림을 받고 그는 다시 의붓아버지를 찾아 황해도로 갔다가 6·25가 터지면서 의용군으로 끌려갔습니다.

의용군으로 끌려간 그는 뛰어난 그림 실력으로 전쟁 내내 전쟁 그림만 그렸습니다. 김일엽의 아들 김태신, 아니 송영업은 도쿄제대 미술학부를 나와 아사히상을 수상한 뛰어난 화가였으니까요. 그 뛰어난 그림 실력 때문에 군종 화가가 된 김태신은 강제로 김일성 초상화를 그려야 했고, 바로 그 이유 때문에 그는 '빨갱이'라는 오명도 얻었습니다. 전쟁 후에 황해도에서 야밤에 도망쳐 탈북해 온 그를 화단에서는 빨갱이라고 한 거지요. 빨.갱.이.

그 후 그는 엄마의 성을 따 김태신이라는 이름으로 살면서 유명한 북종화가의 길을 걸었고 그리곤 끝내 그도 어머니를 따라 일당日堂이라는 법명의 스님이 되었습니다. 그리고 2014년 성탄절 아침, 그는 이 세상을 등지고 훨훨 이승을 떠나갔습니다.

어머니를 어머니라 부르지 못했던 이승, 한일 양국에서 너무나 유명한 부모 사이에서 태어났지만, 처절하게 외롭고 서러운 삶을 살아야 했던 화가이자 스님이었던 김태신. 이승의 얽히고설킨 실타래를 끝내 풀지 못하고 일당 김태신은 그렇게 떠나갔습니다.

내가 근 30년에 걸쳐 지켜본 김태신 화백, 일당 스님은 이승의 실타래를 굳이 풀려고 하지도 않았습니다. 품으려고도 하지 않았습니다. 그냥 받아들이고 인정했습니다. 그래서 항상 온화했습니다.

성신여대 앞 자그마한 암자. 겨울이면 황소바람이 문틈을 파헤치던 그 암자에서 그는 웃으며 내게 말하곤 했습니다.

"왜 도쿄 집엔 안 오세요? 박 선생 주려고 싸놓은 작품이 한 점 기다리고 있는데, 오세요."

끝내 서울에서만 그를 만났을 뿐 나는 도쿄, 그의 집엔 가지 못했다.

하지만 그가 한·중·일 3국을 북종화라는 그림으로 평화 공존하게 하려 했던 그 노력과 진심만은 넘치도록 인정한다. 굴곡진 이들의 인생을 단지 한일 양국, 또는 개화기에 활활 타올랐던 뜨거운 선각자들의 고단한 삶이라고 한마디로 간단하게, 그렇게 치부할 수 있을까?

7days 7books, 오늘은 <나를 어머니라 부르지 마라>라는 김태신 화백의 자전적 소설을 여러분께 권하고 싶습니다.

2019년 6월 29일

6월 29일, 제2연평해전 17주기인 오늘은 제 외할아버지 윤찬규 교장 선생님의 추도식 날이기도 합니다. 1950년 6월 23일, 서울로 출장을 가셨던 외할아버지. 출장 일을 다 마치지 못한 상태에서 6·25가 터지고 사흘만에 서울이 함락되자 외할아버지는 필사적으로 탈출을 시도, 사랑하는 가족과 학교가 있는 춘천 방향으로 걸어오시던 중 마석고개에서 인민군에게 잡히셨습니다. 공교롭게도 그 인민군 장교는 외할아버지 제자. "북으로 같이 가시지요" 하는 그 제자에게 "내가 너를 그렇게 가르치지 않았거늘 너 어찌 이렇게 되었느냐"라고 호통치시다 그 자리에서 총살을 당하셨습니다.

가족들은 출장 간 남편과 아버지가 돌아오지 않자 며칠을 기다리다 남쪽으로 피란을 떠났습니다. 그나마 춘천전투에서 국군이 치열하게 전선을 지켜주었기에 가능했던 일입니다. 그 후 외할머니와 8형제가 겪은 파란만장한 이야기는 다른 분들과 크게 다르지 않습니다.

서울이 수복되고 국군과 UN군을 따라 집으로 돌아와서야 외가 식구들은 외할아버지의 참사 소식을 듣게 됩니다. 그 참사 현장을 목격한 마석 동네분들이 감사하게도 외할아버지 시신을 수습해 산소까지 만들어주셔서 제가 대학 다니던 무렵까지도 외할아버지 추도식은 마석 산소에서 지냈습니다. 세월이 흘러 마석에 큰 길이 나고 주택 단지가 들어서면서 외할아버지 산소는 춘천으로 옮겨졌습니다. 그리고 1980년대에는 춘천에서 외할아버지를 비롯해서 6·25전쟁 기간에 인민군과 공산당에 항거하다 순직하신 교육자들을 기리는 커다란 조형물을 세워줘 저희는 춘천에 갈 때마다 그곳에 들리곤 합니다.

윤찬규 외할아버지를 저는 한 번도 뵌 적이 없지만 그분이 얼마나 엄격하시면서도 자애롭고 예술 감각이 뛰어났던 분이셨는지, 여러 사람으로부터 참으로 다양한 이야기를 많이 들어서 지금도 옆에 계신 듯 살갑게 느껴집니다. 한 가지만 말씀드리면 1899년생이신 저희 외할머니 성함이 심갓난이었답니다. 그 당시에 여성들은 자기 이름조차 변변히 갖고 있지 못했으니까요. 결혼 후 외할아버지께서 "태어난 지가 언젠데 아직도 갓난이란 말이요? 당신은 나와 결혼한 것이 큰 복이니 내 당신 이름을 복희, 복이 많은 여인 심복희라 지어주겠소"하며 호적을 아예 심복희로 바꾸어 주셨답니다. 그날부터 외할머니한테 언문과 한자를 가르치기 시작하셨구요. 여자도 배워야 한다면서요. 가히 교장 선생님다운 면모입니다. 덕분에 외할머니는 돌아가시기 불과 일주일전까지도 새벽이면 꼿꼿한 자세로 일어나 앉아 성경책을 읽으셨으니 복된 여인, '복희'였음에 틀림없지요.

그런 외할아버지 영향 때문인지 저희 어머니를 비롯해서 외삼촌과 이모들이 대부분 교직 생활을 하셨고, 저를 포함해서 사촌들과 그 배우자들까지 여러 명이 대학이나 고등학교에서 가르치는 일을 하고 있습니다. 오늘 외할아버지 추도식에도 못 가고 죄송한 마음 가득 담아 외할아버지께 빌어봅니다.

하늘에서 할아버지도 이 나라를 지켜보고 계시지요?

당신이 그토록 사랑하셨던 이 땅, 이 나라가 안전하도록 부디 굽어살펴주소서.

뼈저리게 아픈 기억들

세상 참 많이 달라졌다. UN의 북한 인권결의안에 대한민국이 공동 제안국으로 참여했다. 무려 5년만이다, 5년. 감회가 새롭다. 눈이 저절로 감긴다. 숨이 깊어진다. 올해는 스웨덴이 초안을 제출했다. 보통은 서유럽 국가들이 해왔으니 그 또한 변화된 새 면모다. 스웨덴은 지정학적으로 러시아와 가깝고 오랜 역사 또한 유사한데.

더 큰 차이는 국군포로와 후손이 겪는 인권 침해 주장을 지적하는 기존 조항에 "건강이나 억류 상태에 대한 정보 없이 북한에 억류된 기타 국가 국민에 대해 주목해야 된다"라는 문구가 추가됐다는 사실이다. 초안이니 앞으로 어떻게 수정될지 모르지만 제안 국가도, 내용도, 세상이 바뀌고 있음을 직감하게 한다.

진실을 이기는 거짓은 이 세상 어디에도 없다. 다만 너무 늦은 정의는 정의가 아니라는 사실이 뼈저리게 아플 뿐이다. 상처받은 천사처럼.

휴전 소식을 접한 국군포로 장교들이 오후 교양 시간(세뇌 교육 시간)에 "휴전이 됐다던데, 그러면 우리를 조국으로 보내줘야 하지 않느냐?"라고 말하자, 인민군들이 국군포로들을 전부 밭으로 집합시켰다. 줄지어 앉은 포로들이 수백 명은 족히 되어 보였다. 인민군 간부가 좁은 나무 상자 위에 올라서서 말했다.

"맞다. 전쟁은 멎었다. 우리는 조국 대 해방을 완성하진 못 했지만, 전쟁을 승리로 이끌고 휴전에 들어갔다. 여러분 가운데 남조선으로 돌아갈 사람이 있으면 자리에서 일어서라."

그러자 주로 장교들이 일어서기 시작했고, 그 순간 인민군 간부가 일어서는 사람들을 향해 총을 쏘기 시작했다. 피가 튀고 사람들이 넘어졌다. 고함과 총소리, 비명이 뒤범벅됐다. 허공을 향해 총을 몇 방 더 쏜 간부가 말했다.

"더 있나? 남조선 갈 사람 더 있으면 또 일어나라."

그렇게 서너 번 반복되던 총소리가 멎고 그 간부는 말했다.

"더 없나? 그러면 여러분은 전부 여기에 다 원해서 남은 자들이다. 이의 있나?"

사방은 쥐 죽은 듯이 조용했고, 사람들은 너나 없이 생각했단다. 국군은 약해서 우리를 구하러 오지 못하겠지만 미군은, UN군은 우리를 구하러 곧 올 거라고. 그때까지는 악착같이 살아남아야 한다고.

그 후 날이 가고 달이 가고 해가 가고, 강산이 네댓 번은 바뀌었다. 검

덕광산 등 아오지탄광촌에서 탄을 캐다 캐다 흰 눈동자만 하얗게 보일 정도가 돼도, 국군은커녕 미군도 UN군도 나타나지 않았다. 검은 머리가 파뿌리 되어 갈 즈음 한국 대통령이 온다는 소식이 들렸단다. 아니 그 전에 비전향 장기수가 대거 북한으로 돌아와서 대대적인 환영식이 열리고, 공화국(북한)의 위대성을 찬양하며 대동강변에 으리으리한 저택들을 하사받는 등 엄청난 영웅 대접을 받고 있다는 소식을 조선중앙TV는 저녁 시간마다 선전을 해댔다. 그때부터 '아, 우리도 이제 드디어 조국으로 돌아가겠구나' 생각하며 가슴이 풍선처럼 부풀어 오르던 즈음, 대한민국 대통령이 북한에 온다는 소식이 들렸다.

하늘만 뻥 뚫린 탄광촌은 막걸리 빵 반죽이 부뚜막에서 부풀어 오르듯 탄광촌 산등성이의 나뭇잎들까지 부풀어 올랐단다. 바싹 말라비틀어진 탄부들, 아니 국군포로들의 얼굴에도 희색이 만연했단다. 죽지 않고 견뎌온 자신들을 대견해 했단다. 누구를 데려가려나? 적어도 비전향 장기수들만큼은 데려가겠지? 아니 그 절반은 데려가겠지? 30명? 40명? 저마다 후보 명단을 머릿속에서 썼다 지우기를 수백 번. 그러나 남조선 대통령이라는 자는, 국군포로의 ㄱ자도 꺼내지 않고 빈손으로 서울로 돌아가더란다. 아니, 풍산개만 안고 떠나더란다.

그때부터 잊히고 버려진 영웅들의 죽음을 건 탈출, 국군포로들의 탈출 행렬이 시작됐다.

조국은 우리를 잊었구나. 조국은 우리를 버렸구나. 우리는 이미 오래전에 죽은 몸. 가다 죽으나, 예서 죽으나, 우리는 이미 죽은 몸이니 떠나자.

그렇게 시작된 국군포로들의 죽음의 탈북 행렬. 누구는 떠나다 죽고, 누구는 산 속에서 얼어 죽고, 누구는 두만강에서 떠내려갔고, 누구는 강을 건너다 총에 맞아 죽고, 또 누구는 중국에 도착해 한국대사관에 전화했다가 붙잡혀서 죽고. 그래도 기적적으로 탈북과 탈중공에 성공해서 한국으로 돌아온 국군포로는 모두 80명, 그 탈북 국군포로들의 회장이, 바로 엊그제 세상을 떠난 한재복 어르신이다.

이제 겨우 열세 분. 탈북해 오신 국군포로들은 딱 열세 분만 이 땅에 생존해 계신다. 북한 탄광 지역에는 200여 분 살아계실 것으로 추산되지만, 그분들도 모두 90세가 넘으신 고령이시다.

2022년 11월 10일

오늘은 기쁜 날.

잔잔한 바다 위를 가르며 눈을 감고 요트를 타는 기분이다. 그것은 단지 지금 내가 부산에 와있기 때문은 아닐 터. 앞으로는 탈북 국군포로 어르신들께서 국립현충원에 매장될 수 있을 것 같기 때문이다. 그렇게 되면 15년 가까운 내 소원이 이루어지게 된다. 야호~~ 타이타닉 영화처럼 뱃머리에라도 나가서 바람을 맞고 싶다.

지금까지는 매장이 아니라 어르신들이 돌아가시면 서울의 경우, 납골당에 모셔져 왔다. 국립현충원 내부이기는 하지만 매장은 절대로 불가능했다. 자리가 없다는 것이 그 이유. 하지만 그것은 새빨간 거짓말.

자리는 많다. 그것도 너무 많다. 우리 아버지께서 누워 계신 52구 지역만 해도 일곱 자리가 비어 있다. 그러면 전부 몇 자리나 비어있을지 계산이 되지 않겠는가?

그동안 모든 정권의 국방부장관, 보훈처장, 국립현충원장 등에게 끊임없이 요구했었다. 매장의 필요성을 말하며 애원도 하고 매달리기도 했었다. 그러나 모두 No. 심지어 어느 보훈처장은 "탈북 국군포로를 매장하면 그곳이 성지가 될 수 있어서 안 된다"라고 했다. 불같은 분노가 일었지만 내가 할 수 있는 일은 없었다.

그러나 이번엔 달랐다. 지난 번 박민식 보훈처장 면담 때 몇 가지를 건의했는데 벌써 하나씩 문제가 풀리고 있다. 역시 제도보다 사람이 중요하다. 탈북 국군포로 어르신들이 현충원에 안장될 수 있도록 '국립묘지의 설치 및 운영에 관한 법률'을 개정하겠단다.

브라보!

이제 겨우 열네 분 생존해 계시는 탈북 국군포로 어르신들 중 몇 분이나 국립현충원에 매장되실지는 몰라도, 이건 매우 중요한 변화다. 아주 상징적인 일이다. 국가가 잊지 않겠다는 다짐. 국가가 구해주지 않아도 70이 넘은 노구를 이끌고 스스로 탈북해 오신 분들에 대한 국가로서의 최소한의 예우가 바로 국립현충원에 예를 갖춰 매장하는 일이다.

"No longer The Forgotten War, The Forgotten Veterans."는 말이 아닌 행동, 이처럼 작은 발자국이라도 바르게 떼는 데서부터 시작하는 것이다. 오늘 밤엔 에스프레소에 카뮈 코냑을 한 방울 떨궈서 눈을 감고 음미하며 마시고 싶다.

2022년 10월 20일

오직 동생과 살 수 있는 방 한 칸을 위해 압록강을 건넜습니다. 압록강과 맞닿은 북한 양강도 혜산에서 태어난 효정이는 일곱 살에 소녀 가장이 되었습니다. 이혼 후 홀로 효정이를 돌보시던 어머니가 갑작스레 교통사고로 돌아가시면서 네 살 동생이 남겨졌기 때문입니다. 어린 남매를 오랫동안 거두어주는 친척은 없었습니다. 무려 십 년에 걸친 친척집 떠돌이 생활. 그저 재워주는 것만으로도 감사해야 했던 효정이는 동생을 먹여 살리기 위해 소학교를 그만두고 일찍부터 꽃제비가 되었습니다.

그러나 청소년이 되면서 효정에게는 목표가 생겼습니다.

'친척에게 신세 지지 않고 동생과 단둘이 살 수 있는 작은방 하나 마련하기'

열일곱 살이 되던 해, 중국에 가서 일하면 방값을 마련할 수 있다는 소문에 효정이는 압록강을 건넜습니다. 중국에서 효정이는 조선족이 운영하는 식당에서 일했습니다. 하지만 주변 사람의 밀고로 북송되는 탈북자들을 보면서 마음 졸여야 했던 효정이는 스무 살이 되던 2014년, 그 유명한 죽음의 탈출 길을 걷고 또 걸어 대한민국으로 오게 되었습니다.

자유는 얻었지만 생활고는 여전했습니다. 초등교육도 마치지 못한 효정이는 방향제 공장, 냉동 돈가스 공장 등 그 어떤 곳도 마다하지 않고 일을 했습니다. 그저 목숨을 부지하기 살기 위해 살아야만 했던 효정에게 어느 날 삶의 의미가 생겼습니다. 미용 기술을 배우는 것이었습니다. 교회와 양로원에서 미용 봉사를 하면서 누군가의 머리를 매만져주는 일이 가장 행복한 순간임을 깨닫고 늦은 나이인 스물세 살에 대안학교에 입학했습니다. 효정이는 2년 동안 검정고시를 준비해서 북한에서는 꿈도 꿀 수 없었던 대학교 미용학과에 입학했습니다.

그렇게 소망하던 미용학과로 진학했지만 한국에서 나고 자란 학생들과 경쟁하기란 상상을 초월할 정도로 만만치 않았습니다. 교수님의 설명을 열심히 받아 적어도, 수업 내용을 이해하는 데는 남들보다 서너 배의 시간이 더 필요했습니다. 교양과목 중 필수적으로 수강해야 하는 '영어' 수업을 들을 때에는 교수님이 질문이라도 던지실까 봐 수업을 듣는 내내 마음이 조마조마했습니다.

월 50만 원의 기초수급비로 월세와 생활비를 감당하기에는 턱없이 부족합니다. 따로 아르바이트를 하자니 공부할 시간이 너무 부족합니다. 몇 번씩 학업을 중단할까도 생각했지만 그때마다 이를 악물고 최선을 다해 하루하루를 버티고 있습니다. 이렇게 힘겨운 대학 생활도 어느덧 마지막 학기입니다. 코로나19 상황이 나아져 올해는 졸업 전시회도 준비해야 합니다.

그러던 중 북한에서 들려온 아버지 소식. 이혼 후 남남처럼 지냈지만 아버지가 쓰러지셨다는 소식을 모른 체하기도 어렵습니다. 효정이는 지금까지의 노력과 꿈을 포기하지 않으려고 안간힘을 쓰며 버티고 있습니다. 그래야 먼 훗날 아버지와 남동생을 만나더라도 떳떳할 수 있으니까요. 대학 졸업 후 사회에 첫발을 내딛게 될 효정이가 대한민국에서 번듯하게 정착하고, 주변 사람들에게 받은 사랑을 기억하고, 어려운 사람들을 품을 수 있는 통일의 꿈나무가 될 수 있도록 격려와 지원을 부탁드립니다. 효정이가 이번 학기를 마칠 수 있도록 십시일반 도와주세요.

2022년 9월 3일

요즘 교과서 문제로 주요 언론은 기사와 사설을 쏟아내지만 이건 어제 오늘의 일이 아니다. 이미 30여 년 전부터 발생하고 지적돼 온 일이다. 그런데 왜 30년 동안 개선되지 않고 더 악화됐을까? 그 이유가 무엇일까?

페북에 내가 역사나 탈북자, 국군포로 관련 글을 쓰면 '좋아요' 숫자가 확 떨어진다. 물론 나의 부박하고 촌스러운 지식과 글솜씨 때문이겠지만 다른 글들에 비해 '좋아요' 숫자는 평균 1/4 수준으로 뚝 떨어진다. 혹자는 페북 탓을 한다. 노출을 안 시켜주기 때문이라고. 과연 그 이유뿐일까?

'탈북자'라 불리는 사람들도 사실은 여러 부류로 나뉜다.

배가 고프고 자유가 고파서 사선을 넘어온 탈북자. 우리가 가장 쉽게 접하는 탈북자다. 그런가 하면, 6·25전쟁 때 인민군이나 중공군의 포로가 됐다가 스스로 노구를 끌고 돌아오신 탈북 국군포로 어르신들. 이분들은 죽기 전에 조국과 가족의 품에 안기고 싶어서 오신 분들이다. 이 분들은 사실 탈북자라는 카테고리 속에 넣으면 안 되고, 국가와 정부, 그리고 애국이라는 단어를 늘 입에 달고 다니는 보수들이 가장 극진히 모시고 기려야 할 분들이지만, 보수들도 국군포로 문제에 관심이 크지 않다. 그래서 탈북 국군포로들은 그 존재조차 거의 알려져 있지 않다. 외롭고 쓰라린 삶은 북에서나 남에서나 비슷하다. 그렇게 조용히 돌아 가신다. 이제 겨우 열네 분 남아 계신다.

그리고 또 우리는 거의 모르지만 탈북해 온 재일교포들이 있다. 1959년 12월 14일, 북한과 일본적십자사가 '지상천국'이라고 선전해 서 만경봉호를 타고 북한으로 들어간 이후 1985년까지 무려 25년 동안 10만 명의 재일교포가 니가타항을 통해 북송됐다. 원산항에 내리자마 자 그곳은 지상천국이 아니라, 지상지옥임을 깨닫고 탈북해온 재일교 포들이 있다. 당사자이거나 그 후손들이 1,000여 명 정도 탈북해 왔지 만, 이들 또한 잘 알려지지 않다.

이분들은 한국, 일본, 북한에서 부르는 호칭도 다 다르다.

한국에선 북송.

북한에선 귀국.

일본에선 귀환.

이 탈북 재일교포들이 아무 힘도 없는 나를 찾아왔다. 3년 전인 2019년에 물망초가 도쿄, 일본 의회에서 북송 60주년 기념 세미나를 하 고, 우리 물망초합창단이 일본 의회에서 공연도 한 걸 알고 찾아왔다.

도와달라고. 같이 좀 일을 해보자고. 이럴 때 나는 가장 힘들다. 그리고 미안하다. 정말 미안하다. 그래도 말했다. 그러겠다고. 같이 하겠노라고. 그들은 버드나무가 상징이다. 우리는 물망초꽃이 상징이고. 우리는 일단 북송된 재일교포들의 명단을 확보하고, 국제 사회에 사실을 알리며, 다양한 소송도 같이 진행하기로 했다. 아무도 관심 갖지 않아 당사자들은 피눈물을 흘리지만, 그래도 묵묵히 한 발자국씩이라도 작은 흔적을 남기면 대한민국이 달라지지 않을까? 역사 교과서도 비로소 달라지지 않을까? 오늘 아침도 참 서늘하다.

2022년 8월 22일

"평생 편안할 때 없이 힘들었어요. 북에서도 힘들었고, 한국에 와서도 너무 힘들었고, 지금도 힘들어요."

"탈북자 이미지를 가지고는 대박을 쳐도 무섭고 장사가 안 돼도 무서워요. 적당하게 가게 월세 내고 직원들 월급을 주고 남은 것으로 내가 먹고살 수만 있으면 만족입니다."

요즘 관심을 끌고 있는 냉면집 안영자면옥 사장 안영옥 씨의 말이다. 자유를 찾아 목숨 걸고 찾아왔건만 안영옥 씨는 왜 이렇게 힘들어야만 할까? 용감한 탈북자라고 박수를 받지는 못할망정.

사람들은 말한다. 우리 다 힘들다고. 탈북자들만 힘든 게 아니라고. 맞다, 우리 모두 힘들다. 그런데 우리는 왜 이렇게 힘들어야 할까? 우리보다 잘 사는 나라는 열 손가락도 채 안 되는데 우리는 왜 이렇게 힘들까? 여러 가지 사회심리학적 분석이 가능하겠지만, 국가와 국민이라는 함수를 논하는 헌법을 가르쳤던 내 입장에서는 그 이유가 '왜곡된 자유의식'에서 비롯된 것이 아닐까 생각한다.

대통령이 취임사나 광복절 축사에서 아무리 자유를 수십 번 외쳐대도 그 자유의 함의와 가치, 자유에 대한 인식 자체가 잘못 되어 있기 때문에 이렇게 다들 힘든 건 아닐까? 자유는 피를 먹고 산다는데. 주사파들은 목숨 걸고 싸우는데 자유파들은 목숨을 걸 생각 자체가 없으니 이 땅에 자유가 뿌리를 내릴 수 있겠는가? 그러니 교과서에서 자유민주주의라는 단어 자체가 사라지는 것 아니겠는가?

교과서를 한 번도 들춰보지도 않은 자들이 교육을 하겠다고 설쳐대고, 유권자들은 그런 자들한테 손뼉치며 환호하는데 어찌 이 땅에 자유민주주의가 꽃을 피우리오? 그들에게 자유는 그저 입에 발린 장식물인 것을.

마곡에 있는 안영자면옥까지 냉면을 먹으러 갈 시간은 없고, 곧 강남점이 생긴다니 그때까지 좀 더 기다려볼까나?

자유를 고대하는 마음으로.

고도를 기다리는 심정으로.

2022년 7월 27일

포고문Proclamation. 참 오랜만에 듣는 단어다. 밤 사이에 바이든 대통령의 포고문이 나왔다. 정전기념일을 하루 앞두고. '참전용사의 날',

6·25전쟁 참전용사 정전협정 기념일National Korean War Veterans Armistice Day 을 기리는 포고문이다. 미국과 우리는 시차가 있으니 우리가 잠든 시간, 정전기념일로 넘어오는 그 시간이 미국은 7월 26일, 정전기념일을 하루 앞둔 시간이다.

"180만 명의 미국인이 자유와 보편적 가치 수호를 위해 국가의 부름에 응답했다. 이들은 한반도의 험준한 산과 골짜기에서 싸우는 동안 극도의 더위와 추위, 수적인 열세 등 커다란 도전에 직면했다. …… 3만 6,000명 이상의 미군과 7,000명이 넘는 카투사가 전사하고 수천 명의 미군 행방을 지금까지 알 수 없다. …… 그러나 이런 희생이 대한민국의 민주주의와 경제 발전을 이끌었고, 이를 통해 한미가 강력한 동맹국이 되었다"라고 강조하며 참전용사를 기린, 바이든 대통령의 포고문.

부럽다.

사무치게 부럽다.

우리는 어제 하루 내내 대통령의 문자와 경찰의 집단 행동으로 온 나라가 벌떼처럼 윙윙거렸을 뿐, 정전기념일 관련한 발언은 찾아보기 힘들었다. 아니, 한마디도 나오지 않았다. 그 어느 당에서도 성명서 하나 나오지 않았다. 북한도 노동신문과 중앙조선통신, 조선중앙TV가 승전기념일이라고 북을 쳐대고 있는데, 유독 대한민국만 조용하다.

지난 주 남북에서 각각 태어난 대학생들과 외국에서 태어나거나 공부한 청년들과 함께 피의 능선, 펀치볼 등을 걸으며 대부분의 고지는 이름도 없이 좌표나 일제 시대 측정된 고도의 숫자만으로 불렸음을 알게 되었다. 심지어 양구 지역은 양구 골짜기Yangkoo Valley라고 통칭됐을 만큼 동부전선은 산과 계곡으로 둘러싸여 있다. 그곳에서 군인들은 정전협정 후에도 고지 점령을 위해 목숨을 바쳤다. 서부전선도 마찬가지. 8월에도 전사자들이 나올 정도로 치열하게 싸웠다. 한 평의 땅이라도 더 차지하려고 죽어가면서도 싸웠다.

그러나 우리는 애써 외면한다. 기억하려 하지 않는다. 아직도 참전용사들이 살아 있는데. 아직도 국군포로들은 북한에 억류되어 있는데.

2009년 캐나다는 참전용사 휴전의 날을 선포했다. 미국은 2012년에 오바마가 선포했고. 그런데 우리는? 정전협정기념일 아침까지도 대통령의 메시지는 나오지 않고 있다. 잊혀진 전쟁? Forgotten War? No. 잊으라고 강요당하는 전쟁이다. 기억하지 말라고, 잊어야 평화가 온다고 강요당하는 전쟁이다.

우리는 6·25전쟁에서는 이겼지만 70년 가까이 우리 사회에서는 6·25가 시나브로, 패배한 전쟁으로 바뀌어버렸다. 진보라는 탈을 쓰고 주사파가 정권을 잡는 나라로 바뀌어버렸다. 대한민국이라는 국호와 헌법은 존재하지만 우리 국민 머릿속과 사회에는 다른 이념이 똬리를 틀고 있다. 아주 깊숙이.

역사를 기억하지 못 하는 민족에게 내일은 없다. 미래는 없다. 모름지기 제복 입은 사람들은 존경받아야 한다. 제대로 대접해야 한다. 그러나 제복 입은 사람들이 묵묵히 희생을 하는 것이 아니라 떼를 지어 집단 행동을 하니, 어찌 존경을 받을 수 있겠느냐만.

베테랑, 참전용사들의 희생과 헌신만은 기억하고 기려야 한다. 그러지 않는 사회, 희생과 헌신을 잊으라고 강요하는 나라는 스스로 국가이기를 포기하는 것이다. 학생들과 함께 찾았던 무명용사 위패봉안소가 눈 앞에 아른거린다. 6·25공원 하나 없는 나라에서 정전기념일인 오늘. 미국 워싱턴에서는 높이 1m, 둘레 50m의 화강암 판에 6·25때 전사한 미군 3만 6,634명, 한국군 카투사 7,174명의 이름이 빼곡히 새겨진 추모벽 제막식이 열린다는데. 우리는? 참 슬픈 아침이다.

2022년 7월 19일

펀치볼Punch Bowl.

여름이면 화채도 많이 만들어 먹고 샐러드도 만들어 먹지만, 정작 펀치볼이라는 지명은 잘 모른다. 하와이의 국립묘지가 펀치볼이라는 걸 아는 사람도 양구에 펀치볼이 있다는 건 잘 모른다. 그런 펀치볼 꼭대기 길을 오늘 다같이 걸었다. 71년 전인 1951년에 가장 치열했던 전투가 있었던 곳이다. 여섯 시간 동안 업다운이 심한 강원도 능선길을 남북에서 태어난 대학생들과 청년들이 전투 식량을 먹으며 걸었다.

나는 단식 이후 고관절이 편치 않아 을지전망대로 올라가 펀치볼을 내려다보았다. 물망초가 꿈꾸었던 Korean War Village와 Korean War Summit을 떠올리며. 정권이 바뀌었으니 그 꿈이 이루어지려나? 저 건너편엔 김일성고지, 모택동고지, 스탈린고지가 있는데…… 이런 생각을 하며 '박정희 사단장 관사'로 향했다. 지금은 군제가 개편되어 양구엔

12사단, 21사단이 있지만, 1950년대엔 5사단이 있었단다. 그 5사단의 1955~1956년 사이의 사단장이 바로 박정희 전 대통령.

그 당시 박정희 대통령의 관사가 지금도 남아 있다. 당시의 지프차와 함께 옛 모습 그대로. 사실은 그동안 버려져 있던 관사를 2009년도에 원형 그대로 복원했지만, 양구군청의 협조를 받아 문을 열어보니 곰팡이 냄새가 훅 끼쳐왔다. 숨이 턱 막혔다. 25평쯤 되는 내부엔 자료가 그런대로 잘 갖춰져 있었지만, 천장 한쪽엔 검은 곰팡이가 형광등 위로 자욱했다. 누전의 염려는 없을까? 지붕이 새고 있을 텐데…… 그 정도 예산도 없는 것일까?

어두운 마음으로 돌아오니 MBC방송 기자가 숙소까지 취재하러 따라와 있었다. '필리핀 손자의 할아버지 흔적 찾기'를 취재하러 온 것. 곧이어 필리핀 손자들도 오고. 고된 일과가 우리를 단련시킨다. 쇠를 가열해 두드려야 연장을 만들 듯이.

2022년 7월 18일

미열이 있다, 목이 아프다, 가래 기침이 있다는 친구들은 자가 키트상에 음성으로 나와도 모두 집으로 보내고 국립현충원으로 향하는 버스에는 태우지도 않았습니다. 대부분의 학생은 국립현충원이 처음. TV에서만 봤다는 그곳에서 발대식을 하고, 묘비가 늘어선 사잇길을 걸어가며 설명도 듣고, 무명용사와 위패만 모셔진 분들께 헌화와 분향도 했습니다.

아, 이렇게 나라를 지켰구나.

아, 열여섯, 열일곱 살, 나보다 어린 나이에 이렇게 산화해갔구나.

아, 1953년 7월 27일 정전협정을 맺고도 한 치의 땅이라도 더 차지하려고 인민군하고 싸우다 7월 31일에 사망한 해병대원이 이렇게나 많구나. 대부분이 일병이네.

아, 그래서 지금의 파주 통일촌 안에 장단동이 존재하는구나, 나는 장단콩이 콩 종류인 줄 알았는데, 정전협정 후에도 치열한 전투가 벌어졌던 곳이 바로 장단 지역이었구나.

이런 것들을 느끼며 뙤약볕 속에 국립현충원을 구석구석 걸었습니다. 그리고 대한민국 최초의 탈북 국군포로 조창호 중위님도 찾아뵈었지요. 그분도 해상으로 넘어오셨습니다. 첫 번째는 실패해서 도로 북한 해역으로 올라갔다가, 두 번째 다시 목숨 걸고 서해안으로 탈출해서 성공. 그분 덕에 수없이 많은 국군포로분이 북한에 생존해있음을 알게 되었습니다.

어언 72년이 흐른 지금, 누구는 여전히 발길이 닿지 않는 어느 산기슭에서 백골이 진토되도록 풍화되어 가고 있고, 누구는 아직도 아오지탄광에서 이제나저제나 조국 땅을 밟을 수 있을까, 90이 훌쩍 넘은 나이에 눈물짓고 있고, 또 누구는 잊으라고, 잊어야 한다고, 광복 이후 38선 상에서 수시로 일어났던 크고 작은 사건들이 커졌던 것뿐이라고, 6·25를 잊어야 평화도 오고 남북통일도 온다고, 아니 통일은 꼭 필요한 것도 아니라고 강변하는 이 시대에 우리 젊은이들은 오늘, 통일발걸음 발대식을 하며 무엇을 느꼈을까요?

양구 가는 길, 유리창에 빗방울이 부딪칩니다. 빗속에 다들 어딜 그렇게 가시는지, 길은 무지하게 많이 밀리네요.

2022년 6월 21일

여든 번째. 마지막으로 탈북해 온 국군포로 할아버지 김모 어르신은 중국에 계실 때부터 내게 부탁을 하셨다.

"내가 서울에 가면 꼭 만나고 싶은 사람이 있어, 만나게 해줘요."

그 사람은 바로 자신의 머리에 박혀 있던 총탄을 꺼내준 의사의 가족이었다. 생사를 넘나들던 평양병원에서 늘 우수에 찬, 그러나 연민이 진하게 우러나는 눈빛으로 자신을 돌보던 그 의사는 어느 날 나즉히 말하더란다.

"나도 남에서 왔소."

그 의사는 6·25 때 납북된 서울의대 김시창 교수. 대한민국 최초의 뇌 전문 의사였다. 어르신은 김시창 교수의 가족에게 자신이 본 김시창 교수의 모습을 전해주고 감사 인사도 하고 싶다며 만나게 해달라고 여러 번 부탁하셨다. 어렵사리 김시창 교수의 아들을 찾아 그 말씀을 전해드렸고, 3년 뒤인 2014년 김시창 교수는 공식적으로 납북자로 인정받았다.

(사)물망초의 존재가 인정받는 역사적인 사건이기도 했다. 남들은 모

르지만, 알려고도 하지 않고 기억하려고도 하지 않지만, 때로는 폄훼하기도 하지만, 물망초는 그렇게 움직여왔다. 6·25전쟁 당시 납북된 서울의대 교수는 20여 명. 전쟁 후 평양의대가 다시 문을 열 때 교수가 스물아홉 명이었는데, 그 가운데 스무 명이 서울의대에서 납북되거나 월북한 의사였다. 이것도 물망초가 밝혀낸 역사적 사실이다(동아일보 2013년 5월 3일자 보도). 서울의대는 6·25전쟁 이후 수업이 어려울 정도로 교수 부족에 허덕여야 했다. 그런데도 납북된 서울의대 교수들조차 60년이 넘도록 납북 사실을 인정받지 못했다.

한없이 가벼운 대한민국의 영혼이여.

대한민국의 정체성 혼란은 72년 전인 1950년 6월, 서울대병원에서 무슨 일이 있었는지를 아는 사람이 거의 없다는 사실에서도 여실히 드러난다. 아니, 72년 전 그날, 서울대병원에서 죽어간 사람 1,000여 명 가운데 이름이 정확하게 알려진 사람이 단 한 명도 없다는 사실이 더 슬프다. 기억하지도, 기록하지도, 기리지도 않는 우리가 북한을 전쟁 범죄로, 반인도적 범죄로, 제네바협약 위반으로 제소를 할 수 있을까?

2022년 4월 6일

독일 40명, 프랑스 35명, 이탈리아 30명, 스페인 25명, 덴마크 15명, 스웨덴 3명. 서유럽 국가들이 러시아가 우크라이나에서 저지른 민간인 학살에 대한 반발로 자국 내 외교관을 추방하겠다고 발표한 숫자다. 이것과 별도로 미국과 영국은 러시아의 UN인권이사국 지위를 박탈하겠다고 밝혔다.

그렇다면 중국은? 6·25 때 중공군의 민간인 학살도 문제지만, 북한에서는 살 수가 없다고 매년 중국으로 탈출해서 자유 대한으로 오겠다는 탈북자들을 족집게처럼 잡아서 북한으로 돌려보내 수만 명을 죽게 만든 중국도 UN인권이사국 지위가 박탈되어야 하는 것 아닌가?

지금도 중국 동북3성 감옥소에는 1,500명의 탈북자가 잡혀 있다. 이들은 코로나가 잦아들어 북한 국경이 열리면 모두가 북한으로 강제 북송될 예정이다. 그런데 우리 정부는 왜 침묵하는가? 서유럽 국가들이 저렇게 러시아 외교관을 추방하고, 러시아의 UN인권이사국 지위를 박탈하려는 것은 우크라이나 대통령과 국민이 앞장서서 실태를 알리고, 전 세계에 고발하고 있기 때문이다.

그런데도 우리 정부는 침묵하고 있다. 입을 굳게 닫고 있다.

헌법상 북한 주민도 대한민국 국민이고, 북한 주민이 실질적 주권이 미치지 않는 북한을 탈출하면 그 순간부터 대한민국 정부는 탈북자들을 보호해야 할 의무가 발생하거늘.

Save my People!

2021년 12월 17일

역사는 밤에 이루어진다. 오늘 새벽 UN은 역사상 처음으로 70년 이상 북한에 억류되어 있는 10만여 명의 국군포로와 그 가족의 인권 침해를 담은 북한 인권 결의를 만장일치, 컨센서스로 통과시켰다. 올해 북한 인권 결의 과정에 대한민국 정부는 보이지 않았고 오늘 새벽 북한은 노발대발했다. UN의 북한 인권 결의는 "북한에 대한 용납할 수 없는 정략적 도발일뿐 아니라 우리나라의 주권에 대한 심각한 침해"라면서 "결의안에 담긴 인권 문제들은 북한에 존재하지 않는다"라고 반발했다.

어쩜 그렇게 판박이로들 똑같은지.

우리 언론들은 침묵했지만 어제 물망초가 연 기자회견, '김정은 집권 10년, 북한 주민은 생지옥이었다'는 전 세계로 퍼져나갔다. 늦어도 너무 늦었지만 국군포로분들이 단 한 분만이라도 UN의 이름으로, 아니 대한민국의 이름으로 구출되기를 이 아침, 간절히 바라본다. 갑자기 추워진 이 아침에.

2021년 12월 16일

15년이 흘렀어도 아버지 얘기만 하려면 닭똥같은 눈물이 주르르 흐른다. 아니, 이제는 얼굴도 잊힌 아버지 얘기만 해도 목소리가 떨리고 다리에 힘이 주욱 빠진다. 평생 이름도 없이 43호로 불렸던 아버지. 반 백 년을 기다려온 어머니가 지난 달 돌아가셔도 김포공항에 착륙하지 않는, 아버지가 탄 대한항공 KAL기. 북한에 두고 온 아버지, 북한으로 끌려간 아버지.

'김정은 집권 10년, 북한 주민은 생지옥이었다'라는 증언들.

이런 사정을 알게 된 30대의 젊은 여성은 다니던 회사에 사표를 던지고 북한 인권 운동에 뛰어들었다. 오늘 옥인교회 앞에는 이런 다양한 탈북자들과 북한 인권 운동가들이 한자리에 모여 김정은 집권 10년, 그 모진 기간 동안 북한 인권이 얼마나 더 참혹하게 악화됐는지를 증거하고 증언하며 눈물을 흘렸다.

비록 주류 언론들은 외면했어도 지나가던 시민들은 멈춰서서 카메라 셔터를 눌렀고 기자회견 말미엔 발언권도 얻었다. 역사는 통치자가 바꾸지 않는다. 힘없고 나약한 너와 내가 바꾼다. 역사의 물길은 오늘도 도도히 흘렀다. 누가 그 물길을 막을 수 있겠는가?

2021년 11월 23일

현실은 픽션을 능가한다.

있을 수 없는 일, 있어서도 안 되는 일들이 현실엔 부지기수 넘쳐나기도 한다. 그런 일이 만일 영화나 소설이라면 사람들은 너무 심한 플롯이라며 "현실성이 없다"라고 외면할 그런 일들이 우리 곁에는 너무 많다.

정식 군인도 아니었다. 그래도 전쟁이 나서 나라가 위태로워지자 소년은 자진해서 국군을 따라다니며 열심히 수송 작업을 도왔다. 그러다 중공군의 포로가 됐다. 중공군은 헤이룽장黑龍江성까지 끌고 가 이런저런 사상 교육을 시키다가 북한군한테 넘겨버렸다. 북한은 1958년 소년을 반당분자, 남조선 간첩이라는 명목으로 수천 명의 인민 앞에서 인민 재판을 연 뒤 그를 고문하고 지속적으로 괴롭혔다. 지옥 같았다. 그러다 48년만에 죽기를 각오하고 천신만고 끝에 탈북했다. 그러나 대한민국은 그를 참전용사로 인정도 안 하고 국군포로 인정도 안 했다. 그는 누구인가?

1950년 대한민국엔 의사가 귀했다. 그는 서울을 미처 빠져나가지 못한 상태에서 인민군한테 끌려가 인민군을 치료했다. 그러던 중 의사들과 함께 인민군 몇 명을 감금했다가 붙들렸다. 그 후 그 병원으로 쓰던 성당은 학살 현장으로 변해버렸다. 무고한 생명이 스러져갔다. 당연히 의사들도 학살됐으리라 생각했지만 시신은 없었다. 납북된 것. 그러나 납북 증거가 없다고 정부는 학살도, 납북도 인정 안 한다.

경찰관들이 6·25전쟁 때 공산당원한테 맞아 죽거나 총살되었음은 다 아는 사실. 제적등본과 학적부에도 A씨는 인민군에 의해 학살됐다고 기록되어 있음에도 이 정권은 그 사실을 인정하지 않는다. 애통하고 분통한 그 사연을 들고 나는 내일도 과거사위원회, 진실과 화해를 위한 과거사정리위원회로 나간다.

벌써 다섯 번째. 무고한 이들, 억울한 이들의 한을 풀어주고 대한민국의 정체성을 확립하기 위해 나는 신발끈 다시 매고 과거사위원회의 뻔뻔하고도 높고 두터운 문을 맨손으로 두드리러 나간다, 과거사위원회로!

2021년 9월 20일

우리가 추석 연휴를 보내는 동안 미국에서는 6·25전쟁 중에 포로가 되었거나 실종된 군인들을 기리는 행사가 전국적으로 거행됐습니다. 우리는 '국군포로'라는 단어를 거의 잊다시피 했고, 대통령도 국방부 장관도 국회의원도 국민도 입에 올리기를 꺼려 하지만, 미국은 아니 소위 선진국이라 칭해지는 모든 나라에서는 해마다, 기회가 될 때마다, 아니 기회를 만들어서라도 그들을 기리고 있습니다.

국가의 존재 이유이기 때문입니다.

국가의 영혼이기 때문입니다.

국가의 아픈 과거이자 현재이고 영광된 미래이기 때문입니다.

내일 차례상에 술이나 차 한 잔, 더 따르고 올리면 어떨까요?

우리를 지켜주셔서 감사합니다.

당신들의 희생을 잊지 않겠습니다 하는 뜻으로요.

미국은 국방부 공식 행사 때마다 빈 테이블에 장미꽃과 와인 잔, 촛불, 레몬 등을 올려놓고 그들의 귀환을 학수고대합니다. 우리는 스스로 탈북해 온 탈북 국군포로 어르신들도 투명인간 취급을 하면서 그분들이 돌아가셔도 부고조차 못 내게 하는데 말입니다. 오늘날 우리 대한민국이 이렇게 된 연유가 이런 데 있는 게 아닐까요?

2021년 7월 27일

오늘은 정전협정일이기도 하지만 UN이 창설 이후 처음, UN의 이름으로 자유 수호를 위해 UN군을 파병한 날이기도 하다. 바이든 미국 대통령은 포고문을 내고 "한미 양국의 우정이 자랑스럽다"라고 발표했다. 김정은은 오늘 새벽 0시 6·25전사자 묘지인 조국해방전쟁 참전 열사 묘를 찾았다. 남쪽 나라 최고 통치자는 침묵했고 남조선의 모든 언론도 입을 닫았다.

우리는 오늘을 잊었다. 오늘이 무슨 날인지도 모른다. 오늘이 정전협정기념일이자 UN군이 대한민국에 첫발을 디딘 UN군 참전기념일이라고 말하면 "당신은 극우!"라고 몰아버리지만 역사는 바로 알고 기억해야 한다. 그래야 Never again, 비극이 반복되지 않는다.

71년 전 6월 27일, UN안전보장이사회는 만장일치로 "북괴군의 침략은 평화 파괴 행위"라며 UN결의 제83호 결의를 했다. 동시에 UN군을 구성해 코리아에 신속히 파견하기로 결정했다. 그 후 7월 7일 통과된 제84호 UN결의는 보다 구체적인 UN군의 통합사령부 구성과 임무, UN기 사용 승인 등을 결정했고 7월 27일 UN군이 이 땅에 들어왔다. 지금 봐도 초스피드로 결정된 UN군 참전과 사령부 구성이다. 이 신속한 모든 과정은 외교 감각이 뛰어났던 이승만 대통령의 역할이 주효했다. 좌파들이 이승만 대통령과 미국을 철천지 원수 보듯 하는 까닭이다. 조국 해방전쟁을 훼방한, 용서할 수 없는 존재들이니까.

그때부터 지금까지 UN이 UN군을 파견할 때는 한국전, 6·25 때 거쳤던 의사 과정과 똑같은 절차를 거쳐 결정한다. stare decisis, 선례 구속의 원칙이다. 그때 세계는 대한민국 KOREA가 어디에 있는 나라인지, 어떤 나라인지도 몰랐다. 다만 공산당이 자유 민주 국가를 침범했다는 사실 하나만으로 평화를 지켜주기 위해 참전했고, 이 땅에 첫발을 내디딘 날이 바로 1950년 7월 27일이다. 우리 물망초가 6·25전쟁을 자유 수호 전쟁이라고 부르는 이유다.

16개국 UN군 가운데 15만 명 이상이 죽거나 다쳤고 실종되거나 포로가 되었다. 혈맹인 미군은 UN군보다 한 달 먼저인 6월 27일에 부산 땅을 밟아 희생이 더 컸다. 일본에 주둔 중이던 24사단 소속 스미스 중령이 책임자가 되어 도착하자마자 그날부터 싸웠고, 첫날부터 피를 흘리며 죽어갔다.

앞으로 대한민국이 공격을 받으면 이 16개 나라는 자동으로, 즉각 우리를 도우러 달려오겠다는 자동 참전 협정도 맺고 있다. 따라서 오늘은 71년 전의 UN군 참전기념일이자 68년 전의 정전협정일만이 아니라 미래의 우리를 지켜나가기 위한 기념비적인 날이기도 하다.

그런데도 우리는 오늘 7월 27일이 무슨 날인지 아무도 말하지 않는다. 모든 언론도 올림픽 기사뿐이다. 신문에 기사 한 줄, 사설 하나 없다. 기억하지 않는 민족에게 내일은, 미래는 없는 법. 'Remember 7.27'이라는 구호가 민망하고 미안하고 부끄럽다!

2021년 6월 27일

젊은이들.

젊은이들한테 다가갈 수 있는 방법과 방식, 노하우가 무엇일까 고민 고민하다가 시도해봤는데, 일단은 성공이다. 다행이다. 없는 돈에 실패라도 했다면?

내 페북은 그런대로 북적거린다. 많은 분이 들어와 공감도 누르고 격려의 흔적이 그래도 많은 편이다. 하지만 정치 얘기, 우리집 라도나 삽사리 얘기 또는 내 차나 며느리, 꽃 이야기, 심지어는 어줍잖은 밥 이야기에도 수백 개씩 공감이 달리면서 욕이든 칭찬이든 댓글도 많지만 국군포로 얘기엔 조용하다. '좋아요'가 100개도 안 될 정도. 소위 보수들, 애국자들이라 자타가 인정하는 분들이 들어오시는데도 국군포로나 탈북자 문제엔 조용하다. 바로 아래 내가, 물망초가 단편영화 POW를 만들었다며 무료로 올려놓았다는 광고를 해도 공감수가 100개가 안 되고 실제로 들어가서 보신 분은 이 시각 현재 500분이 채 안 된다. 댓글은 겨우 55개 뿐이고.

그런데 젊은이들은 다르다. 주로 20~40대가 들어가는 이근 대위의 유튜브 채널 락실ROKSEAL에는 똑같은 단편영화 POW를 올린 지 딱 하루만에 조회수만 12만 명, 댓글도 8,000개가 넘었다. 지금 이 시간 현재 기록이 그렇다. 댓글도 하나 같이 감동이다. 진심이 녹아들어 가슴을 친다.

한 마디로 대박이다. 나로서는 대성공이다. 원래 이 영화를 만들면서 내 목적은 딱 하나. 젊은이들한테 '국군포로'라는 단어를 머릿속에 각인시키는 것이었으니까. 그 목적 하나는 확실히 성공한 듯. 비싼 영화관에 돈 주고 개봉을 해도 이런 영화에 10만 관중을 동원하기는 불가능하니까.

하지만 씁쓸하다. 보수들조차 외면하는 국군포로. 행동하지 않는 보수. 보수의 가치를 훼손하는 보수. 주변에 관심도, 따뜻한 시선도, 타인에 대한 이해도 하지 않으면서 무조건 '애국'이라는 단어에 스스로 '포로'가 되어있는 것은 아닌지…… 이 아침, 나부터 되돌아본다. 그리고 욕 먹을 각오까지 하고 잠시 망설이다가 이 글을 올려본다.

보수란 무엇인가?

우리는 과연 보수…… 일까?

그래도 젊은이들한테서 기대 이상의 희망을 봤고 기대도 걸 수 있을 것 같으니 나는 행복하다. 6·25 발발 후 사흘 만에 수도 서울을 인민군 에게 내주어야 했던 이 아프고 서글픈 아침에.

2021년 1월 16일

20년 가까이 입어 이제는 좀 춥고 얇아진 패딩 두 개를 해체해서 하 나로 만들려고 반짓고리를 뒤지다 돌아가신 친정어머니의 바늘방석을 봤다. 낡고 헤진 바늘방석. 바늘방석 하나 살 돈이 없을 정도로 가난하 진 않으셨는데 무슨 사연이 서려 있기에 그렇게 낡고 헤진 바늘방석을 그토록 오래 간직하셨을지. 살아 생전엔 여쭤보지도 못했다. 역시 친정 어머니가 쓰시던 돋보기를 오랜만에 걸친 채 등판의 짜글이는 오려 붙 이고 소매도 하나로 합체하고 솜씨도 없으면서 바느질을 하려니 뜯었다 다시 꿰맸다 다시 뜯고 또 입어보고.

시간이 꽤나 많이 걸렸다. 그 긴 시간 내내 유튜브에서 전향진 씨 노 래를 찾아 틀어놓았다. 이번 미스트롯2에 나갔다가 올하트를 받았지만 아깝게 팀 미션에서 떨어진 전향진 씨는 아들과 함께 탈북한 가수다. 다 섯 살 아들이 울거나 소리를 지를까봐 수면제를 먹여서 둘러메고 압록강을 건너 왔다는 전향진 씨. 음색이며 창법이 우리와 많이 달라 조금은 어색하게 들려도 피를 토하는 심정으로 부르는 '녹슬은 기찻길'은 바느질하는 내내 내 가슴을 저미며 후벼 파더라. 그녀가 이 땅에서 노래를 불러 아들을 키우며 살 수 있었으면. 그녀가 찾아온 이 땅이 그 모자에겐 제발 바늘방석이 아니었으면.

2020년 12월 23일

400억 원이나 들여서 정부와 지자체가 공동으로 6·25 추모 사업을 했단다. 잘 했다고? 잘 만들었을 거라고? 6·25를 내전이라고 쓰고 6·25 때 민간인 학살은 전부 국군과 미군, 유엔군이 한 것처럼 묘사하며 그리고 붙었다는데. 내국인만이 아니라 외국인들도 와서 보라고, 국군과 미군에 의해 학살된 민간인 희생자들을 추모하는 진실과 화해의 숲도 그럴싸하게 대전 한복판, 중구에 만들었단다. 북한 인민군이 학살한 우리 국민은 무려 13만 명에 달한다는 기록은 일언반구 언급도 하지 않으면서, 북한 인민군이 평양, 원산, 함흥 등 이북 지역에서 자행한 민간인 학살은 통계조차 없는 상황인데도 말이다.

나훈아를 비롯해 많은 사람은 요즘 '세상이 왜 이래'라고 푸념한다. 왜 이러냐고?

우리가 침묵했기 때문이다.

우리가 방관했기 때문이다.

우리가 속아왔기 때문이다.

때로는 그들이 내세운 우리 민족, 평화, 인권이라는 달콤한 단어에 취하고, 손뼉치고, 가끔은 촛불에도 동조해줬기 때문이다. 진실을 말하는 사람들, 역사를 알아야 한다고 말하면 '극우'라며 폄하했기 때문이다.

나부터 달라져야 한다. 뭐든지 남보고만 하라고, 왜 너는 아무것도 안 하느냐고 상대를 비난하며 욕하지 말고 나부터 책 한 권이라도 내 돈 내고 내가 사서 우선 나부터 읽고 내 자식, 내 손주한테 읽히면서 나부터 희생하고, 봉사하자.

6·25도 제대로 모르면서, 6·25도 제대로 안 가르치면서 무슨 소리를 한들 먹히겠는가? 나부터, 다른 사람 아닌, 나부터! 그게 자유 민주 시민의 첫 걸음이다. 코로나 계엄령이 아무리 엄해도, 광화문에, 교회에 모이지는 못해도 우리가, 내가 할 수 있는 일은 너무너무 많다. 수두룩 빡빡 쌓여 있다.

입이 아닌 손으로, 발로, 작은 돈이라도 내 지갑 열면서 네가 아닌, 내가 먼저 행하자. 제대로 된 책이라도 좀 사서 읽고 주변에도 좀 사서 돌리자. 그러면 달라질 것이다. 그러면 나도, 내 자식도, 내 손주도, 내 가족도, 우리 사회도, 이 나라도 확실히 달라질 것이다. 그러면 어찌 종북주의자들이 이렇게 판을 치며 나라를 뒤집으려 시도나 하겠는가?

기본과 원칙이 사라진 사회는 밑바닥부터 훑고 바로 세워야 나라도 바로 서는 법이다. 1,000리 길도 한걸음부터다.

참전용사를 어떻게 대접하느냐 하는 것이 그 나라의 품격과 발전, 지속가능성을 상징한다. 오늘 미국 텍사스에서는 고등학교 졸업반 학생으로 한국전에 참전하느라 고등학교 졸업을 못 했던 85세의 폴 매키 씨가 졸업장을 받았다. 제2차 세계대전부터 베트남전까지 1940년부터 1970년대 사이에 참전하느라 고등학교 졸업장을 받지 못한 사람들에게 졸업장을 수여할 수 있도록 텍사스 교육청이 배려했기 때문이다.

우리는? 우리는 참전용사들을 어떻게 대접하고 있는가? 6·25전쟁 때 소년병으로 참전했던 참전용사들을 끝내 무시해 그 단체마저 해산하게 만드는 국가. 책가방 대신 총을 메고 전장에 나갔다가 포로가 돼도 70년 세월이 흐르도록 모르는 척, 못 본 척하는 나라. '라이언 일병 구하기' 영화엔 열광하면서도 그 어느 정부도, 그 어느 국민도 북한에 억류돼 있는 국군포로든 스스로 탈북해 돌아온 포로든 거들떠보지도 않는 나라. 작금의 이 끔찍한 나라 꼴은 바로 잊지 말아야 할 사람들을 우리가 기억하지 않았고 대우해야 할 사람들을 홀대했기 때문에 생겨난 결과다.

65년 만에 졸업장을 받은 매키 씨의 졸업을 축하한다. 진심, 감사한 마음을 가득 담아. 그리고 또 많이 미안하다.

대한민국의 근현대사는 대중가요의 역사, 그 자체다. 요즘 남녀노소

할 것 없이 트로트가 큰 인기를 끌지만 그 노래의 배경과 의미에 대해서는 놀랍게도 젊은이들이 전혀 모른다. '고난이 축복'이라는 말은 당사자들에게는 너무 잔인해 인용하거나 인정하고 싶지 않다. 그러나 적어도 한국의 대중가요는 고난이 축복임을 부정할 수 없다. 가무에 능하다는 우리 민족도 대중가요는 일제시대와 6·25를 거치면서 대폭발을 했으니까!

구한말에 선교사들이 들어오면서 '창가'라는 서양식 음악이 퍼졌다. 일제 초기까지도 일반 대중은 노동요 중심의 민요를 주로 불렀는데. 일제의 탄압이 심해지고 개항과 함께 서양 문물이 들어오면서 우리 국민은 감정을 솔직히 드러내는 대중가요를 목청껏 부르기 시작했다. 그 노랫소리는 한반도를 휩쓸었고.

'사의 찬미'는 대한민국 최초의 밀리언셀러라고 불릴 만큼 축음기가 없는 집에서도 쌀 한 가마니 값을 주고 도너츠 판을 살 정도였다. '이 풍진 세상을', '봉선화', '목포의 눈물', '눈물 젖은 두만강' 등 설움과 탄식, 회한을 담은 노래는 나라 잃은 아픔과 고통도 담아냈다. 레와 솔이 빠진 네 박자의 일본식 단음계 창법일망정 일반 대중은 노래를 부르며 시대의 아픔을 이겨낸 것이다.

그 다음, 우리 국민이 노래로 고난을 극복한 또 다른 계기는 6·25전쟁이다. '단장의 미아리고개', '굳세어라 금순아', '전선야곡', '전우야 잘자라' 등 6·25가 자아낸 대중가요는 일제시대의 대중가요와는 달리 패배주의적 탄식과 체념에서 벗어나 눈물 어린 '의지'와 '각오'까지 담아냈다는 점에서 놀라울 정도다. 16개국이 참전한 6·25전쟁은 외국 가요와 군가가 우리 대중가요에 흡수되는 최초의 다문화적 가요 빅뱅이기도 했다.

아무튼 일제시대가 우리나라 대중가요의 출발점이었다면 동족상잔의 6·25전쟁은 우리 대중가요의 변곡점인 셈이다. 그런 점에서도 6·25는 아주 특별하다. 그런 데도 우리는 6·25전쟁을 잘 모른다. 알려고도 하지 않는다. 6·25라는 단어 자체를 기피할 만큼.

올해로 6·25전쟁 발발 70주년.

우리 물망초는 6·25전쟁 발발 70주년에 통일을 염원하는 음악회를 서울역 앞 계단에서 연다. 한정된 사람들을 위한 음악회가 아닌, 불특정 다수에게 다가가는 음악회. 6·25전쟁 속에서 피어났고 지금도 우리가 즐겨 부르는 노래, '굳세어라 금순아', '전선야곡', '단장의 미아리고개', '전우여 잘 자라' 등 일반 대중가요와 오페라 아리아 중에 전쟁 관련곡을 골라서 탈북 여성 40명으로 구성된 물망초합창단이 뛰어난 역량의 명뼈오페라단과 함께 서울역 앞 계단에서 부를 예정이다. 지금은 아무도 부르지 않는 6·25 노래도 정성껏 부를 것이다.

2020년 5월 2일

오늘 저녁도 다래순, 엄나무순, 삼잎나물, 머우잎 등 산채 정식같은 한 상 가득 봄나물들을 거하게 먹었다. 나물을 좋아하시던 친정어머니와 시어머니 덕에 소싯적부터 나물의 미묘한 맛의 차이를 느끼며 봄가을로 나물은 숱하게 먹어왔지만, 나물을 내 손으로 직접 따고 뜯고 뽑고 솎기 시작한 것은 10년도 채 되지 않는다. 정확하게는 9년 전, 제법 깊은 산속에 물망초학교를 짓고 대안학교를 시작하면서부터다.

탈북자들 가운데 다섯 살부터 스물다섯 살까지 북한에서 공부할 기회가 없었거나 홀로 탈북해 한국에 온 친구들, 또는 부모가 있어도 무슨 이유로든 함께 살 수 없는 친구들을 위해 1 대 1 맞춤 교육을 하던 기숙학교가 바로 물망초학교였다.

개교하고 얼마 지나지 않아 유난히 작은 키에 버짐이 얼굴과 머리까지 번지고 눈동자만 반짝이던 아이가 들어왔다. 늦봄의 어느 일요일, 늘 그렇듯이 학교에서 점심 준비를 하고 있는데 그 녀석이 들어와서는 취나물을 삶고 있는 내게 "어? 취나물이네? 그거 저 산 무덤 아래 많던데 거기서 따오셨어요?" 이러는 거였다. 내가 "정말? 산소 밑에 취나물이 많아? 근데 니가 어떻게 이게 취나물인지 아니?" 그러자 옆에 있던 생활교사가 "걔는 모든 나물을 다 알아요. 식용인지 아닌지도 다 알구요, 먹어야 하는 계절도 알고, 먹는 방법도 나물별로 다 알고, 심지어는 효능까지 엄청 잘 알아요" 그랬다.

그 녀석은 모든 풀과 나무, 초근草根에 관한 한 척척박사였다. 개성 근처에 살다가 두 살 많은 누나가 굶어 죽자 아버지가 이 녀석을 데리고 무작정 걸어서 백두산 근처까지 왔고 탈북 비용을 벌기 위해 백두산 근처에서 만 4년 동안 약초를 캐서 파는 일을 했단다. 겨울에 캐는 약초도 있다나? 그리고 탈북할 때는 그 약초 자루 속에 숨어서 두만강을 건

넜다는 것이다.

그제서야 생각이 났다. 입학 상담을 하면서 "탈북하느라 힘들었지?"라고 물었더니 그 녀석은 "아니요, 전혀 안 힘들었는데요"라며 자기는 약초 자루 속에 숨어서 북중 국경을 넘어왔다던 대답을 했던 것이 그때 그 녀석 표정과 함께 떠올랐다. 그때는 약초인 줄만 알았지, 나물까지 그렇게 잘 아는 줄은 몰랐다.

그때부터 나는 그 녀석과 함께 매주 일요일이면 나물을 뜯었다. 시간이 지나면서 나는 먹는 쑥과 먹지 못하는 쑥도 차츰 구별할 수 있게 되었고 단오 전에 나오는 모든 풀은 먹어도 탈이 나지 않는다는 것과 느릅나무는 껍질도 약이라는 사실을 그 녀석한테서 배웠다.

바람이 흙먼지를 일으키는 이맘때, 봄나물이 지천으로 시장에 나오는 5월, 딱 이맘때만 되면 난 열병을 앓듯이 그 녀석 생각이 무시로 난다. 말을 타는 기수가 되고 싶다던 녀석, 운영 비용을 감당하지 못하고 물망초학교가 문을 닫게 되었을 때 그 녀석을 어떻게 할 수가 없어 고마운 분께 위탁하던 일까지.

봄이면 달큰하면서도 쌉쏘롬한 나물을 먹으면 나는 혀만 쓴 게 아니라 내 온몸에 쓴 기운이 돌아 아프다. 이 녀석의 사연이랑 몇몇 탈북 어린이의 사연들은 물망초에서 펴낸 가족 동화 <거짓말 같은 참말>에 들어 있다. 요즘은 어린이날에 책을 선물하는 일도 드물지만 한 번 엄마가 아이들한테, 할머니 할아버지가 손주들한테 자분자분 읽어주면 어떨까? 자루 속에 들어앉아 백두산과 두만강을 건넌 아이의 이야기를!

요즘 너나없이 참 힘들지요. 이래저래 살기도 힘들고, 심리적으로는 더 힘들고. 탈북자들은 경제적 요인보다 심리적으로 요즘 더 끔찍해 합니다. 널을 뛰듯 종잡을 수 없는 이 정권의 대북 정책 때문만이 아니라 중국발 바이러스로 북에 남겨진 부모 형제, 친지들은 안녕하신지, 특히 김정은의 목숨 관련해서는 북한에서 또 무슨 일이 터질까, 밤새 뒤척이며 노심초사하지요.

그래서인지 올해도 ROTC 중앙회가 후원하는 탈북자들 주거 환경 개선 사업에 무려 스물두 명이나 신청했습니다. 서울 경기 지역만 신청을 받았는데. 신청을 받고 보니 탈북자들의 주거 환경이 여전히 너무나 열악해 마음도 아프고 가슴도 쓰립니다. 예산은 딱 2,000만 원뿐인데. 집이 비좁은 건 그렇다 쳐도 집안에 곰팡이가 슬 정도로 습하고, 대체로 화장실과 주방은 다 엉망이고, 창문과 새시는 이도 안 맞고 도배장판까지 형편없으니. 어찌 도와줘야 할지 답답합니다.

좀 전에 늦은 퇴근을 하며 아파트 현관으로 들어서는데 누군가 향수병을 깨트린 듯, 후욱~~ 코에 감기는 수수꽃다리, 라일락 향기가 오늘따라 무척 진하더군요. 저희 집도 40년이 다 된 낡은 아파트라 아침이면 식구들 일어나기 전에 온 집안의 수도꼭지를 죄다 틀어놓고 녹물을 좌악 빼내곤 하면서 "새 아파트에 살아보는 게 내 평생 소원"이라고 투덜댔는데. 엉망진창, 여기저기 부서지고 이도 안 맞고, 보일러도 고장 나고, 변기도 깨지고, 단열조차 안 되는 탈북자들의 주거 실태를 살펴보면서 밤낮 새 아파트 타령을 고장 난 레코드처럼 늘어놓던 나 자신이 이 시간, 한없이 부끄럽습니다.

2020년 4월 14일

고래는 칭찬에 춤을 춘다지만, 저는 우리 물망초 꽃망울들이 저명한 외국 장학생으로 뽑히거나 좋은 데 취업이 되었다는 소식이 들리면 기분이 완전 좋아집니다. 오늘은 대기업에 취직이 됐다는 탈북 대학 졸업생의 전화를 받고 나니 콧노래가 절로 흥얼흥얼 나오네요. 제가 좋아하는 에디트 피아프Edith Piaf의 노래가!

5년 전, 그 학생이 처음 물망초에 왔을 때 깡마른 몸매라고 하기에도 부족한, 40kg도 안 될 듯 휘청이는 몸으로 겁먹은 듯한 눈동자만 동그랗게 치켜뜨고 묻는 말에 대답도 들릴락말락하던 애처로운 모습에 참 가슴이 아팠지요. 4년 동안 얼마 안 되는 장학금이지만 물망초 꽃망울로 자라면서 4년 연속 평점 4.3이라는 놀라운 성적으로 우등 졸업을 하더니 대기업에 취업이 됐다네요.

이보다 더 좋을 수 없는 오늘입니다. 함께 기뻐해 주시면 더 기쁠 것 같아요. 내 비록 힘들고 상처투성이지만 물망초 일을 함에 후회는 없습니다. 제가 가장 좋아하는 샹송처럼 전혀, 아무것도 후회하지 않습니다.

Non rien de rien. Je ne regrette rien.

나의 삶, 나의 기쁨이 오늘 그대와 함께 시작되거든요.

Car ma vie, car mes joies. Aujourd'hui, ca commence avec toi.

솔직히 내일 저녁 시간이 무지 걱정되지만 내가 할 수 있는 최선을 다 했으니 후회하지 않을 겁니다, 전혀, 전혀!

투표, 그 결과가 나쁘게 나오면 처음부터 다시 시작하면 되지요~~

Je repars a Zero!

그런데 왜 자꾸 눈물이 나는지요. 이 기쁜 날에!

2019년 12월 28일

외상 후 스트레스 증후군, '트라우마'라는 말은 일상생활에서도 흔히 쓰이지만 외상 후 성장post-traumatic groth, PTG이라는 말은 언론에서도, 일 상생활에서도 거의 쓰지 않는다. 정신적, 육체적으로 극심한 고통을 겪 은 사람이 그 고통에서 회복되는 정도가 아니라 인격과 인품이 긍정적 으로 변형trasformation되는 것을 말한다.

대부분은 외상 후 스트레스 증후군, 트라우마에서 벗어나지 못하고 오랫동안, 어쩌면 평생토록 극심한 고통 속에 살아간다. 때로는 스스로 생을 마감할 정도다. 그런데 그 극심한 고통을 이기고, 그 고통에서 벗 어나서 그 고통을 자양분 삼아, 자신을 긍정적으로 변화시킨다는 것은 참으로 놀랍고 기적 같은 일이다.

난 물망초 꽃망울들을 볼 때면 때때로 '외상 후 성장'이라는 아름다 운 기적들과 마주하는 듯한 신비한 체험을 종종 한다. 브라보! 소리가 절로 나온다. 부모 형제 자매에 조부모까지 주변에 기대고 쉴 수 있는 언덕과 그늘이 있어도 힘들다는데 혈혈단신으로 두만강을 건넜거나, 또는 사선死線이라 일컬어지는 혹독한 탈북 과정에서 그 언덕과 그늘을 잃어버려 혈혈단신 지구 반 바퀴를 돌아서 '남조선'이라는 낯선 땅에 떨리는 마음으로 조용히 닻을 내린 젊은이들.

나는 그 10~20대 젊은이들을 '물망초 꽃망울'이라고 부른다. 그 꽃망울들이 이 땅에 뿌리를 내릴 때 얼마나 외로울지, 얼마나 두렵고 힘들지 생각만 해도 아득하건만, 이 친구들은 올 1년, pre-college 영어 프로그램 45주 과정을 성공적으로 마치고 빛나는 수료증을 받았다. 80명의 탈북 대학생이 신청했지만 장소도, 비용도 감당이 안 되어 20명으로 제한해야 했다. 겹치기 아르바이트로 밥 먹을 시간도 부족하지만, 아직 돈은 못 벌어도 창업을 해서 여기저기 뛰어다니느라 학교 수업 채우기도 바빴지만, 개중엔 아기가 있는 친구도 있어서 엄마, 학생, 주부에 알바까지 잠시 눈을 감았다 뜨면 계절이 바뀔 정도로 정신없었지만 그들은 빠지지 않았다. 포기하지 않고 끝까지 왔다. 숙제도 거르지 않았다. 시험 성적도 만족스러울 정도.

그래서 이제는 외국인도 두렵지 않다. 학교 성적에도 자신감이 붙었다. 미래에 대한 희망도 솟아났다. 무엇보다도 반짝이는 눈과 수줍지만 너무 예쁜 미소, 당당한 자세까지 잃지 않고 올 1년, 2019년을 견뎌준 우리 물망초 꽃망울들이 정말 자랑스럽고 든든하다. 이 친구들은 트라우마를 이겨내고 외상 후 성장을 하는 중이다. 탈북 청소년이 아니라 자랑스러운 대한민국의 자유 시민으로서 착실하게, 한 발자국씩 다부지게 대한민국의 역사를 써내려가고 있다.

젊은 그대들이여, 어서 자라서 이 땅의 메르켈이 되어다오.

2019년 9월 15일

명절 기간에는 정치 이야기, 특히 이 정권에 대한 비판은 의도적으로 자제하고 조심해 왔다. 한가위 추석은 우리 민족 최대의 명절이니까. 그런데 오늘 아침 성당에 일찍 나와 성모상 앞에 잠시 머물다 돌아서는데 예전 아파트 같은 동에 사시던 할머니, 할아버지가 나를 보고 반색을 하며 다가오시더니 갑자기 얼굴을 굳히며 말씀하셨다.

"나, 평안도에서 월남해 온 사람이요. 38선이 갈리자마자 공산 치하에서는 살 수가 없어 왔는데 우리가 이산가족된 게 어떻게 남북 모두의 책임이요? 박 의원, 역할 좀 해주시오. 속이 터져서 살 수가 없소."

에고, 내가 드릴 말씀이 무에 있겠는가. "전 이제 국회의원도 아닌데요"라고 할 수도 없으려니와 "대통령이 정신착란증 같은 의식장애가 심각한 질병을 앓고 있는 것 같다"라고 할 수도 없고. 그저 두 분께 머리를 조아리며 "화도 나고 힘드시지요? 죄송해요. 조금만 기다리시면 곧 좋은 날이 올 테니 열심히 기도하시면서 틈틈이 산책도 하시고 건강하게 오래 사셔야 해요. 그래야 고향에도 가 보시지요"라고 말씀드렸다.

그랬더니 할아버지가 더 큰 목소리로, "고향 방문? 나 죽은 담에나 차례가 오려나? 이제 기대도 안 하지만 오라 가라 해도 난 안 갈 거요. 그따위 말 들으면서 뭐하러 가오? 그리고 내 고향은 그놈의 핵 단지가 가까이 있어서 다 오염됐다는데. 사람 살 곳이 못 된다는데 가긴 어딜가? 얼른 죽어야지. 내 정말 못 볼 꼴을 너무 마이 보오" 하신다.

무슨 말이 더 필요하랴? 대통령의 인식이 바뀌지 않는 한 이산가족 가슴에 박힌 비수는 이렇게 점점 더 예리한 칼끝으로 월남해 온 분들 마음을 헤집고 있는데. 그렇잖아도 오늘 아침 KBS 라디오가 이산가족 상봉이 마치도 DJ와 노무현 정권의 역작인 듯 교언영색을 늘어놓길래 '참 자기 선배들 공도 모르고, 사기 정권의 끝판왕들 내시답다'라는 생각을 했는데.

똑바로 알자.

제발 좀 직시하자.

이산가족 상봉은 박정희 정권 때인 1971년부터 남북적십자사를 통해 끈질기게 회담하며 초석을 다졌고, 첫 이산가족 상봉은 좌파들이 가장 증오하는 전두환 정권 하인 1985년 9월, 남북예술단 공연과 함께 평양에서 대대적으로 이루어졌다. 그 전조 작업으로 KBS는 1983년, 무려 닷새 동안 모든 정규 방송을 중단하고 '누가 이 사람을 아시나요?'라는 생방송을 진행했다. 방송 역사상 유례없는 일이고 UNESCO 인류 문화 유산으로도 인정됐다. 남북 이산가족 신청을 받기 전에 일단 남한에 있는 가족들이 먼저 만나도록 사전 정지 작업을 한 것이다.

그런데도 이산가족 관련 모든 공을 DJ와 노무현한테로 돌리는 KBS나 이산가족 문제가 남북 모두의 책임이라는 대통령이나 도찐개찐, 정말 다들 심각한 의식장애인들, 대대적인 입원 치료가 불가피하다.

터파기 공사 없이 어찌 집을 짓고 빌딩을 올리겠는가? 집을 짓지 않고 어찌 인테리어를 할 수 있겠는가? DJ와 노무현은 박정희가 엔진을 만들고 전두환이 시동을 건 자동차에 무임 승차한 것에 지나지 않는다. 그러니 이들의 시계는 이미 정지 상태. 아니 시침, 분침, 초침이 다 빠진 상태.

이제 우리가 할 일은 전열을 가다듬고 전략과 기획을 잘 짜야 할 텐데, 또 다시 죽 쒀서 개 주는 일은 없어야 할 텐데. 고장 난 시계가 거꾸로 돈다고 어찌하여 우리까지 뒤돌아서서 고개를 숙이고 있는지. 햇살 고운 이 아침, 며칠을 쉬고 나도 심란하긴 매한가지다.

2019년 8월 7일

너무 아픈 사랑은 사랑이 아니었음을.

영화를 보는 내내 김광석의 이 노래가 떠올랐다. 솔직히 화면에서 눈을 떼고 싶었다. 외면하고 싶었다. 너무 아파서, 너무 아려서. 그보다 더한 스토리도 많다. 내가 아는 사연만 해도 더 끔찍한 이야기도 수두룩하다. 그럼에도 불구하고 아팠다. 너무 아팠다. 하필이면 '사랑의 선물'이라니!

어렸을 적, 병약했던 내가 무릎이 아프고 머리가 아프고 배가 아프고 이가 아플 때마다 엉엉 울면서도 벽에 기대어 시간 가는 줄 모르고 읽고 또 읽던 동화책 <사랑의 선물>. 책 표지도, 속 페이지도 너덜너덜해지고 대사를 다 외우도록 읽어대던 방정환 선생님의 세계 명작 동화집, <사랑의 선물>. 그 지독했던 치통도 잊을 만큼 몰입해서 읽던 세계 명작 동화책과 하필이면 똑같은 제목의 영화라니!

차고 어두운 곳에서 짓밟으며 학대받는 영혼들. 제작비 때문에 세트 장도 제대로 마련 못 하고 마치도 밀폐된 공간에 갇힌 듯 답답한 공간에서 찍어서일까? 몰입도는 과할 정도로 높았다. 런던독립영화제와 퀸즈세계영화제가 이 영화에 주목하고 큰 상을 안긴 이유도 이 때문 아니었을까 싶다.

내내 불편해야 했던 내 가슴에 끝내 누선淚腺을 자극한 것은 그들의 비극적인 죽음이 아니라 앤딩 부분에 효심이가 읊조리던 '어느 꽃제비의 노래'였다.

단 한 번만 불러봤으면

엄마라고 불러봤으면

꿈속에서도 나를 부르네

그리운 엄마 나를 부르네.

내가 효심이 나이 안팎이었으리라. 다리가 아프고 머리가, 배가, 이가 아파 울면서도 읽던 그 <사랑의 선물>에 실려 있던 한네레의 죽음. 꿈에서 자장가를 들으며 죽어가던 한네레가 꽃제비처럼 내게 말을 걸어왔다. 60년 만에. "고통 속에 잠든 모든 영혼에게 바치는 노래, 그들에게 바치는 영화니까 너무 아파하지 말라"라고!

2019년 6월 30일

문자 몇 줄, 사진 한 장이 사람을 살리기도 하고 죽음 같은 절망감을 주기도 하는 경험, 다들 있으시지요?

저는 오늘 저녁, 가까운 지인이 보내주신 문자와 사진에 제 가슴이 많이, 오래도록 뛰었답니다. 마치도 윌리엄 워즈워드가 무지개를 보고 가슴이 뛰었듯이요.

My heart leaps up

When I behold a rainbow in the sky.

이 시는 거의 마지막 연에 나오는 '어린이는 어른의 아버지'라는 구절로 널리 인용되고 유명하지만 저는 바로 위에 인용한 '무지개를 보면 내 가슴은 뛰노라' 하는 구절을 좋아합니다. 뜬금없이 웬 영국 시 얘기냐고요? 오늘 저녁에 날아온 문자와 사진! "양구에 와서 물망초를 만나다니요. 너무 반가워 가칠봉 산등성이에서 펀치볼을 내려다보며 급히 사진 찍어 보냅니다" 때문에요.

양구에 있는 '펀치볼'을 아시는지요? 그런데 하와이에도 펀치볼이 있습니다. 하와이에 있는 펀치볼은 미국 국립 태평양 기념 묘지로 1·2차 세계대전과 한국전쟁(6·25), 베트남전쟁의 전사자와 참전용사 5만 4,000여 명이 잠들어 있는 곳입니다. 이 하와이 국립묘지를 전 세계 사람들은 '펀치볼'이라고 부릅니다.

펀치볼Punch Bowl은 영어로 화채 그릇을 말하구요, 양구에 있는 그 펀치볼이 마치도 화채 그릇처럼 옴팍하게 생겼다고 해서 미 종군 기자들이 붙여준 이름입니다. 하와이 국립묘지가 왜 펀치볼로 불리는지 그 유래에 대해서는 언젠가 말씀드릴 기회가 있겠지만, 양구의 펀치볼을 따서 하와이 국립묘지도 펀치볼이라 부릅니다. 양구의 펀치볼이 원조라는 말씀입니다.

아무튼 7년 전, 제가 이사장으로 있는 물망초가 6·25 격전지 중의 격전지였던 양구 펀치볼, 그 윗부분, 그러니까 화채 그릇의 맨 위 입술 부분에 6·25 둘레길을 만들기로 양구군과 합의하고 16개 참전국에 취지와 내용 등을 알린 후 한국을 포함, 둘레길을 17등분해서 16개 국가로부터 둘레길 명칭을 받아 을지전망대에 표지판도 만들어 세우고 정부와 논의도 하고 협상도 했습니다.

그러나 딱 거기서 멈춰야 했습니다. 그 이유는 세월이 더 흘러서 "이제는 말할 수 있다"가 가능할 때 말씀드릴 수 있을 듯 합니다. 제 가슴이 새카맣게 타 숯덩이가 되고, 모든 것을 내려놓고 싶을 만큼 좌절의 시간이 꽤 길었다는 것만 지금은 담담하게 말씀드릴 수 있습니다.

그런데 느닷없이 이 정권이 바로 그 펀치볼은 아니지만 그곳을 포함해서 'DMZ 평화 둘레길'을 만들겠다 하고 펀치볼에 케이블카도 놓겠다 할 땐 또 한 번 제 가슴이 많이 아렸습니다. 그 아린 가슴이 조금은 가셔진 바로 오늘 저녁, 펀치볼 둘레길 표지판 사진을 받으니 왜 이리 가슴이 또 출렁이는지요.

워즈워드의 시가 또 떠오릅니다. 그리고 이렇게 제 맘대로 고쳐서 낭송하고 싶습니다.

So was it when my plan began
So be it when I shall grow old,

Or let me die.

펜친 여러분, 16개 참전국 모두 그 나라에 각각 한국전 기념공원이 있고, 미국, 영국, 호주에는 작은 시골에도 한국전 참전용사비가 세워져 있는데 정작 대한민국에는 6·25공원이 없다는 사실을 아시나요? 파리공원, 앙카라공원, 테헤란로는 서울 한복판에 있어도 6·25공원은 전국 그 어디에도 없습니다.

저는 여의도의 열여섯 배나 되는 양구 펀치볼에 6·25 둘레길을 만들고, 펀치볼 안에는 평범한 6·25공원이 아니라 Korean War Village를 만들어 16개국 참전국 마을로 특성 있게 조성하고, 격년제로 양구 펀치볼에서 World Peace Summit를 개최해 약소국 코리아가 아닌, 국제 사회의 도움으로 참혹한 전쟁을 이겨낸 자랑스런 국가로서 Never Again War라는 기치를 내걸고 평화 외교를 리드해나갈 수 있는 대한민국이 되기를 염원했습니다.

그 꿈이 산산조각 나고 정말 never again이 되었다 생각했는데 이 문자 한 통이 제게 다시 활기와 생기, 용기를 북돋아주네요. 제가 아직도 너무 어린애 같은가요? 그래도 좋습니다. 윌리엄 워즈워드가 '어린이는 어른의 아버지The Child is Father of the Man!'라잖아요?

오늘 제 지인이 보내주신, 을지전망대 앞에 지금도 서 있는 펀치볼 6·25둘레길 표지판 사진입니다. 확대해서 보시면 난삽한 제 글이 조금은 이해가 되실 겁니다.

남남북녀라고 했던가요? 아니요, 아닙니다. 요즘 북한에서 여성은 성적 노리개이기도 하고, 때로 여성에게 성性은 살아남기 위한 무기이기도 하지요. 자의든 타의든 북한 여성의 성은 철저히 수단화되어 있는 것이 작금의 현실입니다. 다들 아시는 '기쁨조'는 김씨 3대에만 해당하는 것이 아니라 규모와 수준의 차이가 있을 뿐, 북한에서는 조직마다, 단계마다, 기업소마다 기쁨조가 활성화(?)되어 있습니다.

탈북 과정에서 일어나는 강간이나 탈북 후에 중국 남성에게 팔려가는 인신매매는 오래전부터 널리 알려진 일이지만, 북한 여성이나 탈북 여성이 중국 포르노의 싸구려 먹잇감이라는 사실, 그리고 그 고객의 상당수가 한국 남성이라는 사실은 정말 외면하고 싶은, 불편한 진실입니다.

그런데 영국의 북한 인권 단체인 Korea Future Initiative가 이런 사실을 적나라하게 폭로하는 보고서를 펴냈네요. '내 딸을 100원에 팝니다', 기억하시지요? 탈북 여성을 인신매매로 결혼한 중국 남성은 자기 아내를 1,000위안에 되팔구요. 북한 여성이 몸을 팔고 받는 돈은 겨우 4달러. 우리 돈으로 5,000원이 채 되지 않습니다. 심지어는 아홉 살 된 탈북 어린이에게 사이버 섹스까지 시킵니다.

매춘, 강간, 학대, 굶주림도 모자라서 포르노와 사이버 성노예까지 당해야 하는 탈북 여성들은 무려 1만여 명. 중국에 있는 탈북자가 20만 명으로 추산되니 이 가운데 20분의 1이 성노예로 살아가고 있는 셈입니다. 이들 탈북 여성들이 성을 착취당하며 벌어들이는 돈은 1년에 약 1억 5,000만 달러. 북한 여성이 나온다고 홍보하는 중국의 온라인 포르노 사이트들이 인터넷에 넘쳐납니다. 놀라우시지요?

이것이 '부럼 없어라' 노래하는 북한 여성들의 실태입니다. 이 내용은 현재 BBC와 인디펜던트 등 주요 매체를 통해 전 세계에 자세히 보도되고 있는데, 언제 어디서나 '우리 민족끼리'를 외치는 우리 정부는 왜 침묵을 지키고 있을까요? 한국의 여성단체들이 다 들고 일어날 테니 청와대는 그냥 그때까지 조용히 기다리는 걸까요? 그럼 외교부 장관과 통일부 장관, 여성부 장관은요? 여성의 권리 운운해대는 민주당 여성 의원들은요? 아, 이거 인권, 국제 인권 문제인데 국제인권연구회는 왜 입도 뻥끗 안 하고 있지요?

2019년 5월 15일

임무 수행 중에 사망한 프랑스의 두 특전사 병사에게 마크롱은 프랑스 최고훈장인 레지옹 도뇌르를 수여했다. 장례식도 대통령이 직접 주관했다. 장례식은 위엄있으면서도 심금을 울렸다. 특히 떠나는 운구를 바라보며 특전사 동료들이 아무런 반주도 없이 오로지 목소리로만 '멀리 집을 떠나서'라는 노래를 부르는 장면은 가히 압권이었다. 예술의 나라 프랑스다웠다. 프랑스에 악기가 없겠나? 군악대가 없겠나? 자원 봉사해 줄 성악가나 연주가가 없겠나? 허례허식이 아닌, 깊은 진심을 담아 동료와 가족을 떠나보내는 그 장면은 오래도록 내 기억 속에 자리할 것 같다.

국가는 그런 것 아닐까?

언제 어디서든 제 몫을 다 하고 떠난 국민에게 진심을 모아 예를 다하는 것. 부러웠다. 눈물이 나도록 부럽다 못해 화가 치밀도록 부러웠다. 리비아, 시리아에 억류되어 있는 우리 국민은 지금 어찌 되었는지, 그들을 위해 대한민국은 무슨 일을 하고 있는지, 아오지탄광에서 60년이 넘도록 노예 같은 강제노동을 하고 있는 국군포로 10만여 명에 대해 대한민국은 지금 무얼 하고 있는지, 지금도 평양 감옥에 갇혀 있는 여섯 명의 대한민국 국민에 대한 입장은 무엇인지. 역시 10만 명이 훨씬 넘는 전시 전후 납북자의 생사 확인이라도 이 나라, 이 정권은 시도라도 해봤는지.

하기야 북녘땅에 있는 우리 국민이 이들 눈에 들어나 오겠는가? 무려 47명이 사망한 천안함 추념식에도 대통령이 참석하지 않는 나라인데. 80노구를 이끌고 스스로 탈북해 온 국군포로가 80명에 달하고 그들의 3분의 2가 사망하도록 이 나라 대통령은 단 한 번도 장례식은커녕 이들 탈북 국군포로들에 관해 언급조차 하지 않는데. 아니, 이들에 대한 보도도 막는 나라인데.

2002년 북한이 서해에서 도발했을 때 노벨 평화상을 받은 어느 대통령은 부상병도 나 몰라라 하고 일본으로 내뺐던가? 북한군과 싸운 사람들, 나라를 지키다 사망하거나 다친 사람들에게 보상을 해주기는커녕 명예도 짓밟아버리더니 이제는 모두 적폐로 몰아버리는 세상, 이런 나라가 오늘의 대한민국이다. 이런 나라의 대통령은 달빛 흐르는 창가에 서서 주구장창 무슨 생각을 하는지 국민은 알쏭달쏭, 알듯 모를 듯하다.

부러워요 프랑스, 창피해요 코리아.

2019년 4월 4일

오늘은 아픈 기억만 소환해내야 하는 잔인한 날인가? 우리에게 '적폐'가 있다면 적폐 중의 적폐는 바로 북한 인권에 대한 무관심과 탈북자들에 대한 잔인한 태도일 것이다. 내 새끼보다 더 가슴 아파했다고 해도 과언이 아닌, 그래서 때로는 내 새끼들이 투덜거릴 정도로 내 분신처럼 여겨지는 탈북자들이 거대한 대륙, 중국을 도망자 신세로 가로질러 베트남이나 라오스, 캄보디아까지 가서도 대한민국의 무관심과 현지 외교관들의 몰지각한 인식, 안일한 태도 때문에 탈북자들이 중국으로 추방되고 결국은 지옥보다 더 한 북한으로 강제 북송되곤 했다. 그럴 때마다 내 가슴은 찢어지다 못해 내 영혼이 흔들리곤 했다.

그런데 '적폐를 청산하겠다'라며 날마다 과거사만 들춰내 흔들어대는 이 정권, 입만 열면 '우리 민족끼리'를 외치는 이 정권이 또 다시 탈북자들을 제3국에서 추방당하게 만들고, 북한으로 강제 북송당할 위기로 몰아넣는다면 나는 이 정권을 '살인마' 정권이라고 부르고 싶다.

베트남 중부 지역까지 탈출하기가 얼마나 힘든지 대통령은 상상이나 해봤는가? 히말라야는 즐겁게 올랐겠지만, 밀림을 헤치며 밤새도록 정글 속을 숨죽이며 걸어봤는가? 악어떼가 득실거리는 메콩강을 단 한 번이라도 돛단배로 건너봤는가? 대통령 부모 자체가 탈북자 1세대면서 어찌하여 탈북자들을 이해하려고는 안 하고, 도와주기는커녕 배신자 취급을 하는가?

오늘 아침 언론 보도에 따르면 지난 4월 1일, 베트남 당국이 불법 월경자라며 탈북자의 '신원을 보증할 사람이 전화 해주면 한국으로 보내겠다'라고까지 제안했다는데 만우절이라고 거짓 전화로 알았는가? 연락처까지 받아들고도 우리 외교관이 한 말은 언제나 똑같은 '적폐' 같은 소리 '기다려라'였다. 우리 당국은 '기다려라'라는 말밖엔 모르나? 그래서 결국 36시간만에 그들은 중국으로 추방당했다. 한 마디로 이 정권은 '부작위'에 의한 살인마 집단이라고 해도 과언이 아니다.

탈북자만이 아니다. 전 세계, 인류 역사상 그 유례를 찾아볼 수 없을 정도로 극악무도한 정치범 수용소를 대규모로 운영하며 '우리 민족'을 고문하고 집단 처형하고 노예처럼 부리는 저 정권에 대해 단 한 마디도 못 하는 이 정권을 어찌 살인마 정권이 아니라고 할 수 있겠는가? 300만 명을 굶겨 죽이면서도 핵을 포기하지 않는 자를 평화의 사도, 젊은 지도자로 포장해 주며 세기의 영도자로 등극시켜주는 이 정권은 그 자체로 '살인마 동지 정권'임을 자인하는 꼴이다.

온갖 사건을 들추며 "국가가 다 배상해주겠다"라고 떠들어대는 이 정권은 6·25전쟁 때 포로가 된 10만여 명의 국군포로나 그 가족들에게 사과 한 번 해봤는가? 그들에게 국가가 배상, 아니 보상이라도 하겠다고 말해본 적이 있는가? 6·25 때 납북된 10만 명의 민간인, 전후에도 납북된 500여 명의 납북자와 그 가족들에게 "과거사를 바로잡겠다", "정의로운 나라를 만들겠다"라고 호언장담하는 이 정권이 단 한 번이라도 "지켜주지 못해 미안하다, 생사 확인이라도 하겠다, 유해라도 모셔오겠다"라는 말을 해봤는가? 이분들에게 광화문 광장을 단 한 번이라도 내준 적이 있는가? 국민도 성골, 진골, 평민으로 나뉘나? 국군포로, 전시전후 납북자 가족은 불가촉 천민인가?

이 정권 들어 외교부가 보여준 어처구니 없는 무능과 무지, 무식은 입에 올릴 가치도 없다. 국가의 가장 큰 책무는 국민의 자유와 권리를 보장해 주는 것. 헌법 제3조상 북한 주민도 우리 국민이지만, 평화 통일을 지향하는 한 현실적인 주권이 미치지 않는다. 하지만 북한을 이탈해 북한으로 돌아가고 싶지 않은 '탈북자는 대한민국 국민으로 추정한다'라는 것이 우리 대법원과 헌법재판소의 일관된 입장이다. 그런 탈북자들을 도와주고 잘 안착할 수 있게 배려하기는커녕 부작위로 죽음에 이르게 하는 이 정권은 더 이상 합헌적인 정권이라고 할 수 없다.

그래서 나는 이 정권을 '반인도적 범죄를 일삼는 반민주적 정권'이라고 전 세계에 고발하고 싶다. 아니, 지속적으로 고발해나갈 것이다.

2019년 4월 2일

"나의 전우들은 언제나 돌아오나."

6·25전쟁 때 부관을 잃어버리고, 평생을 그 죄책감에 젖어 사시다가

나이 70이 넘어 개인적으로 사비를 털어 국군포로 송환 일을 시작하신 분, 정용봉 박사님. 대한민국 최초의 탈북 국군포로인 조창호 중위를 미국 의회에서 증언하게 하신 Thomas Jung 정 박사님. 미 의회에서 생중계로 진행된 조창호 중위의 청문회를 통해 전 세계에 국군포로의 존재를 알리고, 짐승만도 못한 국군포로들의 강제 노역 생활을 처음으로 세상에 고발하신 정 박사님은 15년 동안 엄청난 사재를 털어가며 미국 LA에서 국군포로송환위원회를 설립해 지금도 왕성하게 운영하고 계십니다.

올해로 93세, 작년에는 심장 수술도 하셨지요. 그래도 박사님의 유일한 관심사는 당신의 건강이 아니라 오로지 '국군포로 송환'뿐입니다. 3년 전에 국군포로 문제의 원인과 송환 방법에 관해 당신의 소신을 밝히신 <메아리 없는 종소리>의 영문 번역판이 미국에서 출간돼 현재 아마존에서 팔리고 있습니다. 영문 번역은 미국 펜클럽 회원이자 물망초 미주본부장이신 존 차John Cha 선생님. 그 영문판의 번역출판기념회가 엊그제 LA에서 개최됐구요. 출판기념회 자리에서 올해 93세의 정 박사님은 국군포로 얘기를 하시면서 뜨거운 눈물을 흘리셨습니다.

미국은 6·25전쟁 전사자들의 뼈 한 조각이라도 남김없이 다 송환받으려고 백방으로 노력하는데, 우리는 어찌하여 10만 국군포로를 단 한 명도 구해내지 못하는지요. 아니, 대통령이나 국회의원들이 왜 '국군포로'라는 단어조차 입에 올리려 하지 않는지 정말 이해할 수 없습니다. 이러고도 국가라고 할 수 있는지.

저는 개인적으로 우리 나라, 우리 사회가 이렇게 갈수록 혼돈 속에 가라앉는 이유는 바로 나라를 위해 목숨을 바치거나 나라를 구하려다 포로가 되신 분들을 인정하지도, 구해주지도 않기 때문이라고 생각합니다. 국가가 제 나라 국민을 '나 몰라라' 내팽개치는데 어찌 그 국가가 바람직한 방향으로 나아가겠습니까?

지금도 북녘땅, 소위 '아오지탄광'이라 불리는 저 동쪽 맨 위, 오른쪽 끝 지역에는 아직도 남녘 하늘을 바라보며 조국과 고향, 가족을 그리며 피눈물을 흘리는 국군포로분들이 200여 분 생존해 계십니다. 6·25 때 인민군과 중공군의 포로가 되었던 10만여 명 가운데 조창호 중위 이후 여든 분이 스스로 탈북해 대한민국으로 오셨고, 그 가운데 현재 스물일곱 분이 대한민국에 생존해 계시며, 200여 분은 아직도 아오지탄광 지역에 살아 계십니다.

이런 상황에서 우리는 과연 무슨 일을 어떻게 해야 할까요?

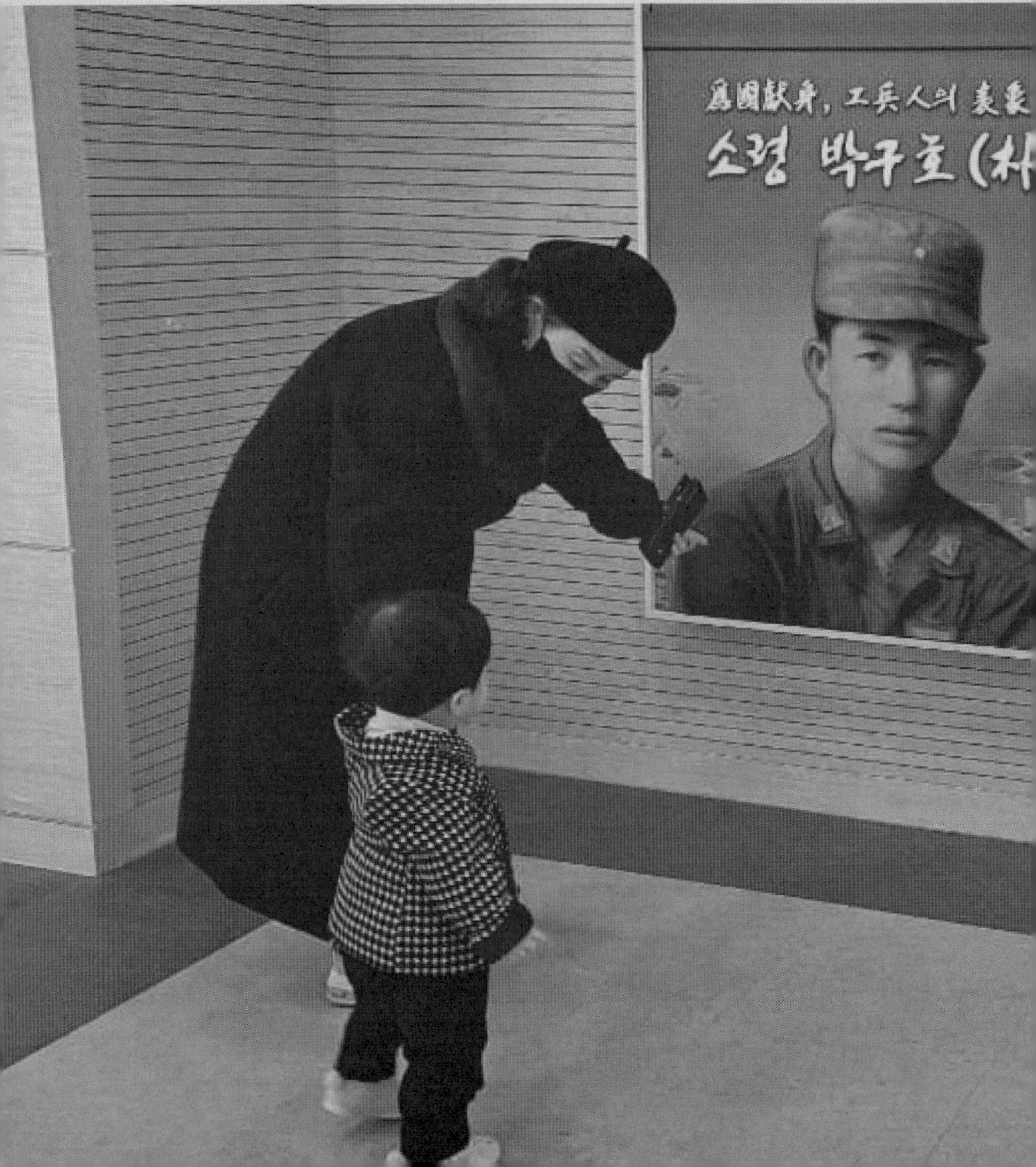
爲國獻身, 工兵人의 表象
소령 박구호(朴

평범해서 더 좋은 일상

2021년 9월 12일

　시골에서 주말을 보내면서 새로운 경험과 각성, 지적 호기심까지 받는 다양한 자극이 나는 좋다. 그래서 나는 도시와 시골을 주말마다 오가며 사는 내 삶이 고되긴 하지만 마냥 즐겁고 고맙다.

　오늘 아침엔 거미줄에 넋을 놓았다. 웹web. IT 시대, 웹에 갇혀 사는 우리. 그 웹을 스스로 만드는 거미. 이름하여 spider web. 나는 거미가 가운데서부터 시작해 밖으로 퍼져나가면서 거미줄을 친다고 생각했는데 아니다. 밖에다 "여기가 내 구역이야" 하듯이 금을 쫙 그어놓고 그 안에다가 촘촘히 세로로 밭이랑처럼 줄을 긋고 난 다음, 가로로 매듭을 탄탄히 얽어맨다. 마치도 씨줄 날줄로 천을 짜듯이. 그 부지런함과 정교함이 상상을 초월할 정도. 30cm 자도 없이 똥꼬 앞의 배꼽(?) 부분에서 열심히 실을 뽑아가며 꼼꼼하게 집을 짓는 왕거미.

　얼마나 힘들까? 얼마나 고될까? 저걸 다 지으면 나는 빗자루로 단번에 싹 걷어내야 할 텐데. 저 수고로움과 용맹정진을 봤으니 어떻게 걷어내지? 잠시 망설인다. 걷어? 말아? 미즈 햄릿Mrs. Hamlet도 아니면서 오늘 아침엔 망설임과 죄책감에 휩싸여 우물쭈물한다. 아, 햄릿이 아니라 오필리아의 관점인가?

2021년 9월 5일

벗들과의 시간은 화살보다 빠르다. 어제 시민영화제가 끝나고 반가운 벗들과 아자아자, 아작아작 시간을 보내고 밤늦게 돌아와 그야말로 혼절하듯 쓰러져 잤다. 속내를 털어낸 덕분인가? 성큼 다가온 백로, 절기 때문인가? 이른 아침, 풀잎에 맺힌 이슬이 싱그럽다. 뜨거운 여름 다 보내고 어쩌자고 가을에 피어난 수련은 연꽃인 양 함초롬, 청초하면서도 아련하다.

네로는 자기도 꽃이 되고 싶은지 꽃 속에 파묻혀 연두색 눈동자에 나만 담고 쥐죽은 듯이 앉아 나를 따라 눈동자만 움직이고 있다. 서늘한 공기, 낮은 풀 내음이 오늘따라 싱그럽다. 부지런한 남편은 어제 나 없는 사이에 늙은 호박을 세 개나 따다가 대문간에 얌전히 올려놓고 못생긴 호박 위에는 노각을 쌓았다. 그런다고 호박이 비싼 호박琥珀 되려나? 순진한 남편. 그 순진함에 취하고 반해 근 40년을 나는 울고 웃고 박수를 보내며 눈가에 주름살만 자글자글 키워왔다.

시간時間이란 인간人間처럼 사이인 것을, 어떻게든 그 사이間를 메우려 덧없이 몸부림치는 부질없는 짓이 우리네 인생이라는 사실을 머리가 허얘져서야 깨달았다. 돈오頓悟도 아니고, 참 내. 잠옷 바람에 나갔다가 옷 챙겨입으러 들어오는데 졸졸 나만 따라다니던 냥이들이 현관문 앞에서

막히자 빤히 나를 올려다 본다. 인간은 의리가 없다고.

2021년 8월 7일

세상의 모든 일출이 장엄하듯이 세상의 모든 아침은 싱그럽다. 인간은 덥다고 난리지만 자연은 가을을 준비 중이다. 연못가에서, 풀숲에 숨어서, 나뭇가지 사이에서. 호박과 오이는 누렇게 몸을 사르고 계절을 알리는 꽃들은 말간 얼굴이 더 해맑다. 잎이 다 물러난 뒤에 나오는 상사화는 서러움과 허망함에 아직도 화피花皮 속에 숨어 있지만 밤송이는 하루가 다르게 몸집을 키우며 가시를 단련시킨다.

아침 햇살이 나오기 전에 목수국과 설악초를 잘라다가 목이 긴 청자 화병에 꽂고는 창고에서 감자를 꺼내다 껍질째 쪄서는 실낱같이 얇은 껍질을 솔솔 벗겨 다시 한 번 뜨거운 김을 화끈하게 올려서 치즈로 살짝 덮어줬다. 집안에 번지는 감자와 치즈 냄새. 라도와 삽사리 콧구멍이 벌름벌름. 좀 전에 따온 토마토에 피스타치오 한 줌 넣고 찌스러기 비트 몇 조각 넣어 드르륵드르륵 갈아주니 그 빛깔이 꼭 오늘 아침 하늘을 물들이던 여명 색이라.

건강하라고, 며칠 전 시에미 좋아하는 치즈 케이크를 들고 온 며느리 생각이 나서 오늘 아침은 치즈 케이크에 감자찜? 토마토주스와 과일 몇 가지로 입추 아침을 축하한다. 그나저나 더위가 물러가고 가을이 오면 우리는 무슨 열매를 맺으려나? 꽃을 피우는 수고도 없이 열매 맺기를 기다리는 우리가 설마, 무화과 후손은 아닐진데.

아무리 덥다 해도 절기는 어김없이 돌아오는 법. 남편이 오늘 열일했다. 마누라가 대상포진에 골골하자 나보다 더 골골대던 남편이 두 팔, 두 다리 걷어붙이고 손바닥 만한 밭을 갈아엎었다. 다음 주에는 김장 배추와 무를 심어야 하기 때문이다. 작년에도 늦게 심어 낭패를 봤으니 올해는 꼭 날짜를 맞춰서 제 때에 김장 배추와 무를 심어야 한다고 내가 노래를 했더니 듣기 싫었는지 하루 종일 밭을 갈고 고르더라. 흐미~~. 호미 들고 왔다갔다 하는 모습이 왜 그리도 이쁘던지 가렵고 따끔거리는 다리가 다 춤을 추려고 하더라.

그런데 내다보니 밭을 떡시루모냥 곱게 다듬어만 놓고 골은 안 만들길래 물었더니 그건 다음 주에 한다나? 에고야, 골 작업은 기필코 골골대는 마누라를 시키시겠다? 화가 나서 흥! 하고 돌아서는데 냥이들이 내 뒷꼭지를 쏘아본다. 순악질 여사! 하면서. 으이고, 내 편은 아무도 없어~~ 하며 대문을 나서니 빽빽이 올라온 백련이 목을 잔뜩 세우고 새하얀 꽃을 피우다 못해 꽃잎을 뚝뚝 떨구고 있다. '다 때가 있는 법이다' 하면서.

그래, 모든 건 다 때가 있지. 사람이든 짐승이든 다 순리대로 살아야 하거늘, 이 땅엔 순리를 거스르며 공정과 정의를 부르짖는 사람 투성이라.

이렇게, 정말로 꽃밭에 서서 책을 보거나, 이런 해변에 누워서 책을 보거나, 최소한 이렇게 큰 책방에서 책을 고르고 읽으며 지내고 싶은데. 나는 시간의 노예, 고루한 현실의 노예. 맹 올리브유가 갑자기 보링해져서 마른 토마토 깔고 로즈마리 두 가닥 얹고 올리브유 가득 부어두었더니 40일만에 환상적인 최고급 올리브 오일이 됐네. 버진virgin도 엑스트라버진extra virgin도 아니지만 엑스트라버진이 울고 가겠네.

아침 굶었다고 치아바타 4분의 1쪽에 최고급 색에 향내까지 풍기는 엑스트라버진 올리브 오일을 찍어 토마토 야채 수프랑 같이 먹으니 홍천 옥수수가 빤히 올려다 본다. 기둘려. 넌 꽃동네 참외랑 궁합이 맞으니까. 올해는 꽃동네 복숭아가 최고지만 그건 체리랑 입가심용이고 옥수수는 참외랑 천상 배필이다. 아, 참외에 까망베르 치즈를 얹어도 기가 막힌데 오늘 따라 안 보이네. 눈은 자꾸 감기고 두 볼은 연신 우물을 파는데 입에선 노르망디 향취만 찾는다.

꽃밭에 서서 책 읽고 싶어~~. 아님 큰 책방에서 방해받지 않고 오랫동안 뒤적뒤적 책도 사고 싶은데.

비 내리는 일요일 아침. 백로도 날 생각을 안 하는 축축한 장마. 꽃들도 비에 젖어 우수에 젖는 시간. 며느리랑 둘이 처마 밑에 앉아 빗소리를 행복의 변주곡마냥 들으며 조촐하게 마주하는 아침은 낭만이다. 식사가 아니라 인생의 여유다. 크로아상 한 쪽에 샐러드 한 접시. 뜰에서 잘라 담은 페퍼민트 오일로 샐러드 소스를 만들어 붓고, 커피 대신 애플민트청에 탄산수 부어 마시면 오장육부, 이 정권에 잔뜩 뒤틀렸던 내 속도 상쾌하게 정화된다.

그 행복을 깨는 놈은 다름 아닌 막내 노랑이, 존느jaune. 잠시만 한 눈 팔면 빈 의자에 폴짝. 내려오라고 눈 흘기면 발아래에서 새우 하나 흘려주길 한없이 기다린다. 다른 놈들은 아침 식사 마쳤다고 다 어디로 우중마실을 나갔는데 막내만 내 발밑에서 오매불망, 새우 한 마리에 목을 매고 있다. 주님 보시기엔 누가 더 이쁘실까? 노랑이 존느? 여섯 마리 냥이?

2021년 6월 3일

아침부터 물벼락을 맞았다. 잠은 깼어도 눈은 안 떨어져 이리저리 손을 뻗어 도망간 묵주를 끌어당겨 기도 반 선잠 반 하다가 물을 마시러 나왔더니 아뿔싸, 부엌이 또 물바다다. 지난 달에도 거실까지 물이 새서 그야말로 울면서 닦아내고 새는 곳을 찾아서 수리했건만. 온 집안 수건 다 꺼내 남편이랑 엎드려 대충대충 물을 닦아낸 다음 관리실로 전화했더니 마침 지난 달에 수리하셨던 분이 또 오셨다.

에구, 어떡해요, 아저씨.

사모님이 힘드시지요.

두런두런 말을 주고받으며 나는 여전히 수건 짜가면서 무릎으로 기어다니며 마루 닦고 아저씨랑 남편은 엎드려 수도관 보고. 다들 포복 자세보다도 더 납작 엎드리느라 얼굴에 혈압이 올랐다. 신경질이 났다. 속으로 쉴 새 없이 궁시렁거렸다. 언제나 이 낡은 아파트를 벗어나나?

지겹다, 정말, 낡아빠진 아파트. 그래도 방x동 산다면 다들 나를 부자 보듯이 쳐다보고 세금도 어린애 키 크듯이 떼가는데 나는 이게 뭐야? 두 달이 멀다 하고 물난리를 겪고. 아, 지겨워, 정말. 싫다, 싫어 해대며 수건을 빨려고 일어나다 눈이 시큰했다. 나보다도 체격이 작고 바짝 마른 나보다 나이도 더 들어 보이는 아저씨. 엉덩이 높이 들고 가슴을 마루 바닥에 붙인 채 씽크대 밑을 살피시는 아저씨 발, 그 양쪽 발뒤꿈치에 구멍이 크게, 오백 원짜리 동전만큼이나 있었다.

나는 낡아빠진 아파트라고 지금껏 속으로 궁시렁거렸는데. 얼른 일어나 남편 옷장에서 새 양말을 찾았다. 두 켤레밖에 없었다, 새 양말은. 지폐 몇 장 같이 넣어 드렸다. 지난 달에도 주시고 뭘 또 주시느냐며 미안해하시는 아저씨를 보내고 부엌으로 돌아오니 이 일을 어쩐다? 임시 변통해놓고 가니 또 새나, 잘 보라는데 나는 아침부터 강의가 있고 남편도 출근해야 하고.

아~~ 또 짜증난다, 이 낡아빠진 아파트. 오늘 아침은 새 며느리가 어젯밤에 해온 쿠키로 때워야 한다. 물을 잠궈 놨으니. 아~~ 짜증 나~~. 나 어떡해~~~.

2021년 5월 30일

비가 그친 오늘 아침. 백로들은 아침부터 모여 일렬종대로 나란히 서서 열병식을 거행하고 들판엔 금계국이 손길 없이도 눈부시게 피어나는데, 장미의 계절이라는 5월에 장미는 계절을 잃은 날씨 때문에 빛 바래고 벌레 먹고 고개까지 숙이며 풀이 죽었다. 그런 장미 옆에서 나 보란 듯이 우쭐거리며 키를 키운 클레마티스는 짙은 보랏빛 꽃을 주인 얼굴보다도 더 크게 벌리며 끝없이 발돋움을 하고 있다.

땅바닥에 바싹 붙어 키를 낮춘 향후록스와 분홍 안개꽃은 '나를 보려면 너도 키를 낮춰야지' 유혹하며 흔들리는 폼새라니. 그래도 좋다는 우리 라도와 삽사리. 어제 무면허 미용사한테 봄날 버짐 핀 아이 머리마냥 듬성듬성 뜯긴 삽사리를 보고 늘씬한 라도가 "웡웡" 짖어댄다. 옷이 그게 뭐냐고 놀리는 건지, 불쌍하다고 위로하는 건지.

닭 모이에 냥이들 모이까지 다 주고 멀쩡한 장미 고르고 골라, 겨우 두 송이 꺾어 들고 들어오는데 분홍 낮달맞이꽃들은 무심한 주인이 원망스럽다고 난리고, 일곱 마리 냥이는 그저 내 뒤통수만 고개를 꺾고 쳐다본다. 나를 좋아하는 존재들은 정녕 냥이와 라도, 삽사리뿐이런가?

2021년 4월 17일

황사에 미세 먼지까지 목도 칼칼하고 시야도 희뿌연 오늘, 한 달 반 가까이 군계일학처럼 도도하게 피어 있던 수선화와 튤립도 이제 그만 꽃잎을 떨구며 임무 교대 중이다. 일곱 냥이의 술래잡기 속에 이미 몇몇 꽃은 장렬히 산화했지만 유독 꽃이 크고 색과 향이 진한 우리집 수선화와 튤립도 주인을 닮아 황사는 싫은 모양. 황사 바람이 불 때마다 투둑

투둑, 그 큰 꽃잎을 흩뿌리며 몸을 떤다. 수선화와 튤립이 산화하는 자리엔 팥배나무와 프렌치 라벤더, 영산홍이 이어 달릴 준비에 바쁘다.

봄꽃들도 이제는 제법 생기발랄한데 겨우내 집안에서 키워낸 다알리아를 유독 우리집 순둥이 삽사리가 애모에 사무쳐 꽃이 필락하면 필사적으로 팔을 뻗어 꽃송이를 모조리 잘라내는 바람에 어쩔 수 없이 시커먼 화분 받침으로 38선을 만들어 단절시켜버렸다. 아~~ 분단의 서러움이여.

그러나 정작 설워하는 것은 냥이들. 이놈들은 양귀비 새싹이 올라오는 불두화 옆자리에 인절미처럼 한 덩어리가 되어 웅크리고 있다. 아, 저렇게 한 몸이 되면 황사에 미세 먼지가 범벅이 된 중공발 유해 물질 흡입이 좀 덜 하려나? 오늘도 나는 꽃과 냥이들, 라도와 삽사리한테서 자연을 학습한다.

2021년 3월 28일

하루 종일 날씨는 꾸물댔지만 마당의 능수벚꽃은 낭창이면서도 연분홍 꽃잎을 하나둘 터트렸고 돌단풍도 새하얀 꽃몽우리를 소담하게 부풀리느라 분주했다. 라도는 이리저리 꽃구경에 정신없고 눈이 다 덮인 삽사리도 뭐이 보이는지, 봄비에 살려오는 향기가 살가운지, 코를 벌름벌름 털을 넘실거리자 순한 양허리에 올라탄 4월이는 그런 삽사리를 쳐다보느라 그 유연한 허리가 다 휠 정도였다.

오지랖 넓은 이 댁 안주인이자 만년 무수리인 나는 장금이 씨가 보내준 방울 맨드라미와 보라유채 씨를 마을 연못과 골목까지 골고루 뿌리다가 달래가 보이면 횡재라도 한 듯이 콧바람 휘날리며 듬성듬성 캐내느라 오지랖을 마을 입구까지 확 넓혔다. 거기까진 좋았는데 겨울을 나느라 조글조글해진 천년초 선인장을 목장갑만 끼고 룰루랄라 호기롭게 심다가 온 손에 잔가시가 듬성듬성 박혀 아직도 근질근질, 따끔따끔 잘난 척한 벌을 톡톡히 받고 있다.

어쨌거나 비가 와도 즐겁고 바람이 불어도 오지게 바쁜 이 봄. 다음 주엔 새 며느리감이 온다니 튤립이며 수선화가 깔맞춤으로 환하게 피어 주면 좋으련만. 이렇게 봄날은 또 후다닥 여운도 안 남기고 훌쩍 떠나가겠지? 우리네 인생처럼!

2021년 3월 20일

비 오는 춘분春分. 봄을 나누는지, 햇님을 나누는지, 하루 종일 부실부실 비가 내린다. 나는 비를 맞으며 땅일하는 것을 즐긴다. 얼굴에 와 닿는 빗물이 싱그럽고 일에 더 집중할 수도 있다. 그만큼 잡념도 줄어드니 좋다. 시골이라고 하지만 손바닥 만한 집이니 어제 사온 상추 세 가지도 화분에 서너 개씩 나눠 심고 한식에 내려올 아이들 기분 좋으라고 패랭이도 심고, 제비꽃도 심고. 아들놈들이야 본 듯 만 듯하지만 꽃 보며 즐거워할 며느리 얼굴이 눈에 선해 손길도 발길도 즐거웠다.

겨우내 방에서 지내며 꽃을 머금은 프렌치라벤더도 순한 양 옆에 심고 어제 낑낑대며 차에 실어온 단감나무와 대봉나무도 심었다. 어찌나

무거운지 들지도 못 하고 차에서부터 질질 끌어다 심은 것. 내년부터는 단감도 대봉감도 안 사먹고 따먹을지 몰라도 내 손목과 내 고관절, 내 어깨랑 내 허리는 못 살겠다고 아우성이다.

그래도 남편 내려오기 전에 임무 완료. 남편 눈엔 꽃이 피었는지, 새 나무가 들어왔는지도 안 보이겠지만 나는 봄맞이를 원 없이 했다. 2주 후면 튤립도, 수선화도, 돌단풍도, 패랭이들과 함께 봄의 향연을 왈츠처럼 펼치겠지? 그러면 됐다. 암, 됐구 말구.

2021년 2월 14일

청둥오리가 그렇게 높이 날아오르는 줄은 몰랐다. 삽사리와의 연휴 마지막 산책길. 뉘엿뉘엿 지는 해를 바라보며 중국 꽁무니를 따라다니다 못해 이제는 문안 조공까지 바치는 유명 정치인들 생각에 저절로 고개가 외로 꼬아지며 내 눈에 들어온 실개천. 바닥이 드러나다시피 한 개울에 청둥오리떼가 동동동 떠 있었다. 오늘은 좀 가까이 가서 사진 몇 장 찍어야겠다 싶어 삽사리와 둘이 살곰살곰 다가가니 푸드득 날기 시작한 청둥오리떼가 하늘을 박차며 높이 떠올랐다.

순식간이었다. 이미 검푸른 어둠기가 도는 하늘을 가파르게 오르더니 대열을 정비, 유유히 북녘 하늘로 향하더라. 그들이 떠나고 난 개울가엔 제법 큰 물고기가 여기저기 상처를 입고 비스듬히 누워 있었다. 저런, 모처럼의 만찬을 내가 방해했네. 미안해서 얼른 자리를 떴다. 돌아와 성찬을 즐기라고.

그러나 되돌아오는 산책길에도 오리떼는 오리무중. 도무지 보이질 않네. 유명 정치인들은 공손하게 문안 조공도 꼼꼼히 올리건만 나는 어쩌자고 남의 거한 만찬을 방해하며 멀리 쫓아냈는지. 연휴 마지막 날, 또한 켜 나는 업보를 쌓아 올렸네.

2021년 1월 31일

땀까지 흘리며 삽사리랑 열심히 봄맞이 마당 청소를 하고 있는데 낮도깨비같은 자가 문자로 느닷없이 화요파와 춘경원파를 묻길래 조선공산당 책을 헐레벌떡 찾는데 세상에나, 사진 한 장이 책갈피에서 나오네. 낡아빠진 토슈즈랑 뿌옇토록 색이 바랜 공단 모자는 몇 년 전에 미련 없이 버렸는데. 쮸쮸복은 대학 들어가면서 버렸고.

더 이상 키도 안 크고 다리까지 다시 아파와서 발레리나의 꿈을 버려야 했던 중학교 2학년 때 마지막 발표회. 퉁퉁 붓고 저리는 다리로 그날 내 생애 마지막 발레 공연을 했었지. 음악보다 새소리가 먼저 나오는 '숲속의 아침'이란 곡에 맞춰서 엎드려 있다가 서서히 잠에서 깨어나는 느린 손 동작으로 시작하는 아름다운 작품이었는데. 그날 이후 내 꿈은 익명으로 숨어서 활동하는 발레비평가였고.

돈 버는 직업인으로서의 내 꿈은 다 이루고 곧 정년을 맞이하는데. 어즈버라~~ 잃어버린 꿈을 찾아 이제라도 분홍 토슈즈나 하나 사볼까나.

혼자 먹는 밥은 별로다. 35년 전 오늘 그랬던 것처럼 35년 후 오늘도 그렇게 풍풍 예보처럼 무시로 눈이 오려나 생각하며 느즈막히 일어나보니 하늘도 땅도 맨숭맨숭 파란 하늘에 햇살까지 비춘다. 혼자 어정쩡한 아침을 먹으려고 제법 큰 계란을 하나 꺼내 뜨거운 들기름에 타악 터트려 넣었더니 대~~박! 쌍란이다. 겨울이라고 너희는 알도 잘 안 낳느냐며 어제 닭장 청소하면서 궁시렁궁시렁 투덜댔더니 에고야, 쌍란을 선물했네~ 꼬꼬댁들이~~. 설마 먹고 떨어져라 하는 건 아니겠지?

쌍란 덕분에 기분 up! 먹다 남은 청국장에 싹싹 비벼서 밥 한 공기 뚝딱 하고는 삽사리랑 느긋~~하게 산책에 나섰는데 갑자기 삽사리가 길가에 앉아 어딘가를 뚫어져라 바라본다. 아, 늘 혼자 개울가를 맴돌던 쓸쓸한 백로 한 마리가 세상에나 오늘은 두 마리가 되었네? 내 눈도 휘둥그렁.

어디서 날아왔을까?

가다가 돌아왔을까?

수만 리 먼 하늘을 어찌 찾아왔을까? 이 추운 겨울을 어이 나려고. 남녘으로 가다 말고 돌아왔을까? 까마귀 노니는 곳에 백로야 가지 마라 하지만 더럽다고 안 가면 까마귀 천지가 되는 이 세상에 너는 가다 말고 도로 돌아왔구나. 반갑다고 하기에도, 기쁘다고 하기에도 그냥 짜안하고 안 됐는 마음. 그래도 개울물이 녹아 먹을 게 뭐라도 있는지 옆자리에 청둥오리도 옹기종기 앉아 있고. 하기야 밥은 모여서 같이 먹어야지~. 김치찌개 하나를 놓고 먹어도 빙 둘러앉아 같이 먹어야 맛이지.

오늘 저녁은 오랜만에 식구들과 호박죽을 해 먹어야겠다 싶어 길죽~한 누우런 호박 하나를 댕궁 잘랐다. 껍질 까는 일이 좀 성가시긴 해도 두런두런 호박보다 잘 익은 식구들의 실없는 얘기가 더없이 맛깔스러울 테니 반찬은 동치미 하나면 족하고. 그래 오늘은 다 같이 이른 저녁밥을 맛있게 먹는 거다.

야~호~~ 생각만 해도 Bon Appetit! 밥은 역시 모여서 먹어야 제맛이쥐~~.

2021년 1월 10일

겨울은 시골이 제격입니다. 겨울이라고 하얀 눈이 내리면 도시에서는 출근 걱정, 운전 걱정에 사각사각, 풀풀, 고조곤히 여인네 옷 벗는 소리도 못 듣고, 놋양푼에 녹여 먹을 수수엿도, 응앙응앙 울어줄 당나귀도 누렁이도 휘황찬란한 도시에는 아예 없습니다. 비싼 돈 들여서 옷도 해 입히고 패티큐어에 미용도 해주지만 그 녀석은 사람 무르팍만 좋아할 뿐, 누렁이처럼 힝잉거리며 새하얀 눈밭을 경중경중 뛰어다닐 생각도 안 하지요. 가난하고 텅빈 시골에 그래서 풀풀 백설기처럼 눈이 쌓이면 잃어버렸던 낭만도 슬레이트 지붕 위로 켜켜이 돌아옵니다. 눈이 내린 후 강추위가 몰아치면 고드름이 주렁주렁 크리스털, 투명한 겨울꽃도 길게 피우지요.

어제, 오늘 삽사리와 함께 원 없이 눈밭을 걸었습니다. 새하얗던 눈밭을 둘이서 오고 가며 긴 둑방 길을 이틀 동안 무려 열 번쯤 반복하니 8m 도로가 발자국으로 가득합니다. 발자국마다 새겨진 새하얀 편지가 읽히시나요? 중간중간 연못에 피사의 사탑처럼 서 있던 백련 가지랑 파초대, 국화 더미도 깨끗이 걷어다 태웠습니다.

어릴 적 학교도 가기 전 즈음에 몇 번이나 연못에 빠져서 허우적댔던 기억 때문에 서리를 머리에 이고 사는 지금도 좀처럼 연못에는 들어오려고 하지 않는 남편이 꽁꽁 얼어붙은 연못에 쿵쾅쿵쾅 소리를 내며 들어와 마누라가 거둬놓은 가을의 전설을 뜨겁게 불태우는 표정이 사뭇 진지하고 준엄하더이다. 얼음장 위에 앉아 말없이 태양을 등지고 감독하는 삽사리 때문인지는 몰라도. 헐벗은 시골의 하루가 또 이렇게 저물어 갑니다. 폭설과 한파 덕분에.

2020년 11월 15일

김장쇼라고 들어보셨나요? 어젯밤부터 조금 전까지 예정에도 없고 각본도 없는 진기한 김장쇼를 신나게 했습니다. 농약이나 비료는 전혀 안 쓰고 순 엉터리 주말 농부를 하느라 우리집 배추는 벌레투성이에 속도 전혀 안 차서 기도 안 차고 무 또한 제 팔뚝만도 안 되게 삐리삐리하다고 한숨을 쉬었더니 가까운 곳으로 귀농하신 전직 외교관 사모님께서 젓가락으로 벌레 잡아가며 키운 배추와 무를 주겠다고 하셔서 어젯밤 열 시가 다 된 시간에 들러 배추, 무, 갓에 대봉, 퇴비까지 자동차 하나 가득 받아왔습니다.

그 밤에 남편과 둘이 무채 썰고 배추 절이고, 대파랑 갓 씻고 생강, 마늘 까고 다지고, 황석어젓에 야채랑 다시마 넣고 온 집안에 냄새 풍겨가며 달이고, 한밤중에 절인 배추 둘이 뒤집고, 새벽 두 시까지 낑낑, 에고고 했지요.

아침엔 당연히 늦잠을 잤습니다. 여덟 시쯤 며느리 오는 소리에 나가니 형님이 배추를 열다섯 포기나 들고 오셔서 이미 절이고 계셨습니다. 무슨 김장을 다섯 포기 하느냐고 다른 집에서 얻어오셨다는 겁니다. 무도 또 열 개를 얻어오셨습니다. 옆집에서 김장하다 남았다는 고추, 대파, 갓까지 또 얻어 오시고. 시골에 이 집 저 집 배추, 무가 지천인데 다섯 포기 김장이 웬 말이냐 하시면서.

졸지에 김장 스무 포기에 깍두기, 석박지까지 살뜰하게 담느라 오늘 하루가 어떻게 갔는지 정신이 하나도 없었습니다. 마당쇠 노릇을 충실히 한 남편, 부르면 상냥하게 네~~ 어머님 하며 한달음에 달려오는 며느리, 80이 넘으신 연세에도 장금이가 울고 갈 미각을 자랑하시는 형님, 무엇보다도 배추, 무 등 재료가 너무 실하고, 달고, 알차서 짧은 초겨울 해만 아쉬울 뿐, 하하호호 즐거운 시간이었지요.

시집와서 김장하던 중 가장 적은 스무 포기 김장이었지만 가장 기발하고 가장 빠른 속도로 더운 물에 배추 절여가면서 번갯불에 콩 구워 먹었습니다. 배추쌈이요? 둘이 먹다 셋이 죽어도 모를 만큼 끝내주게 맛있었습니다. 후루룩 끓인 대구탕까지!

이제 이 집 저 집 배달할 일만 남았는데 벌써 10분 후면 내일이네요.

훗! 김장쇼 한 번 걸지게 했습니다.

2020년 11월 7일

입동인 오늘, 천근만근인 몸을 이끌고 작년에 돌아가신 시어머니의 첫 제사를 모시기 위해 동이 트기도 전 어스름한 새벽, 빈 시골집에 도착하니 세상에나, 3주 전에 심어놓은 샤프란이 이 차가운 날씨 속에 현관 입구 손바닥 만한 꽃밭에서 여리여리, 보라색 꽃을 피워내고 있네요. 줄기겸 이파리는 7cm도 안 되고 난처럼 생긴 이파리도 너댓 개밖에 안 되는데 샤프란꽃은 그보다 훨씬 크고 꽃잎도 듬직, 우람(?)합니다. 꽃이 제 몸을 이기지 못해 옆으로 쓰러질 정도로요.

놀랍고 신기하기도 하고, 피곤했던 제 몸의 모든 세포도 순식간에 생기를 얻는 듯합니다. 샤프란은 한겨울, 얼음 속에서도 핀다네요. 워낙은 가을, 겨울에 핀다는 샤프란. 우리나라에서도 노지 재배가 이렇게 가능할지 몰랐습니다. 조심조심, 처음 심어보는 거라 간격을 너무 넓게 한 것 같긴 한데, 3년쯤 지나면 이 화단을 꽉 메우고 그때면 저도 크로커스라 불리는 암꽃의 기다란 꽃술을 하나씩 따내 샤프란차를 만들 수 있으려나요?

우리나라에서는 샤프란이 어쩌다 섬유유연제가 되었지만 샤프란은 귀하고 귀한 향신료랍니다. 금값보다 비싸다고들 하지요. 부리나케 차에서 내린 많은 제사용 식품 재료를 정리도 안 하고 부랴부랴 샤프란차부터 한 잔 탔습니다. 샤프란 꽃술은 빨개도 뜨거운 물을 부으면 금보다도 더 귀해 보이는 묵직하면서도 투명한 노란색 물이 우러납니다.

　너무 비싸서 자주 먹지는 못 해도 가끔씩 온 식구가 모일 때면 새우랑 각종 해물을 넓은 냄비에 잔뜩 넣고 빠에야를 해먹곤 했는데 오늘은 정신없어 안될 테고. 식구들 차례로 도착하면 귀한 샤프란차 한 잔씩 줘야겠어요.

　참, 샤프란의 꽃말이 뭔지 아세요? 후회없는 청춘, 기다리는 기쁨이랍니다. 후회없는 청춘 보내셨어요? 기다리는 기쁨 느껴보셨나요? 여러분은 오늘, 누구를 애타게 기다리시나요?

2020년 10월 24일

　무서리에 고추, 가지, 토마토, 제비꽃, 배롱나무, 천사의 나팔에 색색으로 피어나던 다알리아까지 초주검이 되어 축 널부러졌다. 그러나 장미와 국화는 마알간 얼굴로 진한 향기까지 내뿜으며 도도한 듯, 처연한 듯 고개를 곧추세우고 온몸으로 바람을 맞고 있으니 보는 이가 외려 안쓰럽더라. 이 서리를 얼마나 더 견뎌내려고 몽울몽울 몽우리까지 맺었는지. 가을 장미의 위엄은 고혹적이다.

　담장 따라 색색으로 피어난 국화는 도미솔도미솔라라라솔~~~ 경쾌한 리듬감을 자아내니 발걸음도 리드미컬하게 장단 맞춰 타작까지 끝난 논에 파릇파릇 돋아나는 철없는 벼를 신기하게 바라보며 높이 달린 감 구경도 하고, 떨어진 모과도 한 아름 주워오고, 가을 들녘을 누비며 달래랑 냉이도 캤다. 가을 냉이가 얼마나 연한지, 가을 달래가 얼마나 향기로운지 안 캐고, 안 다듬어보고, 안 먹어본 사람은 모른다.

가을 하면 또 꽃무릇에 샤프란이지. 겨우내 푸르를 꽃무릇은 대문 입구 화단에, 다음 달이면 귀한 꽃을 피워낼 내 사랑 샤프란은 현관 입구 화단에 심고 나니 온몸이 천근만근. 허리랑 머리, 뒷목에 고관절까지 나 좀 살려달라 아우성을 쳤지만 장미를 닮았는지, 국화를 닮았는지 나는 알타리까지 잔뜩 뽑아왔다. 그리곤 그 딱딱한 모과를 썰어서 모과청을 한 통 자박자박 채웠다. 누구누구 나눠줘야지 하면서.

아, 이 아름다운 가을에 서리맞은 가지처럼 축 늘어진 나는 누구인가?

2020년 9월 11일

이유는 잘 모르겠다. 그냥 나는 광목이 좋다. 아니 무명천이라고 하는 게 더 정확할지도 모르겠다. 표백하지 않아 누리끼리~~하고 씨줄 날줄도 성긴 듯 엉성해서 툭툭 실무덩이가 손에 걸리는 듯한 그 투박한 질감이 나는 참 좋다. 매끈한 실크보다 보드라운 화학섬유보다 촌스러운 광목이 내 살갗을 더 깊이, 더 자연스럽게 파고 든다.

한여름 삼베 이불을 제외하곤 봄, 가을, 겨울 모두 나는 광목 이불을 턱밑까지 끌어당기곤 하루를 마감하며, 또 하루를 맞기도 한다. 그런 광목에 수를 놓았단다. 그것도 내가 좋아하는 이의 그림을. 더욱이 내가 또 좋아하는 효재 님이! 바로 주문했다. 복숭아 빛과 하늘색 능소화를. 받고 보니 기계수가 그림, 그것도 한줌 햇빛 님의 그림, 그 소근거리는 듯한 조잘거림을 제대로 표현해내지 못한 것 같아 좀 실망스러웠지만. 이불 속에서 나온 한줌 님의 정감 어린 손 엽서와 정성이 담뿍 어린 신발, 가을을 달고 온 앞치마에 늦은 퇴근길 까부라지던 내 몸이 순식간에 파들파들 살아나기 시작했다.

후두둑후두둑 까만 밤에 비가 흩뿌린다. 우리를 둘러싼 환경이 아무리 끔찍하고 아무리 이율배반적이라 하더라도 꽃이 진 자리에 툭툭 열매를 터트리는 목화처럼 우리도 곧 울화를 토해내다 광목처럼 성긴 듯, 포근한 누군가의 이불이 되어줄 수 있다면 우리네 '서글픈 상념'도 차츰 잊혀져가겠지. 새봄이 오기 전에. 목화 씨가 뿌리를 내리기 전에.

2020년 8월 23일

오늘은 하루 종일 불과 함께 했다. 날씨도 불볕인데 음식도 전부 불맛, 잘 나지도 못했으면서 시절끽다時節喫茶도 불로 다스렸다. 하루가 다르게 억세지는 연잎을 아침 댓바람부터 한 아름 따다가 씻고, 찌고, 썰고, 말리고, 덖고. 가스불 앞에서 땀에 전 셔츠를 두 번이나 갈아입어야 했다. 그래도 곱게 썰려 가즈런히 누워 있는 예비 백련차가 어찌나 곱고 예쁜지. 말라가며 내는 그 향은 또 얼마나 이그조틱한지. 부랴부랴 점심을 하면서도 혼자 흐뭇하고 향기로웠다.

내친 김에 점심 메뉴도 불맛으로! 올해 첫 단호박이랑 늘씬한 가지 두어 개 따다가 지글지글 기름에 옷 입혀 튀기고, 호박잎은 먹기 좋게 지키고 서서 얼른 쪄내서 자글자글, 짜글이로 된장 졸이고, 마당에 지천인

푸성귀 뜯어다 부침개를 서너 판이나 부쳐냈다. 덕분에 좁다란 부엌은 지옥불에 달궈진 듯하지만 이열치열, 가는 여름을 뜨겁게 열 받아 떠나게 하고 싶었다. 이런 내 맘을 아는지, 어제 잘라다 백련꽃 앞에 놓았던 여주는 그만 열기를 못 견디고 빵 터져버렸다. 어느 화가의 빨강이, 어떤 정열의 빨강이 여주 속만 하겠는가?

어스름 저녁, 서울로 떠나올 즈음엔 백련잎차 옆에다 말리던 금화규까지 놀랍도록 예쁜, 채도 높은 노랑으로 변해 있더라. 아침에 똑똑 따냈던 그 우아한 아이보리 금화규가 온종일 자신을 비워내며 보여준 샛노랑. 아, 어쩌란 말이냐? 저 샛노랑을!

2020년 8월 17일

사람은 모여 살아야 한다. 지지고 볶고 갈등이 생겨도 사람은 같이 모여 살아야 한다. 혼자 있으면 특히 여자들은 자기가 먹자고 음식을 하진 않는다. 나도 마찬가지! 남편은 산사山寺에서 도 닦으며 좋아라 하지만 나는 혼자 있으니 입이 영 깔깔하다. 아침에 느즈막히 일어나 나가니 어린 냥이들은 신문을 죄다 찢어서 마당을 완전히 초토화해 났더라. 라도는 끈이 풀려 마당을 마구 휘저어놓고 여기저기 응아도 해놓았길래 혼자서 궁시렁궁시렁 고놈들 뒷치닥거리 해주면서도 에고, 요놈들마저 없었으면 내 입에 거미줄 칠 뻔했구먼.

마당에 우두커니 서서 하늘도 올려다 보고, 썩어버린 장미봉숭아도 쳐다보다 우연히 입구의 전등을 보니 아뿔싸, 말벌들이 전등갓에 빼곡히 붙어서 웅웅대고 있었다. 용감하게 람보 흉내를 냈다. 조금도 망설이지 않고 에프킬라를 갖다가 치지지직! 쉴 새 없이 뿌려댔다. 이놈들이 여자를 업신여기는지, 머리가 허였다고 우습게 아는지 질기더라. 에프킬라를 반 통 이상 마시고도 땅에 떨어지는 속도도 느리고 떨어져서도 비틀비틀. 확인 사살을 하고 나니 그제서야 번져오는 두려움. 두려움은 어지러움으로, 또 허기로 다가왔다. 뭘 먹지? 그제부터 밥도 안 해서 먹을 게 하나도 없는데.

우쉬! 밭으로 가서 긴 장마 속에서도 애써 못난 열매를 맺고 빨갛게 익어준 토마토가 고마워 살뜰하게 따 들고 들어왔다. 뭘 먹어야 하는데, 엊저녁도 제대로 안 먹었는데 생각하다 일단 토마토를 끓였다. 일을 시작하니 또 발동이 걸려 냉장고에서 샐러리도 꺼내고 밭에 다시 나가 잎이 무성해진 아스파라거스 속에서 순도 꺾어다 듬성듬성 썰어 넣고 토마토 수프를 끓였다. 보글보글. 색이 곱다.

냉동실을 뒤져 식빵 구워서 길게 잘라났던 식빵 스틱도 찾아내 큼지막하게 부러뜨려 얹었다. 그래, 혼자 있어도 먹어야 해. 내 몸을 내가 안 위하면 누가 내 몸을 챙겨 주겠나? 내친 김에 저녁엔 양파 수프를 끓여 봐?

2020년 8월 16일

어리디 어린 배추 모종에 오늘 오후 내내 레이스처럼 고운 면사포를 조심스레 씌워주었답니다. 연신 엉덩방아도 찧고 손도 여기저기 긁혀가면서요. 매년 광복절 즈음이면 김장 배추를 심는데 저희는 농약을 전혀 안 주기에 매주 젓가락을 들고 벌레 잡는 게 정말 고된 고역, 고행이거든요. 가을 내내 시골에 내려오면 주말마다 아무것도 안 하고 나무 젓가락 들고 벌레를 잡아도 늘 우리집 배추는 파는 것의 4분의 1 정도도 채 안 됩니다. 물론 맛은 끝내주지요.

그런데 어느 분이 말씀하시기를 아주 어린 모종을 심고 곧바로 한냉사라는 레이스처럼 고은 천(?)을 벌레가 못 들어가게 덮어주면 약을 안 쳐도 배추랑 무를 아주 편하게 기를 수 있다시길래 오늘 오후 푹푹 찌는 폭염 속에서 고추 뒤고랑과 깻잎 앞고랑에 낑낑대며 배추 모종 서른 포기를 심고 면사포처럼 하늘거리는 한냉사를 곱게 덮어주었습니다. 철사를 구부려 작은 아치도 직접 만들어 세워보니 정말 힘들더라구요. 세상에 쉬운 게 하나도 없어요. 정말 공부가 제일 쉬운 것 같아요.

내일은 콜라비 캐내고 그 자리에 강화도 순무와 과일처럼 깎아서 먹는다는 속이 빨간 과일무를 심으려구요. 에구구, 오후 내내 혼자서 낑낑댔더니 온몸이 움직일 때마다 여기저기서, 구석구석 나 아파요 하면서 아우성을 치네요. 그래도 올해는 벌레잡이에서 해방되려나 희망을 가져봅니다. 광복절 다음 날에!

2020년 7월 31일

기다리는 마음. 기어이 인명 피해까지 낸 폭우가 잠시 물러난 자리, 밤 사이 쑤욱 한 뼘은 키가 커진 들판이 누렇게 성난 강물 언저리를 걱정스레 지키고 있는 아침. 반가운 분들이 오신다기에 연꽃 한 송이 꺾어다 빈 술병에 꽂아놓고 툭툭 옥수수 꺾어 껍질째 찌고 오이, 참외 설렁설렁 썰어 치즈랑 베이컨 살짝 올려 커다란 연잎, 쟁반 삼아 맨드라미차와 허브차 내놓고 대문을 활짝 열어제꼈다.

누군가, 반가운 사람이 있다는 것은 언제나 설레고 행복한 일이다. 정현종의 시처럼 '사람이 온다는 것은 실로 어마어마한 일이다.' 부서지기 쉬운, 그래서 부서지기도 했을 그 마음이 오는 것이니까. 더욱이 이심전심, 요즘처럼 험하고 각박한 세월에 힘들고 부담스러운 일을 함께 하면서 수시로 마음이 상하기도 했을 귀한 분들이 찾아온다면 그보다 더 어마어마한 일이 어디 있겠는가?

기다리는 사람, 반가운 사람이 있다는 것만으로도 그것은 그 인생의 축복이다. 축! 복!

2020년 6월 21일

도깨비 방망이처럼 중국놈들이 각목에 쇠못 박아서 인도 사람들을 작살내고, 가뭄에 논바닥 갈라지듯 돈이 말라버린 북한 수뇌부가 허세 부리다 자폭하려는 듯 대남 선전 삐라를 찍어낸 오늘, 나는 마님 흉내를 내며 서방님을 간만에 마당쇠로 부렸다. 아침에 마치도 이 몸이 양귀비인 양 손을 이마에 갖다대고 양미간을 살짝 구기며, 목소리에 힘을 좌악 빼면서 혼잣말하듯이 내뱉었다.

"할 일이 태산 같은데 머리가 깨지듯이 아프네."

그러자 모처럼 속아 넘어간 서방님,

"뭘 해야 하는데?"

퉁명에 무심을 섞어서 묻더라.

오잉? 웬일? 기회는 찬스! 더 기운 없는 목소리로 "어엉~~~ 지난 주에 매실을 못 따서 다 땅에 떨어져버리고 이젠 단내가 나도록 익어버렸구, 감자도 오늘은 캐야지. 수요일부터 금욜까지 장마래. 라도 x통도 다 차서 산에 갖다 버려야 하구, 옆집에서 가져온 마늘도 창고 앞에다 매달아야 하구, 주차장 공사 마무리 들어가니까 나무도 제자리에 옮겨 심어야 비 오면 자리를 잡을 텐데" 하면서 흘낏 쳐다보니 나보다도 손등이 얇고 손가락도 나보다 가는 당신이 글쎄, "그럼 해야지" 하면서 뻘건 장갑을 끼고 나가더라.

야호~~. 속으로 쾌재, 아니, 쾌지나칭칭 하면서 쫄레쫄레 따라 나가서는 "요기도 있잖아, 아니 거기 말고 요기" 하면서 알뜰하게 일을 시켰다. 어찌나 신이 나는지 나는 라도 앞, 오늘 또 한 송이, 수줍게 피어난 금화규 옆에 앉아 감시, 감독, 잔소리에 폭염이라는데 더운 줄도 몰랐다.

이번엔 감자 캐기. 120m도 아니고 120cm 정도 되는 조막만한 감자 골. 게다가 늦게 심어 캐고 보니 애개개 한 바가지도 안 되네? 또 마당쇠만 들들 볶았다.

"흙 속을 다시 찾아봐. 그것밖에 없을 리가 있나? 덤벙대지 말고 찬찬히 다시 캐봐요."

아뿔싸, 그랬더니만 이 남자, 어디서 그런 힘이 나왔는지 캐라는 감자는 안 캐고 멀쩡한 오이넝쿨을 쑤욱 뽑더라.

아아앙~~~ 내 오이~~~~ 양귀비 흉내 내다 올 여름엔 오이 구경하기 글렀다. 중국놈들처럼 각목에 못을 박아? 아님 북괴놈들처럼 전단지를 뿌려? 고민하다 보니 벌써 열한 시가 다 됐네. 역쉬 난 양귀비과는 아닌가벼.

2020년 6월 13일

아침에 일어나 보니 금화규가 꽃을 피웠더라.

오~~ 내 사랑 금화규. 영어로는 골드 히비스커스. 마치도 접시꽃처럼 위로 다분다분 계단 밟고 올라가듯이 피어난다. 7~8년 전 조지아에서 보고 한눈에 꼴깍 반해 씨를 사왔지만 웬일인지 3년 전에 꽃도 안 피고 스르르 다 죽어버려 너무 아쉬웠는데 올봄에 모종 다섯 개를 얻어 주말마다 애지중지했더니 성공! 올해는 씨를 받아야 해서 꽃차를 만드는 일은 눈물을 머금고 참아야 한다. 금화규 꽃차 정말 좋은데. 그래도 아쉬움보다는 기쁨이 컸던 오늘, 금화규 덕분에 노동 좀 찰지게 했다.

풍성하게 정열적으로 꽃을 피우던 양귀비가 지난 주부터 꽃이 지면서 영 지저분해졌다. 그래서 담벼락의 양귀비를 조금의 주저도 없이 싹다 뽑아내고 연못가에 소복이 올라온 금잔화와 주먹봉선화를 들쑥날쑥 심었다. 일부러 그런 건 아니고 의외로 내 손이 야물지 않아서. 그렇게 심어도 꽃이 피면 다들 이쁘다고 해주니 된 것 아닌감? 금잔화가 무지 많이 남아서 3주 전쯤 며느리와 함께 논둑 따라 국화꽂이했던 데에도 듬성듬성 역시 내 맘대로 심었다.

지금은 좀 어설퍼 보여도 장마 끝나고 나면 뚱뚱한 아줌마처럼 잔뜩 몸집이 불고 노오란 꽃을 다 따내지 못할 만큼 풍성한 꽃나무처럼 변해 서리가 올 때까지 쉴 새 없이 꽃을 피워댄다.

금잔화marygold는 7월부터 늦가을까지 틈날 때마다 꽃차로 만들어 주변에 선물하면 다들 무척 좋아한다. 루테인이 많아서 눈에도 좋고 내가 직접 기르고, 따서, 덖어 말리니 꽃차를 선물하면 인기 짱이다. 사람들이 나는 안 좋아하고 다들 꽃차만 좋아해서 탈이지만 그런들 어떠리. 저런들 어떠리. 꽃을 만지는 것 자체가 행복인 걸! 혼자서 신바람나게 화단 정리하고 동네 골목 어귀까지 꽃을 심었더니 온몸은 비를 맞은 듯 땀으로 뒤범벅!

저녁하러 들어오면서 장미 몇 송이 따다가 식탁에 꽂았다. 꽃이 넘쳐나는 초여름엔 그냥 꽃만 보고 싶다. 다 잊어버리고, 다 덮어두고 하루 종일 꽃만 쳐다보고 싶다.

2020년 5월 31일

웬일인지 새벽, 오밤중이라고 해도 좋을 신새벽에 잠이 깨어 말똥말똥. 아무리 묵주기도를 해봐도 분심만 들고 정신은 더 맑아져 자리를 박차고 일어나 무수리 기질을 발휘해 부엌으로 갔다. 옛날 같으면 묵주기도 중에 스르르 잠이 들어 묵주가 등허리를 들쑤셔도 코까지 골며 잘

잤건만. 이젠 두세 시에 한 번 깨면 백약이 무효, 그럴 땐 서럽지만 무수리 기질이 최고다.

일단 식탁에 홀로 앉아 생강나무 꽃차 한 잔 마신 후, 식탁 위에서 시들어가는 노오란 다알리아꽃색이 너무 곱고 아까워서 하나하나 떼서 아쉬울 것도 없는 5월 달력 북~ 찢어 늘어놓고는 냉장고 문 활짝 열어서 작년 가을, 소금과 고추 씨만 들이부어 놨던 무거운 백김치통을 꺼내 배추 딱 한 포기, 무 한 개, 무청 네댓 대궁을 꺼내 맑은 물에 푹 담가놓고, 냉장고 야채통에서 파프리카 세 개를 꺼내 정식 오븐도 아닌, 빵 데우는 미니 오븐에 넣고 200도에서 10분씩 두 번 구웠다.

일단 파프리카가 익으면서 온 집안에 스멀스멀 우아하게 번지는 파프리카 향에 엔돌핀 급상승! 껍질이 탈 정도로 구워지면 식기 전에 바로 꺼내 종이봉투에 넣고 봉투를 잘 오므려 뒤베란다에 놓고. 어제 앞집 이장 댁에서 주신 마늘쫑을 새우 넣고 볶을까, 고추장에 무칠까 잠시 고민하다 남편이 좋아하는 품목은 오늘만은 절대 안 하기로 결정했다. 왜? 혼자서 쿨쿨, 아무리 내가 밖에서 부시럭거려도 혼자서 잘 자니까 미워서. 흥!

냉동실을 뒤지니 계란찜용 아주 작은 새우밖에 없었지만 메뉴를 바꾸지는 않았다. 나는 지조있는 여자니까! 남편이 미운 건 미운 거니까! 벌을 받았는지 마늘쫑볶음이 별로 잘 안 됐다. 그러게 착하게 살아야 하는디. 괜히 심술이 나서 물에 푹 담가놨던 배추와 무, 청을 오지게 빡빡 씻어 물을 갈아줬다. 고 사이에 파프리카가 다 식었다. 낼름 들어다

껍질을 술술 벗기니

파프리카 속살이 반지르르, 야들야들 꼭 우리 애들 아기적 엉덩이 같다. 애들 백일무렵, 찐빵같은 엉덩이깨나 깨물었는데. 그땐 왜 그리도 행복했는지! 바보처럼.

암튼 파프리카 씨를 빼낼 때 흐르는 물은 야무지게 잔에 받아서 쪼로록~~ 마셨다. 으으~~음,

오메 좋은 것, 윗몸이 저절로 흔들릴 정도로 쏘굿~~ 트레트레 봉! 하면서. 양념은 별것 없다. 얌전하게 늘어진 파프리카를 적당히 채 썰어서 그 위에 올리브유와 발사믹만 부어놓았다. 무치지도 않고 위에 부어놓고 냉장고에서 하루만 숙성시키면 입안에서 살살 녹는다. 바게트빵에 올려서 먹어도 좋고 그냥 밥반찬으로 먹어도 행복하다. 난 소금도 안 넣으니 때로는 간식으로도 아구아구 먹는다. 생각만 해도 또 엔돌핀 급상승!

마무리는 짠지무침. 물을 다시 갈아주면서 무와 무청부터 건져 올려 꼭 짠 후 송송 썰어서 다시 한 번 꼭 짰다. 이때는 잠시 후회! 악력이 유독 약한 나는 뭘 짤 때면 엄청 힘이 든다. 고혈압은 없으니 얼굴만 빨개지지만 손가락 마디는 벌써 이상 징후! 그래도 있는 힘껏 꼭 짜서 지난주에 거른 오미자청 조금 넣고 흐뭇하게 뚜껑을 덮었다. 놀짱하게 예쁜 무에는 황매실청을 살짝 뿌렸고. 둘 다 샐러드에 넣어 먹으면 짱이다. 생각만 해도 군침이 돌아서 얼른 뚜껑 덮어 냉장고로 직행!

이어서 뽀얀 배추 김치를 꼭 짜고 길이로 반만 잘라 몸통 부분은 쭉

쭉 찢고 치마 부분은 밥을 싸 먹어야 하니 그대로, 손대지 않고 다시 한 번 죽을 힘을 다 해 꼭 짜서는 매실청과 참기름만 넣고 조물조물. 햐~~ 요놈도 향이 끝내주네. 끝내 못 참고 무수리가 먼저 시식! 독이 들었나, 안 들었나 고것만 살펴야 하는데 코와 혀를 시작으로 그만 오감이 춤을 추는 바람에 냉장고에서 찬밥 꺼내 뜨거운 물에 말아 짠지쪽 올려가며 한 대접을 꿀꺽! 남편은 아직 일어나지도 않은, 여전히 새벽 시간에 무수리는 밥 한 그릇을 싹! 다! 비웠다.

흔적을 지워야 하니 온 집안의 문 다 열어놓고 산처럼 쌓인 설거지를 하다보니 점점 배는 불러지고 스멀스멀 잠이 오기 시작해 조금 전까지 꿀잠을 잤다. 일어나보니 남편이 보이질 않네? 배고파서 라면 사러 나갔나? 아님 혹시 가출?

2020년 5월 6일

예쁜 장미꽃도 아닌 가시 주제에 나를 얕잡아보고 공격하다니! 어제 호청을 삶아 빨아 널고 어느 정도 마르는 동안 장미와 산당화를 손질했다. 바보처럼 따뜻한 겨울도 못 나고 얼어죽은 어설픈 장미 가지와 잘난 척하느라 훌쩍 웃자란 산당화(명자꽃) 가지를 정리하며 넌 왜 이리 못 났니, 넌 또 왜 이리 잘난 척하니 궁시렁거렸더니만 꽃 중의 꽃, 장미가 반격을 해왔다. 그것도 치사하게 가시로.

오른쪽 엄지손가락 안쪽을 찔렸는데 어찌나 독하게 반격을 했는지 피가 제법 많이 났다. 한두 번 찔린 게 아니어서 땀과 송화가루에 범벅이 된 더럽고 시커먼 셔츠에 쓱 문질러 피를 닦았는데도 장미보다 더 빨간 피는 멈추지 않았다. 또 투덜대며 안으로 들어가 빨간약을 대충 바르고 못 다 한 장미와 산당화 가지를 있는 힘을 다해, 인정사정 없이, 나도 반격하는 심정으로 쳐냈다. 깨끗하게, 깔끔하게.

그런데 오른쪽 팔꿈치 아랫부분이 시큰시큰 저려오기 시작했다. 그렇다고 뭐 아야 소리를 지를 정도는 아니어서 그 팔로 조물조물, 이불 호청 옥양목에 풀을 먹이고, 서너 시간 기다렸다가 반쯤 마른 호청을 차곡차곡 접어 발로 꼭꼭 밟은 후 쭉 펴서 널어놓고 밤 열 시가 넘어 운전하고 오는데 오른쪽 팔이 점점 더 저려왔다. 참는 데는 둘째 가라면 서운한 나. 꾸욱 참으며 서울 오는데 아아아 소리가 날 정도로 저렸다.

오늘 아침에 일어나니 눈이 안 떠질 정도로 온몸이 부어 있었다. 오른쪽 손은 왼쪽 손의 거의 두 배. 장미 가시에 찔려죽었다는 어느 시인의 얘기도 생각나고. 장미 가시를 우습게 본 죄로 양쪽 엉덩이에 아픈 주사 두 대 맞고 독한 약 사흘치 타 먹고 오늘 일정 다섯 개 다 소화했다. 그래도 어질어질, 속은 메슥메슥.

장미는 화려한 꽃만이 아니라 뾰족한 가시도 존중해줘야 한다는 아주 귀한 교훈을 얻은 하루였다.

2020년 4월 25일

저의 시골집은 경기도지만 날씨는 강원도에 해당합니다. 서울보다 3~4도 낮아요. 그래서 한식날 내놓은 화분에 수시로 비닐을 덮어줬지만 핑크빛 나는 어여쁜 천사의 나팔은 그만 돌아가셨습니다. 저녁이면 세탁소 비닐을 덮어주고 열 시쯤이면 비닐을 걷어주고 그러면서 화초하고 두런두런 얘기를 나누다 보면, 날씨에 반응하느라 까칠해진 놈들도 있고, 또 신경 써주는 것이 반갑고 행복한지 환하게 생기가 도는 놈들도 있습니다. 사람하고 똑같은 것 같아요. 똑같이 정성을 기울이지만 토라져서 멀어지기도 하고, 아무리 신경 써서 돌봐주어도 끝내 돌아가시는 놈도 있고, 또 어떤 놈은 늘 마알간 얼굴로 생글생글, 웃어주며 행복을 선사하는 놈도 있지요.

오늘은 강풍 속에 얼굴도 모르는 SNS 친구분으로부터 받은 금화규, 악마의 나팔, 삼잎국화, 종지나물 등을 심었습니다. 이 녀석들은 낯선 곳에 시집와서 잘 적응하며 즐겁게 살려는지. 종지나물은 그늘에 심으라 하셔서 셀릭스 나무와 영산홍 사이에 심고, 삼잎국화는 사과대추나무 앞 양지바른 곳에 심어주고, 금화규 또한 라도집 바로 앞, 햇살이 소곤대는 곳에 심었습니다. 악마의 나팔은 너무 어려서 나중에 좀 크면 땅에 이식하려고 일단 화분에 조심스레 심었지요.

모종을 들고 어디다 심어야 하나, 고심하며 왔다갔다 하는 나를 시월이와 사월이, 봄이, 네로가 졸졸 따라다니다가 적당한 거리를 유지하며 진종일 저를 감시, 감독했답니다. 짜식들, 아무리 너희가 이 엄마를 무시해도 짜샤, 내가 그래도 너희보단 훨 낫지라며 옮길 때마다 눈을 흘겨주었는데, 진짜 제가 냥이들보다 훨 나은 게 맞나요?

오늘 심은 이 녀석들이 잘 자라야 할 텐데요.

시간만 나면 내가 쪼로록 시골에 내려오는 이유. 보잘것 없고, 좁고, 불편하지만 내게 위안과 평안을 주는 산 내 들. 특별히 아름다울 것도 없고, 내 유년의 기억은커녕 쓰고 맵고, 서툴기만 했던 며느리로서의 그림자만 잊힐 듯 잊힐 듯 잊히지 않고 서리서리 웅덩이마다 고여 있는, 그렇고 그런 시골이지만 그립고, 애틋하고 하지만 아직도 익숙지 않은 곳.

그러나 아침이면 무시로 내게 수채화로 다가오는 곳. 가난하고 텅빈 이 시골이 나는 좋다. 바보처럼!

삭신이 쑤신다. 목뼈부터 허리, 다리가 나 살려줘~~ 하며 비명을 지른다. 그것도 농사라고 아침부터 지금까지 텃밭에 150cm짜리 밭고랑 겨우 세 개 만들고는 아고고 소리를 낸다. 사실 나는 밭고랑 만들고 두둑 쌓고, 비닐 씌우는 게 그닥 내키지 않아서 대충 심었는데 작년에 어느 페친이 내가 배추랑 무 심어 놓은 걸 보시고 "밭을 좀 정리해서 심으라"시던 따뜻한 충고가 생각나서 오늘 아침부터 지금까지 밭이랑 씨름했다.

겨우내 황무지처럼 버려져 있던 부엌 앞의 손바닥 만한 밭에 고랑 만들고, 두둑 올리고, 비닐 찾아다가 덮고, 바람에 안 날아가게 돌 주워다가 주변 단속 단디~ 돌아가며 하고 그리곤 야심차게 생강이랑 비트, 순무를 차례대로 한 고랑씩 심었다. 전부다 내가 엄청 좋아하는 것들만!

또 내가 무쟈게 좋아하는 로메인 상추는 비닐 없이, 두둑도 안 쌓고 그냥 심었다. 그건 모종이기도 하지만 그냥 그러고 싶었다. 내 식대로!

그러나 더 이상은 불가능. 고추랑 가지, 토마토 심을 고랑은 다음 주에 다시 고군분투할 예정! 마당 앞으로 돌아나와서는 이 욱신거리는 몸뚱아리로 못내 아쉬워 루꼴라와 라벤더를 화분에 또 심었다. 그러면서 놀부 마누라 본색 발동! Not 영웅 본색! 밭 정리하다 나온 잡풀은 안 치우고 밭 주변에 너절하게 그냥 다 놔뒀다. 이 좋은 봄날, 하루 종일 골방에서 붓글씨 쓰고 있는 남편한테 있는 대로 생색내며 청소시키려고.

2020년 3월 21일

노천명이 말마따나 순식간에 봄이 와버렸다. 산에 들에, 동네방네 꽃만 핀 게 아니라 온갖 푸성귀가 여기저기서 아우성을 치며 쑥쑥 올라온다. 오늘, 모처럼 호젓한 주말 아침, 우리는 향긋한 봄을 듬뿍 먹었다. 달래는 어느새 머리통이 마늘만 하고, 쏙새는 튼실한 뿌리를 자랑하며, 씀바귀는 허리가 터질 듯 통통하다. 이 집 여주인을 빼닮았나?

여리여리한 쑥으로는 콩가루 담뿍 무쳐서 쑥국 끓이고 쏙새는 새콤달콤 고추장에 버무리고 달래는 상큼하고 담백하게 죽염과 살구청으로만 살짝 버무렸다. 그리고 이름 모를(이름을 까먹은) 냇가의 다양한 봄나물들은 깨끗이 씻어서 옷만 겨우 두를 정도로 쌀가루 살짝 입혀서 들기름 넉넉히 두르고 바삭바삭, 노릇~~하게 부침개를 서너소당 붙여서 방금 무친 냉이와 쏙새를 척척 얹어 배가 터지게 먹었다. 밥이 없어도 배는 터질 듯 부르다.

초근목피 DNA가 남아 있으려나? 온갖 나물만 먹는 동안 남편과 나는 한 마디도 안 했다. 입이 하나밖에 없기도 했지만 봄 향기에 취해서 벌름벌름 히힝 대는 코 단속하기도 벅차고 힘들어서. 이렇듯 거한 봄 조찬을 즐기는 동안 씀바귀는 쓴맛 좀 빠지라고 물에 폭 담가 놨건만 정작 내 뱃속에선 온갖 봄이 꿈틀댄다. 노천명이 말마따나 봄은 참 부산스럽게도 오네.

2020년 3월 3일

나무를 뭉턱, 네 개나 집안에 들여놓았다. 모처럼 남아도는 시간, 겨우내 덮었던 이불과 시트 등을 털고 빨고 널고 말려서 죄다 정리해 넣고 봄 이불 꺼내고 뭐 이런 자질구레한 집안일에 하루 종일종종거리다 우연히 페친을 통해 목재 싸게 파는 곳을 알게 됐다. 쇠뿔도 단숨에 빼랬다고 귤청 만들려고 귤 왕창 썰다 말고 코트만 걸친 채 초월로 향했다. 경기도 광주군 초월읍에 있는 '나무 5일장'. 새벽 네 시에 문을 열고 오후 네 시에 문을 닫는 나무 도매집, 매일 나무장이 서는 곳이다.

당연히 나무꾼들만 오가는 곳에 선녀도 아닌 나 홀로 문외한이 들이닥쳐 나무 조각을 뒤적이니 하얗고 긴 머리를 하나로 동여매신 멋쟁이 사장님이 어리둥절하신 듯! 그래도 꿋꿋하게 요리조리 살피다 유청목 세 개와 장미목 하나를 낑낑거리며 들고 왔다. 뭐하려구? 뭐하긴? 사장은 이 나무들 가져가서 절대로 물에 넣지 말고 사포질을 여러 번 하라고 어린애 물가에 내놓는 듯 신신당부했지만, 나는야~~~ 청개구리! 오자마자 목욕탕에서 꼼꼼히 샤워시킨 후 물기를 닦아내 유청목 하나는 내 방 기도 책상 옆에 세우고, 유청목 또 하나는 남편 방 입구에 세우고, 마지막 유청목은 거실 구석에 세웠다. 볼리비아에서 왔다는 유청목은 향수 원료로 쓰일 정도로 향이 오래, 은은하게 퍼지기 때문에 나는 유청목을 향수로 들여온 것!

뭉툭한 나무 뭉치를 삐죽한 앞뒤만 대충 잘라낸 로즈목 둥거리는 내 책받침이다. 작은 방에 작은놈 쓰던 책상이 제법 큰 게 있지만 무수리인 내 주제엔 책상보다 부엌 식탁에 앉는 시간이 훨씬 많다. 국이나 찌개를 끓이는 동안은 물론 멸칫물이나 각종 육수를 낼 때도 수시로 넘치지 않게 감시를 해야 하니 무수리 자리는 언제나 식탁이다. 그래도 장미나무 둥치를 턱~하니 식탁 위에 올려 놓으니 왜 이리 가슴이 벅차고 뿌듯한지!

은은한 나무 향은 곳곳에서 내 코를 자극하며 존재감을 과시하고, 세상에 둘도 없는 책받침은 고고함에 우아까지 더해졌으니 무수리 주제에 이보다 더 좋을 수 없다. 내일은 맘잡고 책이나 또 읽어 볼까나?

* 제가 오늘 들고온 나무들은 전부 구멍이 나거나 수형이 예쁘지 않아 아주 헐값에 파는 것들입니다. 전부해서 5만 원 냈습니다.

2019년 11월 24일

손바닥 만한 마당에서 뜯은 각종 야채와 채소로 샐러드를 만들어 먹는 일도 오늘로서 올해는 마지막이다. 이젠 내년 4월에나 가능하겠지. 가끔씩 이곳에 음식 얘기를 올리면 몇 분이 심심치 않게 물어보셨다. 뭐 뭐 넣고 샐러드를 만드느냐고. 소스는 무얼 쓰느냐고.

별 것 안 넣는다. 그냥 마당에서 뜯어온 이런저런 야채를 적당히 썰어 너무 높지 않게 쌓아 올려 주면 남편은 샐러드를 섞어서 먹지 않고 오른쪽 끝에서부터 다분다분, 차례대로 얌전하게 먹어준다. 예를 들면 오늘은 접시 맨 밑에 하얀 민들레를 잘게 썰어 깔았다. 노란꽃 민들레보다 하얀꽃을 피우는 하얀 민들레가 몸에 더 좋다고 해서!

나는 남편 바보도 아니면서 몇 년 전에 열 포기쯤 구해다 심었더니 지금은 담장 둘레로 뺑뺑 돌아가며 하얀 민들레가 자옥하게 1년 내내 쉬지 않고 피어난다. 그 자태가 아주 매혹적일 정도다. 봄이면 뿌리째 뽑아서 민들레청도 담는다.

그렇다고 매번 똑같이 하얀 민들레를 까는 건 아니다. 때로는 무, 오이, 비트 등등 마당에 있는 것을 죄 뜯고 뽑아다가 기분 내키고 손에 잡히는 대로 적당히 썰어서 밑에다 깔아준다. 요즘 날씨가 추워지면서 하얀 민들레 잎 끝부분이 살짝 얼었지만 아직은 괜찮다. 그러나 다음 주엔 못 먹을 듯! 잘게 썬 하얀 민들레 위엔 역시 마당에서 수확한 콜라비와 양파, 토마토를 조금 올리고, 그 위엔 풋대추 어슷 썬 것과 키우던 닭 삶아서 조금씩 얼려놓았던 가슴살 좀 쭉쭉 찢어서 내 맘대로 얹었다. 이것도 마찬가지. 제사 뒤엔 산적, 봄엔 쭈꾸미, 여름철엔 오징어, 가을철엔 새우 등 그냥 먹다 남은 것을 올린다.

샐러드용으로 장을 따로 보진 않는다. 명절 때는 먹다 남은 전도 올린다. 그리고 맨 위엔 역시 우리집 닭들이 매일 네댓 개씩 따박따박 낳아주는 계란을 뜨겁게 삶아서 썰어 올리면 끝! 기분에 따라서, 때로는 냉장고 사정에 따라서 계란 대신 과일을 올리기도 한다. 발사믹처럼 보이는 소스도 사실은 마당에 딱 한그루 서 있는 아로니아 나무 열매를 따서 3년 전에 담았던 아로니아청에 식초를 3 대 1로 섞은 것. 다들 무슨 발사믹이 이렇게 맛있느냐고 어디서 샀느냐고들 묻는다. 그 비싼 발사믹도 아닌데 색깔이 비슷하니 오해들을 한다.

가끔 유럽 여행 중에 사오기도 하지만 그걸로는 택도 없다. 며칠 못 먹는다. 늘 아로니아청만 사용하는 것도 아니다. 머루, 앵두, 산사과 등 집에서 나는 모든 열매, 심지어 봄에는 각종 잡풀로도 청을 담아 돌려가면서 사용한다. 그냥 대수롭지 않은 손바닥 만한 마당이 1년 내내 쉬지 않고 선물하는, 별로 눈길도 받지 못하던 이런저런 푸성귀와 열매들이 우리집 아침 식탁에선 귀한 손님이자 주인공이 될 뿐이다.

우리네 인생도 그렇지 않을까? 1년 동안 귀한 먹거리를 제공한 볼품없고 좁은 그 마당에서 남과 비교하지 않고, 나의 못남을 불평하지 않고, 남의 탓 하지 않으며! 자기 역할을 충실히 해준 푸성귀들이 이 아침, 참으로 고맙고 대견하다. 메르씨 보꾸! 내년에 다시 보자.

2019년 10월 20일

마음이 답답하고 복잡할 때면 난 마당에서 풀을 뽑거나 꽃(화분)을

어루만지며, 한 뼘도 안되는 밭에도 나간다. 꽃과 마당, 밭이 온통 내게
는 힐링센터고 심리상담사다. 지난 두어 주일, 뭐가 그리 바쁜지 눈팅만
하고 벌레를 못 잡아 줬더니 세상에나! 이제 막 통이 앉기 시작한 배추
가 프랑스 망사보다 더 고운 무늬의 얇은 가운을 저마다 두르고 있네.
무청도 마찬가지.

그래도 딱 한 포기 살아 남아준 콜라비는 그 자태도 색깔도 신비롭고
예뻐서 혼자 궁시렁거리기도 하고 혼자 감탄도 하면서 쪼그리고 앉아
배추벌레도 잡고 쬐고만 달팽이도 잡으려니 수시로 다리에 쥐가 나서 몇
번을 섰다, 앉았다 논산 훈련병처럼 벌을 섰다. 뭐든지 초기에 잡아야
하는데. 벌레든 좌좀이든. 때를 놓쳐서 나도, 국민도 다 고생이다. 약(비
상수단)을 치면 몸(민주 발전)에 해롭고.

혼자서 시나리오를 썼다 지웠다, 돈키호테 노릇을 하면서 무심코 소
나무 뒤를 보니 다홍색 꽈리가 수줍게 새색시처럼 몸을 꼬고 있었다. 아
니 꽈리가 언제 저기 있었지? 온몸에 솔잎 묻혀가며 때로는 얼굴과 팔
을 긁혀가면서까지 죽어라 풀을 뽑는다고 남편한테도 큰소리를 뻥뻥
치며 여름내 깜상이 됐었구만, 어째 저 꽈리를 못 봤지? 하기야 저 꽈리
를 봄에 봤더라면 장님인 나는 풀인 줄 알고 잽싸게 뽑아버렸을 텐데
숨어 있어 준 니가 고맙고 시력이 나빠진 나도 다행이고.

그래, 이제라도 나타나 '그동안 뭐 했느냐'라고 큰소리 치는 사람들이
얼마나 반갑고 고마우냐. 한껏 몸을 낮추고 소나무 뒤로 들어가 꽈리를
조심스레 따다가 가지가 부러질까, 꽈리가 떨어질까 고이고이 의자에 앉

했다. 이래서 가을이 좋다. 저마다 고개를 숙여야 하는 가을, 남의 티끌보다 나의 수고 없이 얻어진 모든 것에 감사할 수 있는 이 가을, 이 아침이 나는 정말 좋다.

2019년 7월 28일

연잎 놀이가 이제야 끝났다. 7년 전, 친정어머니가 치매로 서울에서 시골로 내려가셨을 때 쓰레기로 가득차고 물도 별로 없이 버려져 있던 동네 작은 연못에 하얀 연꽃, 백련을 심었다. 우리나라엔 홍련이 대부분이지만 홍련은 약효가 없고 백련이 약효가 좋다고 해서 여기저기 수소문해서 구해왔다. 요즘엔 절에서도 연꽃을 잘 안 심고 심어도 큰 플라스틱 들통 같은 데에 홍련을 심는다. 바야흐로 컬러 시대. 백련잎차는 여러 가지로 좋지만 특히 치매 예방과 치매 지연 효과가 있다고 해서 구하느라 먼 지역까지 동네방네 다 돌아 다녀야 했다.

어머니는 2년 전에 돌아가셨지만 해마다 7~8월이면 동네가 텅 비어 빈약한 시골에 환한 등불처럼 백련이 피어난다. 연못 가득, 단아하면서도 고고하고 범접하기 어려울 정도로 우아한 백련이 피어나면 노인층이 대부분인 동네분들도 걸음을 멈추고 한동안 머물다 가신다. 우산만큼 커다란 잎을 따다가 씻고, 찌고, 채 썰어 말려서 바닥이 두꺼운 냄비에 덖어내면 온몸엔 땀이 비 오듯 흘러내리지만 마음은 한없이 평화롭고 즐겁다.

연잎을 쪄낸 물도 이렇게 곱고 정갈하니 기분도 좋고 여름엔 더위나

조갈도 덜어주고 자연 방부 효과가 있어서 백련잎차로 밥을 하면 우선 색도 예사롭지 않지만 상온에서도 잘 상하지 않는다. 요즘엔 성인병과 다이어트에도 효험이 있다고 알려져 찾는 이가 늘었다는데 시중에서 파는 것은 대부분 홍련 잎이란다.

오늘 밤 늦도록 말려서 고마운 분, 신세진 분, 건강이 안 좋으신 분들게 조금씩 포장해서 드릴 생각을 하니 이 늦은 밤, 계속 서 있어 다리는 퉁퉁 붓고 입술까지 부르터 피곤하지만 마음만은 그 누구보다도 부자다.

2019년 5월 24일

마늘 색깔이 이렇게 예쁜지 예전엔 미처 몰랐어요. 점심시간에 시어머니 병원에서 나오다 트럭에 잔뜩 실린 마늘을 무심코 보고 깜짝 놀랐습니다. 거짓말 좀 보태면 제 주먹 만한 마늘이 언제 뽑았는지 싱싱하고 맑은 꽃자주빛을 띠고 있는데 그만 저도 모르게 이런 말이 튀어나왔습니다.

"어머나~~ 예뻐라! 너어~무 예쁘다~."

느닷없는, 어찌 들으면 좀 철없어 보이는 제 소리에 트럭 옆에 쭈그리고 앉아 계시던 아저씨가 엉거주춤 일어나다 말고 저를 힐끗 쳐다보시더니 도로 주저앉으셨습니다. 저도 좀 계면쩍어서 "아저씨, 이 마늘 조금씩은 안 파세요?" 했더니 대꾸도 안 하시는 겁니다. 그 상황이 너무 어색해서 제가 또 한다는 말이 "아저씨, 이 마늘 사다가 장아찌 담으면 되나요?" 하니 그제서야 몸을 일으키신 아저씨. "몇 접이나 사시려고?" 하는데 겁이 덜컥 났습니다.

으앙, 몇 접이라니. 나보고 어쩌라고.

"아, 아저씨 몇 접은 아니구요, 한 타래만요. 한 타래에 얼마예요?"

그러자 아저씨가 천천히 몸을 움직이시며 혼잣말로 "아침에 나와서 이때껏 한 접도 못 팔았는데" 하시는 겁니다. 아, 어떡해. 한 시가 다 됐는데 내가 첫 손님이라니. "에고, 손님이 그렇게 없었어요?" 하자 아저씨는 짜증 섞인 한탄조로 이러시는 겁니다.

"아, 사람들이 전부 마늘 참 좋다 하면서 만져보고 값만 물어보고는 다 그냥 갔지. 아무도 안 사요."

하기야 요즘 누가 마늘을 한 접, 아니 반 접씩 사겠어요? 그것도 아파트에서. 그래도 그런 아저씨 말을 듣고는 차마 "한 타래(반 접)만 주세요" 할 수가 없어 호기롭게 "한 접 주세요" 했지요. 아저씨가 차에 실어 주실 때는 몰랐습니다. 아파트 주차장에서 집으로 갖고 올라오는데 아, 정말 울고 싶었습니다. 어찌나 무거운지 어깨, 등, 가슴팍이 온통 땀 벌창이 되더군요. 하늘이 하얘질 뻔했습니다.

그런데 조금 전에 퇴근한 작은놈이 집에 들어서면서부터 코를 벌름벌름거리더니 "이게 무슨 냄새야. 왜 집에서 이렇게 마늘 냄새가 나지?" 합니다. 아, 내가 고조선의 마늘 여인도 아니고 이 일을 어쩔거나. 하지만 최선의 방어는 바로 공격!

"야 이눔아, 마늘이 백합과야. 백합과. 넌 백합 향은 좋고 같은 과인

마늘 냄새는 싫으냐?"

모처럼 큰소리를 치고 나니 결리는 듯하던 어깨가 좀 풀리는 듯 합니당. 그나저나 저 마늘을 다 어떡하지요? 근데 다시 봐도 햇마늘 색깔 정~~말 예뻐요.

내가 누구냐고 묻거든

1판 1쇄 발행 ㅣ 2023년 7월 20일

지은이 ㅣ 박선영
펴낸이 ㅣ 안병훈

펴낸곳 ㅣ 도서출판 기파랑
등　록 ㅣ 2004. 12. 27 제300-2004-204호
주　소 ㅣ 서울시 종로구 대학로8가길 56 동숭빌딩 301호　우편번호 03086
전　화 ㅣ 02-763-8996 편집부　02-3288-0077 영업마케팅부
팩　스 ㅣ 02-763-8936

이메일 ㅣ info@guiparang.com
홈페이지 ㅣ www.guiparang.com

ISBN 978-89-6523-514-9　03810